A MILD NOBLE'S VACATION SUGGESTION

優雅貴族的休假指南。

8

著 岬　圖 さんど
譯 簡捷

◆ Contents ◆

A MILD NOBLE'S
VACATION SUGGESTION

CHARACTERS

人物介紹

利瑟爾

本來是為某國王效命的貴族，不知為何掉到了與原本世界十分相似的另一個世界，正在全力享受假期。試著當上了冒險者，不過常常有人不敢置信地多看他一眼。

劫爾

傳聞中的最強冒險者，可能真的是最強。興趣是攻略迷宮。

伊雷文

原本是足以威脅國家的盜賊團的首領。蛇族獸人。別看他這樣，親近利瑟爾之後作風已經比先前收斂許多了。

賈吉

商人，擁有自己的店舖，擅長鑑定。看起來很懦弱，其實交涉的時候頗有魄力。

史塔德

冒險者公會的職員，面無表情就是他的一號表情。人稱「絕對零度」。

納赫斯

負責阿斯塔尼亞魔鳥騎兵團的副隊長。遇上刺激照顧欲的利瑟爾之後，他照顧人的技能一口氣點滿了。

小說家

阿斯塔尼亞的新銳作家，寫作風格吸引年輕女性讀者。和團長是戰友關係。幼女(成年)。

旅店主人

旅店老闆，利瑟爾一行人在他的旅店下榻。就只是個這樣的男人。

阿斯塔尼亞的所有慶典都熱鬧歡騰。

王都的建國慶典也華麗盛大，擠滿了盛裝打扮的人群，不過在國家的中心地帶還是舉辦了肅穆的典禮。在市區為了各種攤販、慶典節目興奮吵鬧的群眾，在典禮上也是非常肅靜的。

但是在這裡就不一樣了。不管走到哪裡都一樣熱鬧歡騰，王族還會帶頭喧鬧，不論是慶祝建國，還是感謝森林的恩賜，這個國家的慶典全都與肅靜一詞無緣。

看他們平常的樣子就知道這裡的國民都喜歡熱鬧，不難想像慶典時會變成什麼模樣。

「船上祭嗎？」

「嗯啊。」

利瑟爾一行人在公會等待職員確認委託達成情形，他們佔領了一張桌子，正討論著阿斯塔尼亞的某個慶典。

聽說那個慶典即將舉辦。最近人群之間總是有種興奮期待、坐立不安的氛圍，他們都注意到了，也聽說過這是因為慶典的關係，但利瑟爾和劫爾並不清楚慶典的詳情。

不過那個慶典歷史悠久，因此出身阿斯塔尼亞的伊雷文是知道的。儘管平常都住在森林裡，這種舉國一起慶祝的盛大祭典他還是曾經參加過。

「如果跟我那時候參加的一樣，最中央會有一艘國家持有的大船，會有超級多的船聚集在大船周圍喔。然後船跟船之間架著簡單的橋啦，或是單純的木板，可以自由在每一艘船上走動。」

「小船感覺很辛苦呢。」

「不會啦，中心一帶的船滿大的，但我記得邊緣有很多小船啊。」

由於也有祈禱平安的用意，很多船隻都會參加討個吉利。

每艘船上各有自己的表演和活動，大型船隻會舉辦船上宴會，小船也會像小攤販一樣販售各種商品。

經過裝飾的船隻鋪排在海面上的模樣一定相當壯觀吧，利瑟爾點點頭，環顧周遭。由於慶典相關的委託日漸增加，冒險者之間也時常討論到船上祭的話題。

「到時港口也會變得很熱鬧吧。」

「雖然都是攤車啦。」

「還要變得比現在更吵啊……」

劫爾嫌惡地皺起臉來，他完全不懂慶典的醍醐味。

跟周遭一起享受歡樂的氣氛不就好了？利瑟爾有趣地笑了，這時忽然聽見公會職員叫他，他於是站起身來。看來是終於確認過他們的委託達成狀況了。

有些委託的報酬會依據繳交委託品的品質等條件變動，報酬並不是固定的，這時公會職員也必須慎重審核。考量到這點，讓人不禁好奇史塔德為什麼可以毫無遲滯地處理完所有冒險者的手續。

「請你們等我一下。」

「嗯。」

「隊長慢走——」

因為史塔德是很優秀的孩子嘛。利瑟爾下了個其實並沒有解決疑問的結論，就這麼走向櫃檯去了。沒有必要三個人一起過去。

伊雷文露出燦爛的笑容，揮著手目送利瑟爾晃著青色的外套下襬走遠。桌邊剩下他與劫爾兩人，他吊兒郎當地將手肘往桌上一撐，手掌往臉頰上一按，雙唇原本勾出的笑弧被按得更深了。

「建國慶典的時候也是啊，反正你嘴上就算說什麼好吵喔、好討厭喔，只要隊長邀請你還是會去嘛。」

「那又怎樣？」

「沒怎樣啊？反正隊長看起來很開心，我也超級歡迎你啦。」

聽見劫爾乾脆地承認，伊雷文哈哈笑著這麼說。

確實沒有任何支吾其詞的必要，只要那是利瑟爾的願望，嘈雜的人群根本不是什麼問題。只不過……伊雷文打量著利瑟爾在櫃檯與職員交談的側臉，接著再度將視線轉回劫爾身上，衝著他挑釁似地瞇細眼睛。

「你從吵架之後就很寵隊長啊，我只是想說這次隊長要是邀請你，你一定也不會拒絕而已啦。」

眼見劫爾略微蹙起眉頭，伊雷文也正中下懷地笑了。

劫爾碰上這種事其實會有點耿耿於懷，一方面也是因為他認為這次吵架自己也有不對的關係。

「我也沒那麼寵他吧。」

「是沒有寵啦，但該怎麼講，就是時不時看得出來啦。」

雖然只是微不足道的小事，也算不上在討利瑟爾歡心，但伊雷文看著也常在無意間察覺一些「好像跟平常不太一樣」的舉動，想必就是那個意思了吧。

不曉得劫爾這是不是下意識的行為，但他嘖了一聲，看來不太樂見這種事情被伊雷文察覺。

順帶一提，利瑟爾完全沒放在心上，事情過去他就不在意了。

「隊長在奇怪的地方還滿有男子氣概的嘛。」

「不錯啊，樂得輕鬆。」

「你們在說什麼呀？」

利瑟爾正好回到位子上，對上朝他轉來的兩道視線偏了偏頭。

利瑟爾他們一如往常地將報酬分為三等分之後，像在說此處無須久留似地早早離開了公會。

他們依舊迅速完成了委託，現在仍是天空再過不久就要染上茜色的時間。回旅店稍嫌太早了，該怎麼辦呢？三人漫無目的地走在街上。

這時，背後忽然響起一道耳熟的聲音。

「那邊的奇特三人組，請等一下吧！」

「你們兩人今天都要去喝酒嗎？」
「不是喝酒，但我晚上不在。」
「我會去喝酒！慶典前有很多好酒喔！」
「為什麼真正奇特的人都以為自己很普通呀！等一下你們走太快了！」
總不可能是在叫自己吧，三人原本充耳不聞地繼續前進，這時聽到跑近的腳步聲和說話聲才停下腳步。對方好像說了什麼很失禮的話，他們這麼想著回過頭，看見一個年幼的小女孩正拚命跑過來，嬌小得不刻意低下頭甚至對不上她的視線。
這異樣的組合使得周遭人們的視線紛紛匯聚過來，冒險者和小女孩的組合已經相當少見了，而且冒險者還是利瑟爾他們，那就更不用說了。
「小說家小姐，妳好。怎麼了嗎？」
「啊，那個，抱歉這麼突然。我本來是來委託你們的，路上剛好看到，就忍不住叫住你們了。」
由於運動不足，小說家跑得氣喘吁吁，邊說邊努力撥好自己凌亂的瀏海。
來到三人面前，她抬頭一望見他們，又不著痕跡地後退了一步。先前是坐在椅子上跟他們面對面，下一次也只見到利瑟爾一個人，此刻仰望站著的劫爾和伊雷文想必讓她有點害怕吧。
若不是事先知情，誰也不會發現這樣的她其實和利瑟爾他們年紀相仿。不過利瑟爾毫不介意周遭匯集而來的目光，露出了溫柔的微笑。
「是指名委託呀。內容是什麼呢？」

「有點事情想請你們給點建議。我認識的男生很少，如果能請教你們就太好了……」

小說家說得含糊其詞，是不好開口的事情嗎？利瑟爾在心裡偏了偏頭。

那還是別站在路中央，找個能夠坐著好好談話的地方比較好吧。正當他打算這麼提議的時候，那雙稚嫩的大眼睛飽含著堅定的意志朝著利瑟爾他們望過來。

她為自己打氣似地吸了一口氣，心意已決地清楚宣告：

「我想問你們一發就能迷倒男人的方法!!」

「我們換個地方吧。」

周遭所有人都嚇得肩膀一抖，但利瑟爾依然保持微笑，不為所動。劫爾在眨眼間不曉得消失到哪裡去了，伊雷文則是不知該爆笑還是該嚇傻才對，搞得他嘴角抽搐。

怎麼會想跟他們商量這種事情呢？雖然明白她想聽聽男性的意見，但這樣沒問題嗎？利瑟爾腦中轉過各種想法，不過仍然朝著心滿意足點著頭的小說家指了指附近的店家。

「咦，但是要再談下去的話，還是正式提出委託、支付委託費用比較好吧……」

「妳該在意的不是那種地方啦。」

「這次沒關係喲，請別介意。」

聽見伊雷文的吐槽，利瑟爾露出苦笑，不著痕跡地引導她往店裡走去。

一行人進了一間大眾餐廳。

明明不是用餐時段，開放的店內空間卻還算熱鬧，不過仍有不少空位。可以挑選自己喜歡的位置入座，三人便選了一張窗邊的桌子。

「是說大哥跑哪去啦？」

「一回神劫爾就消失了呢。」

利瑟爾甚至連他逃跑的背影都沒看見，不過大概是帶著極度不悅的表情跑掉了吧。他這麼想著，有趣地笑了。

店員過來為他們送上了水杯。剛解完委託回來，口也渴了，利瑟爾於是立刻端起杯子喝了一口，然後看向小說家。

「所以，妳為什麼會想找我們商量呢？」

「隊長，我可以點東西嗎？」

「伊雷文。」

伊雷文一口氣喝光了整杯水，毫不掩飾他對於小說家想商量什麼事情全無興趣的態度。

利瑟爾語帶責備地喊了坐在隔壁的伊雷文一聲，輕輕拍了拍他的臉頰代替斥責。伊雷文瞇起眼睛笑了，看起來沒有半點反省的意思。眼見利瑟爾露出拿他沒辦法的苦笑，他便叫住了經過附近的店員，開始隨心所欲地點起食物來。

「小說家小姐，不好意思……怎麼了嗎？」

「咦，啊，沒有，沒事吧大概！」

店員正拚命記住伊雷文數量驚人的點單內容，而小說家帶著自暴自棄的眼神凝視著她豐滿的胸部，聽見利瑟爾叫她才猛然回過神來開口說：

「對了，我有事情希望各位可以給點建議。」

「嗯。」

小說家從殘酷的現實別開目光，起了個話頭；她一開口，剛才自暴自棄的眼神頓時變成了少女戀愛中的眼神。剛才就隱約猜到了，看來她找到了意中的男性，利瑟爾沉穩地點頭敦促她繼續說下去。

「對方邀請我一起參加這次的船上祭，是跟我同年紀的男人，那時候第一次說上話……」

「我聞到犯罪的味道欸。」

「要幫妳叫騎兵團處理嗎？」

「為什麼你們會這樣覺得啦!!」

利瑟爾他們立刻如此判斷也是人之常情。

畢竟眼前這位小說家在初次見面的人眼中看來只是個年幼的少女，會懷疑邀請她的男人有何居心也是當然的……即使只是出於純愛也有各方面的問題。

如果是她熟識的男性友人，利瑟爾也能直率地為她的戀情加油，但事情並非如此。給她建議、送她出去跟那個男人相處真的好嗎？

「我一開始是找團長商量，結果她只說了一句『干我啥事臭小子！』。」

「很符合團長小姐的作風呢。」

說她的反應一如預期有點失禮，但某劇團的那位團長對於他人與戲劇無關的男女關係完全沒有興趣，恐怕對於她自己的男女關係也完全沒興趣吧。

某位冒險者愛上了團長飾演的魔王，他的戀情修成正果的希望越來越稀薄了，但他這份心意到現在仍然從未褪色。

「小說家小姐，說要迷倒他表示妳也喜歡對方吧？」

「臉長得還滿對我胃口的！」

看這種衝勁還以為她勢在必得，結果好像也不是。

沒想到她想追到對方的理由也滿膚淺的，既然如此視情況而定，發動最終手段把對方移送法辦看來也沒有問題。

「是喔，長怎樣啊？」

伊雷文一時興起，突然有點好奇。

他一邊咀嚼送上桌的料理一邊這麼問，而利瑟爾順道點的咖啡也來了，他於是將那杯咖啡端到小說家面前。

「謝謝你。嗯……這個嘛……」

小說家雙手握著咖啡杯，嘴角泛起笑意。一方面也是因為至今都沒有好緣分的關係，她現在興奮得整個人都飄飄然的。

「我想想，他的眼睛很修長好看，眼神又很溫柔。」

「那跟隊長比起來，誰的眼睛比較溫柔甜美啊？」

「大概是你隊長吧。還有，他的長相雖然比較成熟，但是笑起來輪廓很柔和……」

「那跟隊長的微笑比起來誰比較柔和？」

「大概是你隊長吧。還有，他整個人的氣質乾乾淨淨的，在阿斯塔尼亞很少見吧！」

「那跟隊長比……」

「伊雷文，這樣我很不好意思呢。」

為什麼要拿自己去跟人家對抗？

利瑟爾略微垂下眉露出苦笑，拿起桌上的麵包就往伊雷文嘴邊塞。伊雷文理所當然地張開大嘴，就這麼一口把麵包咬走了。

問問題的伊雷文固然有錯，不過斷然回答的小說家也不太對勁。她現在想追這個男人，為什麼還站在利瑟爾這一邊？該不會是太想帶著男伴一起參加慶典，所以誤會了什麼吧？

不過從小說家的角度看來，就嘴上描述的印象而言兩人確實有點相像，但認真比較起來那男人的類型和利瑟爾完全不同，檔次也完全不同，她是這麼想的。

「啊。」

就在這時，小說家的視線忽然轉向窗外。

利瑟爾和伊雷文也跟著看了過去，只見一名男性看見小說家而停下了腳步。他雙眼圓睜，來回看著小說家和利瑟爾他們，一副無法理解這是什麼狀況的樣子。

「就是這位男性嗎？」

「嗯、嗯嗯嗯對。沒錯，咦，這種時候該怎麼，呃，去跟他搭話比較好嗎？會不會很不要臉?!」

「嗄，為啥？」

伊雷文邊說邊將煎蛋捲扔進口中。真是的，看見伊雷文一臉完全無法理解的神情，小說家猛地喝光了杯子裡的咖啡。要是能這麼隨意地跟人家搭話，她怎麼可能特地這樣找人商量呢。

利瑟爾見狀露出微笑安撫她：

「女生對自己有好感，還特地過來搭話，沒有男人會感到討厭的。」
「好、好感……說、說得也是，那我過去一趟！你們要看著喔！拜託在這裡看著我吧！哪裡做得不對要偷偷跟我說喔！」

小說家猛地站起身來，急急忙忙跑出店外。她一定很沒有把握吧，不然一般人遇到這種狀況應該不希望人家盯著看才對，利瑟爾他們邊想邊目送她離開。

他們那一桌面朝窗外，即使小說家沒有拜託他們，店外的情景依然看得一清二楚。這不是什麼品格良好的舉止，原本利瑟爾會盡量不去看，但當事人都這麼拚命拜託他了，他總不能不看。

「那傢伙其實討厭男人吧，她看起來那麼慌張。」
「只是不習慣而已吧，她也說平常不太有機會跟異性互動呀。」

既然如此，為什麼能夠平心靜氣地跟他們說話呢？利瑟爾他們不可思議地想道，絲毫不知道他們在小說家心目中已經是超越了那種對象的存在，而且團長聽她這麼說也點頭，說她不是不懂這種感覺。

窗外，小說家正好朝著那個男人跑近，她按著自己的瀏海，有點不知所措地仰望對方。

「啊，對方在問她我們的事情呢。」
「他們看起來只像一對兄妹欸。」
「伊雷文，在小說家小姐面前不能這麼說哦。」

小說家解釋說利瑟爾他們是她「委託過的冒險者」，男人聽了忍不住多看了利瑟爾他們一眼，而利瑟爾他們則是別開視線，免得被發現他們在往那邊看。

在那之後，小說家和男人順利展開對話，不過看起來雙方都只打算稍微寒暄一下而已，只是打了招呼，對話也只是無傷大雅的表面話題。

「要一發把那個男人迷倒喔……」

「希望能再獲得多一點情報呢。」

就在他們悠哉閒聊的時候，視線另一端小說家的表情突然緊繃了起來。

看來是鼓足了幹勁想要來個完美的道別，但她沒有發現自己看著對方的眼神像在瞪人。

利瑟爾揮揮手引起她的注意，接著手指輕輕敲了敲自己的眉心，小說家看了才慌張地放鬆了表情。

「那、那個那個……」

「怎麼了？」

「我想問你，為什麼會想約我呢？應該還有更多，那個……」

小說家瞥了經過她身邊的女性一眼。

具體來說，是瞥向她胸前搖晃的那兩團東西。視線中甚至感覺得到恨意，不過幸好男人並沒有注意到。

「那還用說嗎？我不會想邀請妳以外的女生。」

「喔、喔……」

還來不及感到害羞，小說家先表現出了感佩的反應，利瑟爾用手比了個小小的叉。這時候應該表現得害羞一點吧，男方看起來也有點不好意思，佩服的反應會讓對方有點沒面子。

小說家自己似乎也注意到剛才的反應不太恰當，於是慌忙閉上半開的嘴巴，抬頭看向那個男人。
「因為我喜歡有包容力的小女孩啊，在人海之中找到妳簡直是命運！妳一定會很寵我的！」
小說家的眼神瞬間死去。
她就像看著比被踩爆的食籽蟲更噁心的東西一樣，用盡全力由下往上睥睨著眼前的男人。
「只有身高矮是不夠的，果然皮膚之類最重要的地方看得出不一樣嘛？這方面妳真是太完美了，之前看到妳被雨淋濕的時候皮膚彈開水滴的樣子，真的讓我好亢奮啊！欸，反正我們同年紀嘛，就讓我摸一下也沒關係……」
他們叫納赫斯過來了。

利瑟爾回到旅店的時候，劫爾正好要出門。
雖然不知道他確切的目的地，不過看他穿著冒險者裝備，應該是要到城外去吧。劫爾扶著剛才利瑟爾打開的門板，往他背後瞥了一眼，似乎注意到伊雷文沒有跟在他後面。
二人自然而然在比平時更近的距離相對而立，這時劫爾想起什麼似地喃喃說：
「那傢伙說要去喝酒嘛。」
「是的，他半路上直接過去了。劫爾，你也是正要出門嗎？」
「嗯……後來談得怎樣了？」
「變成在聽取案情了。」
劫爾無言以對。反正他對這件事半點興趣也沒有，早知道就不要問了。

「小說家小姐意氣風發地說，她要叫團長小姐穿男裝陪她一起參加船上祭呢。」

利瑟爾露出溫煦的笑容這麼說。劫爾似乎也覺得這事怎樣都無所謂，只要利瑟爾沒被捲進怪事當中就好，於是隨便點了頭，從往旁邊退開一步的利瑟爾身邊走了過去。

「我明天就回來。」

「路上小心。」

利瑟爾朝著漆黑的背影說完，沒特別目送他離開便走進了旅店。

他關上門，走上通往自己房間的樓梯。從亞林姆那邊借來的書還沒讀完，待會這段時間就看書度過吧。

「啊，貴族客人你回來啦。」

就在他這麼想的時候，旅店主人正好一手拿著抹布經過。

「另外兩人好像不需要準備晚餐，那你要吃嗎？」

「我想想……嗯，那也不用幫我準備晚餐了。」

「好喔沒問題，但我總覺得有點寂寞啊。」

旅店主人邊說邊誇張地垂下肩膀，不過還是爽快地點頭離開了。

他們三個人都不在旅店的情況明明時常發生才對呀。利瑟爾在心裡笑著這麼想，一邊爬上階梯，打開自己的房門，各處堆著書本的熟悉房間出現在眼前。

他將配戴在身上的腰包卸下來掛在椅背上，然後解開胸口和腰部的皮帶，將外套也脫下來掛在牆上的掛鉤上。他將手伸進後頸的頭髮當中，一邊解開項鍊一邊走向桌邊。

把項鍊往書堆旁邊一放，卸下外出配備的利瑟爾拉開椅子，就這麼事不宜遲地打開書本讀了起來。

到了比原本預計還要更晚的時間，利瑟爾走在天色完全暗下來的街上。

他的目的地是某間酒館，初次造訪的時候，他還由於不喝酒而在那裡遭人糾纏過。到了現在，所有熟客都知道利瑟爾不能喝酒，偶爾看見新來的客人要來找他麻煩還會所有人一起挺身袒護他，對他來說實在輕鬆不少。

雖然不能喝酒，但利瑟爾還是很喜歡這裡充滿酒館特色的美食，因此時不時會到這家酒館用餐。這是個與寧靜無緣的地方，獨自前往有時也會被常客搭訕，不過可以聽大家聊各式各樣的話題，利瑟爾反而滿喜歡這樣的。

「（不知道人會不會很多？）」

他來到了目的地，探頭望進半開的門板內側。

店裡熱鬧的吵雜聲不輸給周遭店家傳來的喧囂，看來今天生意也很好，利瑟爾點點頭。不過還有幾張空椅子，確定是有位子坐了。他打開門走進店裡，整間酒館的客人察覺新客人出現幾乎下意識轉過來的視線，就這麼固定在他身上再也沒轉開。

大家差不多也該習慣了吧，利瑟爾苦笑著環顧店內。喝得爛醉、心情極好地對他說「來得正好」的就是常客，一臉錯愕彷彿酒都要醒了的就是比較陌生的客人，一目瞭然。

餐桌席位已經全部坐滿了人，利瑟爾於是走向吧檯，不過才走到一半，其中一桌就有人出聲歡迎他：

「喂，冒險者先生啊，來這邊！」

「今天一個人來啊？」

聽見正值壯年的男人們這麼說，利瑟爾微微一笑，依言往那一桌走去。

這些男人們都是港口的作業員，負責替國家管轄的貿易船裝卸貨物。或許是同樣在港口工作的關係，耳濡目染之下他們也像漁夫們那樣稱呼利瑟爾他們「冒險者先生」。其他冒險者也會到這間酒館光顧，不過他們這些討海男會加上敬稱的只有利瑟爾他們的隊伍而已。雖然覺得他們太抬舉了，不過受人抬舉本來就像是利瑟爾工作的一部分一樣，反正也不特別排斥，就隨他們去叫了。

「來，這邊坐！」

「謝謝你們。」

其中一個男人往後一仰，將背後的空椅子拖了過來，擺到自己旁邊。

利瑟爾道了謝，泰然自若地坐了下來。雖然整桌都是做粗工的男人，個個虎背熊腰，但利瑟爾在原本的世界也和勇猛過人的傭兵們有所來往，因此一點也不介意。

「喂，菜單丟到哪去啦！」

「你自己不是剛剛才用過嗎！」

「在那個盤子下面啦！」

桌上的餐點飄著挑起食欲的香味，男人們拿起壓在盤子底下的菜單遞給利瑟爾。利瑟爾打量著菜單，這裡提供的料理時常隨著當天取得的食材變化，也有之前沒看過的餐點，因此每次都令人難以抉擇。

總之先點個之前吃過覺得非常好吃的酒蒸貝殼吧。利瑟爾邊想邊將頭髮撥到耳後，悠然偏了偏頭，思考除此之外該點什麼。

魔物圖鑑上的魚類魔物他幾乎都記住了，但是說起一般魚類的名字，他常常不知道那是什麼樣的魚。有些時候和原本世界完全相同的魚在這裡的名稱也完全相同，有時候則是名稱相同，但俗名不同。不過不可思議的是，同一種魚連正式名稱都不同的情況他卻沒有遇過。

「明明旁邊都是我們這種人，他的動作還是一樣有氣質啊。」

「應該叫我老婆學學他啦，一點氣質都沒有！」

「喂喂，要是你又說跟老婆吵架喝到爛醉，我們也不會陪你喝囉！」

同桌的男人們看著默默思考的利瑟爾，邊笑邊喝酒。

阿斯塔尼亞國民的友善性格就是在這種時候發揮出來的。在王都從來沒有醉漢會招呼利瑟爾到自己那一桌，就算有人這麼做，周遭也會立刻聯想到惡質的酒醉騷擾行為。

利瑟爾喜歡安靜用餐，不過在熱鬧的環境用餐也非常新鮮有趣，對他而言兩者都好。話雖如此，有人邀請自己共桌他還是直率地感到開心。

「嗯，我決定好了。」

「喂，點餐、點餐！」

看見利瑟爾點頭，坐他隔壁的男人扯開嗓門替他叫來了店員。

由於過於專注閱讀導致太晚晚餐的關係，利瑟爾的肚子已經很餓了，於是點了酒蒸貝殼、本日推薦紅燒魚等各式各樣的料理。周遭其他人也會吃，所以他稍微多點了一些。

「這麼說來很久沒看到你啦。」

「是呀，不過我還滿常外食的。」利瑟爾說。

「是因為那個嗎，幫王族上課很忙？」

他們知道利瑟爾正在教導王族古代語言。

這件事雖然沒有大肆公開，但被人問起也沒有什麼必須保密的理由，反正消息從什麼地方都有可能傳開，所以先前剛好聊到這件事的時候利瑟爾曾經向他們提起。當時所有人一聽，嘴裡的酒都噴出來了。

話雖如此，他們對於古代語言也完全沒有概念，只知道利瑟爾去教一些感覺很艱深的東西而已。

「沒有，我們原本就約好只在閒暇時間過去了。不過既然還有其他美味的餐廳，總是想去嘗試看看呀。」

「有辦法在店員面前光明正大這樣講，你這種個性我不討厭喔……」

年輕店員說著「久等了」，端來了好幾道料理。

但盤子已經佔滿了桌面，男人們於是開始空出空間，七嘴八舌地說把這個拿開、那個也拿開。利瑟爾本來也準備把自己面前的空盤疊到其他盤子上，但每一次他想幫忙的時候大家總是說「沒關係、沒關係」，這一次也不例外，大家沒讓他幫忙。

最後他只拿著店員遞給他的玻璃水杯在一旁待命，豐富的菜餚就這麼在桌上擺好了。利瑟爾放下玻璃杯，事不宜遲地拿起叉子，準備品嘗酒蒸貝殼。

「啊。」

「喂，冒險者先生，用手、用手。」

聽見男人這麼說，利瑟爾有趣地笑著放下了叉子。

他們總是強力主張用手拿才是最美味的吃法，利瑟爾於是用手掌裹著貝殼拿起，送到嘴邊。他將浸著貝肉的湯汁含入口中，嚥下喉嚨，接著張嘴吃下貝肉。

「嗯，好好吃哦。」

「對吧，這種東西就是該大口咬下去！」

「喔，那我們就不客氣啦——」

「謝啦謝啦——」

男人們剛才應該也吃了不少東西才對，不過一聽利瑟爾招呼他們一起吃，他們還是毫不客氣地開動了。

他們看起來有點高興，是因為其中也混著一些昂貴的餐點吧。利瑟爾不太有看價錢的習慣，點的又都是主廚推薦、當季的魚類，價格當然就比較高了。

「這個國家的魚整體來說都很好吃，真好。」

「那當然啊！」

「雖然是比不上你們獵到的鎧鮫啦！」

男人們灌著酒大笑出聲，看他們喝得這麼開心真是太好了。

這時，或許是聽到「鎧鮫」這個詞，坐在一段距離之外的冒險者望向利瑟爾他們那一桌。一刀的隊伍討伐鎧王鮫的消息已經傳了開來，但是看到眼前的利瑟爾，幾乎沒有人會把他跟那個傳聞聯想在一起，即使聽說過他是個不像冒險者的冒險者也一樣。

那些冒險者也無法確信，一臉詫異地不知道討論著什麼，但利瑟爾他們並沒有注意到。

「對了，聽說之前鎧鮫肉是擺在攤車上賣的是不是啊？下次什麼時候還要賣啊？」

「目前沒有計畫呢，我們暫時也不會再潛入『人魚公主洞窟』了。」

「我上次沒搶到，好想吃喔。」

「我那時候跟老婆吵架了，結果買那個鎧鮫肉給她吃，她馬上就不生氣啦！那真的很好吃啊！」

就在他們熱烈討論著鎧王鮫的時候，下一道料理也來了。

陸陸續續送來的料理擺滿了整張桌子，雖然肚子很餓，但好像一口氣點太多了，利瑟爾露出苦笑。平常料理剛點下去就會被伊雷文消耗掉了，他從來沒有因為點太多菜而困擾過。

「喔，不過聽說這次船上祭會有魔物肉喔！」

「什麼！哪一艘船！」

「只是傳聞啦，應該是頑固老頭的漁船，要不就是中央船的宴會之類的吧？」

船上祭果然在這裡也是人們談論的話題。

所謂的中央船，就是伊雷文所說的那艘由國家持有的大船嗎？利瑟爾眨了眨眼睛，坐在對面的男人便衝著他露齒笑了。看見那道充滿自豪的笑容，利瑟爾不禁笑了。這真是個好國家。

「對啦，冒險者先生啊，你沒參加過船上祭吧？怎樣，有沒有興趣啊？」

「是的，我很有興趣。」

利瑟爾粲然笑著這麼回答。這可不行，其他男人聽了也起鬨起來。

這可是舉國同歡的盛大慶典，沒聽說過簡直豈有此理，而即使只是不明白船上祭的魅力，他們身為阿斯塔尼亞國民也無法視而不見吧。

「我聽說過中央會有一艘隸屬於國家的大船，其他船隻也會聚在周遭……啊，還會有各種節慶活動。」

「才不只這樣咧！我想想，你知道有個地方會把整艘船弄成酒窖嗎？你的夥伴很愛喝酒吧？」

原來如此，劫爾他們聽了應該會很高興吧。

或許是想起了利瑟爾不能喝酒的事實，坐在他隔壁的男人悲傷地按著眼角，不曉得是不是喝醉了。不過目前為止，醉鬼從來沒有給利瑟爾帶來任何直接的傷害，因此他也不在意。回想起來，年輕的店員曾經帶著遙遠的眼神喃喃對他說：「只要有你在就不會演變成無法收拾的局面，真是太好了……打掃工作減少是一種幸福……」聽起來他們平常喝醉的表現或許更加激烈，只是利瑟爾沒有見過而已。

「最大的看點還是王族也會參加的船上宴會啦！有酒、有料理、有跳舞、有演奏，反正很熱鬧啦！」

「很熱鬧嗎？」

「啊？那當然啊！」

利瑟爾想像中的船上宴會，端出來的酒要不是香檳就是葡萄酒，跳舞和演奏則是在管絃樂團的伴奏下跳華爾茲，不過看起來這裡的船上宴會並不一樣。不愧是阿斯塔尼亞，利瑟爾點點頭喝了口水。注意到他杯中的水減少了，其中一個男人替他喊了店員。

「那場宴會並不是所有人都能參加吧？」

「是啦，船上能容納的人數也有限嘛，大概在宴會三天前抽籤是每年的慣例。」

「抽籤之外也有招待來賓，冒險者先生你們應該會接到邀請吧？」

「不知道呢，畢竟我們也不是國賓，我想應該不太可能。」

利瑟爾張嘴含入貝肉，一邊咀嚼一邊稍微偏著頭思考。男人們看著他心想，「你們沒被邀請還比較讓人驚訝咧。」既然當事人都這麼說了，想必他們確實不是國家接待的賓客，但還是讓人覺得他們理所當然該受到邀請。

只不過從利瑟爾的角度看來，他們是沒有理由受到邀請的。他們認識的王族只有一位，而且那位王族肯定會窩在書庫不參加宴會。

「王族也會參加，但並不是所有王族都會出席吧？」

「那當然囉，咱們的王族也有很多不在國內嘛。」

「人要是在國內絕對會參加的啦，不只是宴會，他們在其他船上也像一般人一樣到處喝酒、到處去玩，開心的咧。」

聽說連在遠離中央大船、不起眼的小型船隻上面，也會見到王族。

從男人們的口吻可以聽出他們很期待在慶典上跟王族一起同樂，這裡的王族一定相當受到民眾愛戴吧。不過幾乎沒有人能記得所有王族的長相，而且就連人數也不太確定，王族本人站在眼前他們也不見得看得出來就是了。

「各位有什麼推薦一遊的船隻嗎？」

「冒險者先生會喜歡的船喔……船上祭什麼都有哦，賭場、鬼屋、釣魚體驗……」

「說到這裡才有的活動，還有魔鳥騎乘體驗喔，但那個只開放小孩子去坐。」

國家自豪的魔鳥騎兵團被當成一個慶典表演節目了。

「釣魚不錯呢，我最近稍微嘗試了一下，很有趣。」

不過利瑟爾已經騎過魔鳥了。

吸引他的是魔鳥以外的活動，尤其對於釣魚他特別感興趣。

「喔，你之前居然都沒釣過魚啊，太可惜啦！」

「漁夫大哥也這麼說。」

對於阿斯塔尼亞國民來說，釣魚果然是孩提時代必定體驗過的遊戲吧。

聊起這個，所有人開始如數家珍地告訴他哪邊的釣點最好、什麼時候該到哪裡才釣得到魚，在哪個地方用哪一種釣餌可以釣到什麼魚等等。利瑟爾只有一次釣魚經驗，對話中有些用語不太理解，不過每次碰到這種詞彙他們都會替他解說，真是幫了大忙。

下次釣魚的時候得更有釣者的樣子才行，利瑟爾點點頭這麼想著，接受了現場大家的甩竿姿勢教學。但他不知道的是，雖然沒人說出口，所有人內心都不約而同地覺得他甩起竿來真不適合。

「怎麼樣啊，你第一次釣魚的收穫怎麼樣啊？有漁夫大叔告訴你釣點，應該不至於半條都釣不到吧！」

「是的，我想收穫應該算豐富吧，用的釣餌是食籽蟲。」

「這、這樣啊。」

看見利瑟爾一臉微笑地提起這件事，他們反而有點不知該作何反應。

「但是我釣到的魚只有一種，聽一起釣魚的人說那是有毒的魚。」

「啊……現在這時期還滿多的喔。」

「那種魚吃了舌頭很麻，但滋味本身很不錯啊，好像有間高級餐廳會把牠的毒處理掉，當作一道菜喔，聽說因為還會留下一點麻麻的感覺，吃了讓人上癮。」

「哦，可以告訴我是哪一家餐廳嗎？」

聽見利瑟爾這麼問，男人爽快地回想起被他拋到記憶彼方的餐廳情報。

他連店名也不記得，地點也只記得大概在哪一帶，不過這樣就足夠了。畢竟是高級餐廳，在周邊一帶想必有一定的知名度，剩下的情報只要調查一下就能得知。

聽起來距離旅店有點遠，不過聽說去除毒素也需要特殊的技術，那天也沒聽見旅店主人提起毒素處理的事情，果然不到專業的餐廳就吃不到這道菜吧。

「啊，這樣的話當初不要全部讓伊雷文吃下去，拿去請餐廳料理也可以呢。」

男人們面無表情地看向利瑟爾。

因為利瑟爾看起來實在不像會毫不留情地逼人吃下自己釣到的毒魚的人。一定是聽錯了吧，他們下了這個結論。雖然這裡的蛇族獸人比其他國家來得多，但還是很少人知道他們的種族特性。

「對啦，聽說你們之前跟很不得了的商人走在一起啊！」

「喔對，咱們領班還慌張得要命咧！」

他們當作沒聽見，換了個話題。

順帶一提，不是惡作劇也不是什麼霸凌，只是尋常地被餵了毒魚的伊雷文，到了最後也邊吃邊大讚好吃。是不是該替自己辯護一下比較好呢？注意到他們刻意轉移話題，利瑟爾苦惱了一瞬間。不過也沒什麼關係，於是他順水推舟地跟著聊起了他們開啟的話題。

「你們說的是因薩伊先生嗎？我也一直受到他的關照……」

「喂，打擾一下。」

突然有人打斷了他。

轉頭一看，原本坐在一段距離之外喝著酒的冒險者們正堵在他旁邊。他對這些人不太有印象，感覺在公會見過一、兩次，應該是最近剛到這個國家來的冒險者吧。

與此同時，和利瑟爾同桌的男人們威嚇似地站了起來。即使對方是冒險者，這個國家的男人也不會退縮半步。

「喔，小哥啊，你們找這個人有什麼事？看起來不像是來聊天的，啊？」

「啊？不相干的人一邊涼快去。」

雙方彼此互瞪，利瑟爾來回看著他們。

為什麼一開始就用這種像要吵架的語氣說話？對他們來說，這應該是習以為常的反應吧，不過那些冒險者說的也沒錯，他們要找的是自己，利瑟爾於是請男人們退後。

男人們勉強往後退，但還是站著喝酒，銳利的目光惡狠狠瞪著眼前的冒險者。這也不是為了利瑟爾挺身而出，只是阿斯塔尼亞男人的一種條件反射而已。

「所以，各位找我有什麼事呢？」

「你剛剛提到了鎧鮫吧。說那個鎧鮫是你獵來的，我們實在不相信。」

「是呀，確實不是我獵到的，我只是負責賣魚肉而已，就被人誤會了。」

利瑟爾回得無比乾脆。

果然是這樣，那些冒險者聽了咋舌。男人們在一旁忍不住笑，酒都噴了出來，冒險者們看見這種反應才發現自己差點被擺了一道，在羞恥和憤怒之中皺起臉瞪著利瑟爾。

砰的一聲，冒險者猛地拍桌，利瑟爾瞥了那隻手掌一眼，依然平心靜氣地仰頭看向對手。

「渾帳東西，你想打架是不是啊！」

「我本來只是想告訴各位，不相信的話不必勉強而已……讓你不高興了？」

言下之意暗指來挑釁的是對方才對，冒險者聽了額頭爆出青筋。

說到底，有能力從其他國家輾轉抵達阿斯塔尼亞的冒險者都對自己的實力相當自負。當然，如果是與商隊同行，或用其他方式湊到一定人數結伴的話就難說了，眼前這些冒險者不知道屬於哪一種？

無論如何，被利瑟爾這種看起來就是個小白臉的傢伙挑釁，他們都不可能默不吭聲。

「我們都聽到鎧鮫在市面上流通的傳聞啦，不管你是什麼東西，身上肯定有素材吧。」

「是呀。」

「我們就是來問問看啦，看素材能不能便宜賣給我們啦！」

看見對方沉穩的相貌，他們或許覺得出言要脅立刻就能得逞吧。

但是伸向利瑟爾前襟的手卻被他啪地打掉了。冒險者們沒想到他會反擊，一瞬間愣怔地低頭看了看被彈開的手。

利瑟爾沒把他們的反應放在心上，逕自甩了甩手，沒想到還滿痛的。

「像你這樣的人絕對會往這裡抓過來，連我都學會了。」

「什……」

利瑟爾不著痕跡地拿裝著水的玻璃杯冰敷自己發麻的手，繼續說下去：

「先告訴各位，威脅我沒有意義，即使你們拿出大把金幣我也不打算出售素材。還有，各位想鬧事的話我們就到外面去吧，否則會給其他客人造成困擾的。」

利瑟爾冰敷著的那隻手悠然朝門口一指。

但那些冒險者卻像被釘在原地似地動也不動，不知是因為利瑟爾那種游刃有餘的態度讓他們摸不透他的本意，還是那若無其事的口吻讓他們無法判斷對方是不是在挑釁他們。

而且他們所能採取的所有行動都遭到對方斷言沒有意義，一群人突然手足無措了起來。

利瑟爾見狀露出了無奈的微笑。

「店員，請問他們的帳單金額是？」

「咦，總共是五銀幣三銅幣……」

「差不多該找第二間店續攤了吧，各位覺得怎麼樣呢？」

除了聽從建議之外，那些冒險者別無選擇。

他們就像被操縱的人偶一樣呆呆付了錢，走出酒館。門板發出了和酒館一點也不相稱的細小聲響悄然關上，在那一瞬間，店裡頓時炸開了一陣歡聲。

「謝謝你、謝謝你！我本來都在想今天不知道要收拾幾個摔破的盤子了！看剛才那個發展確實是要打起來了！」

「不會，畢竟一部分的原因也出在我身上。」利瑟爾說。

「冒險者先生，你不錯嘛！幹得太好啦！被那種傢伙找碴還裝作沒看到就不算男子漢啦！」

「我的做法跟裝作沒看到也相去不遠了。」

利瑟爾苦笑著說。異常興奮的客人們不顧他的反應，店裡響起了盛大的乾杯呼聲。自己明明是當事人卻沒辦法跟他們一起乾杯呢，利瑟爾聽著這陣歡聲，低頭感慨地看著手中只裝著水的玻璃杯。

「啊，伊雷文回來得比我早呢。下一個換我用淋浴間。」

「請便，難得看隊長這麼晚回……哇靠，酒味好重！你喝酒喔?!」

「一滴也沒喝，只是周遭的人都在灌酒。」

「該說還好你不是聞到酒味就會醉的體質嗎……唔哇，不只衣服，連頭髮上都有味道！隊長聞起來是這個味道我不能接受，你趕快去洗澡！」

後來，利瑟爾明明仔細洗過澡了，獸人的嗅覺還是判他不合格。無奈之下，利瑟爾於是被宣告自己得重洗的伊雷文親自動手再洗了一遍。

即使船上祭的日子日漸接近，利瑟爾他們平時的生活仍然沒變。

以冒險者的身分完成委託，漫步森林、潛入迷宮；不接委託的時候就在城裡閒逛，或與熟人見面，除此之外，每隔幾天利瑟爾就會去替亞林姆上一次古代語言課程。

只是這堂古代語言課差不多也看得到終點了。利瑟爾今天也一早就到了公會，正語帶惋惜地說起這件事。

「有什麼好不滿的？」劫爾問。

「我想說，我還有想看的書沒看完呢。」

「那個殿下就算不用上課也會讓你進去吧？」伊雷文說。

「也難說吧，沒有藉口就擅闖王宮不會被納赫斯先生罵嗎？」

委託告示板旁邊的警告黑板上，代表森林的區域用紅色粉筆標示著好幾個叉，這是土石坍方的警告標誌，表示黎明那場大雨使得土石鬆動了吧。

三人掃視過黑板，站到委託告示板前面，一如往常從F階開始按順序看過去。周遭的冒險者知道利瑟爾不只是看看而已，有時候真的會接取F階或E階之類的低階委託，因此好奇地看著他們，想知道他們今天會選什麼。

「都讀過那麼多了，你到底還有什麼想讀的？」劫爾問。

「那裡不愧是王宮的書庫，有很多罕見的書籍呢。像我之前讀過的那一本也很有意思，寫的是在古代語言還受到廣泛使用的年代，有的戰鬥民族會把魔力……」

「喏。」

就在利瑟爾興高采烈地準備說下去的時候，劫爾忽然抓著他的頭往旁邊一轉。

聽我說一下有什麼關係嘛。利瑟爾邊想邊順從地往那邊望去，只見伊雷文彷彿早就等在那裡似地正拿著一張紙向著這裡展示。真是合作無間。

但利瑟爾還來不及佩服，那張海報的內容便躍入了視野。海報最上方寫著「冒險者公會主辦『迷宮品展覽會』」的文字，不曉得是從哪裡撕下來的。

「徵求迷宮品……原來公會也會參加船上祭呢。」

「這企劃有點尷尬啊。」劫爾說。

「不過說稀奇也是滿稀奇的啦，感覺還算能炒熱氣氛？」伊雷文說。

迷宮品這種東西對冒險者來說稀鬆平常，但它們很少流通到市面上。

並不是每一次潛入迷宮都有辦法發現寶箱，寶箱當中開出來的也不一定是迷宮品，反而時常開到商店裡就能買到的武器、防具、道具等等。除非是迷宮深層的寶箱，否則那些非迷宮品往往也賣不到多少錢。

迷宮特有的物品種類相當多元，其中只有具備特殊效果的東西被稱作「迷宮品」。由於迷宮品的特異性使然，它們往往不會被擺在商店裡販賣，而是流傳到有心收購它的人手中。

「唔，不過上面沒寫活動詳情呢。」

「如果每年都辦也沒必要寫吧。」

「隊長，你想參加喔？」

「參加應該可以獲得一定的好處吧。」
真令人好奇，利瑟爾從伊雷文手中接過海報。
注意到上頭寫著「請至專用窗口辦理參加手續」，利瑟爾望向公會櫃檯，看見熟悉的那位肌肉壯碩的公會職員站在最旁邊那個窗口，面前擺著一個「迷宮品展覽窗口」的牌子。
看著看著，他忽然與職員四目相交，對方看過來的眼神不知為何有點嚴厲。
「不要亂撕海報！沒有那麼多張可以貼！」
「啊，這本來是貼在哪裡的嗎？」
「那邊──」
「不可以擅自撕下來哦。」
伊雷文指著那塊貼著公會公告等訊息的告示板，最顯眼的正中央確實空缺了一塊。是什麼時候去撕的？利瑟爾邊想邊將海報還給他，伊雷文於是心不甘情不願地去把海報重新貼上。
「啊，歪了呢。」
「那傢伙真隨便。」
伊雷文自己似乎也注意到貼歪了，不過他心想沒差，就這麼走了回來。
反正事後應該會有職員來幫忙重新貼好吧，利瑟爾他們朝著專用窗口走去，打算先詢問一下活動詳情。在專用窗口前，公會職員看著那張歪斜的海報，放棄似地搖了搖頭。
「早安，職員先生。」
「早。你們想來問展覽會的事吧？」

「是的。」

職員率先說中了利瑟爾他們的來意，同樣的說明他至今已經重複過無數次了吧，不曉得公會是不是考量到初次參加的冒險者人數很少，所以決定口頭說明比較快。

阿斯塔尼亞由於地形關係，入境的冒險者和出境的冒險者都很少，或許說明起來也不費事吧。

「總之，要做的事就是你們看到的那樣。你們去找來迷宮品，我們會包下一整艘大船展示它們，場面還滿熱鬧的喔。」

先前聽說過的魔物人氣投票也好，這一次的迷宮品展覽會也好，這間公會似乎為了增進民眾對冒險者的親近感做了各式各樣的嘗試。可能是因為這裡冒險者的性格使然，不論好的方面或壞的方面他們都太容易隨著氣氛起鬨，碰上打架或任何事都馬上跑去湊熱鬧，導致冒險者災情總是沒停過。

話雖如此，這裡的民眾也都是同樣的性格，不會輕易對冒險者產生負面看法。不過公會的對策還真是充滿了逗趣的巧思呢，利瑟爾佩服地點點頭，不曉得這是不是公會長個人的喜好。

「什麼迷宮品都可以喔？」

「當然，不過只限於在這裡申請過之後開到的迷宮品。」

「嗄，為啥？」

「假如有人愛面子跑到店裡去買，那就不好玩啦。得憑著運氣和實力拿到迷宮品，再加上迷宮會全力看場合行事，從那個迷宮品就可以一目瞭然地看出開到的是什麼樣的隊伍囉。」

這才是展覽會的醍醐味啊，職員大笑著說道，看來他自己也相當期待。

據說迷宮品會寫上隊伍名稱展示，假如沒有隊名，就會寫上隊伍成員的名字。這也就表示冒險者萬一拿出太隨便的迷宮品可是會顏面盡失的，但也沒有辦法作弊，一看公會卡馬上就會被發現了。

「大家都會參加嗎？」利瑟爾問。

「會啊，大部分都會，也可以拿獎勵嘛。」

「獎勵？」

「公會會把大家拿來的迷宮品分成幾個階級，每個階級有不同的優待，像是租借魔道具半價啦、免費啦，優待一次或兩次之類的。」

原來如此，看來是最大程度地活用了主辦方是公會這一點。

每天都與缺錢奮戰、連道具都買不齊的低階冒險者看到這種獎勵肯定會非常高興。高階冒險者也一樣，越高階的委託所必須使用的魔道具也越稀有，這是所有冒險者都想要的優惠。

話雖如此，這三人會靠著劫爾的蠻力、伊雷文的靈巧、利瑟爾自由的發想解決各種狀況，需不需要這種優惠倒是很難說。彷彿聽得見商人少女響亮的吐槽。

「可以的話，我也希望你們來參加。」

「為什麼啊……」劫爾問。

「因為深層才會出現的迷宮品也不容易蒐集到嘛。」

職員環抱雙臂，別有用心地笑了：

「雖然說其他冒險者為了面子也會潛得比平常更深入，但有辦法拿到最高品質迷宮品的傢伙還是很有限啊。只要積極展示這種迷宮品，公會的名聲也會水漲船高啦。」

明明叫冒險者不要愛面子，但公會自己看來不在此限。

利瑟爾有趣地笑了。要不要參加呢？利瑟爾回想起至今見過的迷宮品。公會想要的是一看就知道它很厲害的那種迷宮品，也就是會以「傳說等級」形容的迷宮品吧。

以前劫爾曾經開到非常有氣氛的漆黑全身鎧，伊雷文在旁邊一邊爆笑一邊說「好黑好黑」。伊雷文自己也曾經開到一把裝飾無比華貴、燦爛奪目的彎刀，還一邊抱怨它好難用。

雖然獎勵對他而言缺乏誘惑力，不過以冒險者身分參加船上祭好像非常有趣。

「劫爾，你覺得如何？」

「你想去就去。」

「那伊雷文呢？」

「隨隊長開心！」

劫爾低頭看向他，微微抬起下顎示意；伊雷文瞇細雙眼，回給他一個燦爛的笑容。利瑟爾看了微微一笑，今天他們原本打算前往「人魚公主洞窟」以外的海洋迷宮，看來計畫得變更了。

「那我們決定參加。」

「就等你這個答案！」

職員挺起胸膛表示歡迎。

他的喜悅不只是因為可以展示稀有的迷宮品，同時也是因為他就像其他阿斯塔尼亞國民一樣熱愛慶典吧。感覺得出他希望第一次參加船上祭的利瑟爾他們能夠盡情享受這場慶典。

「好，那公會卡借我一下吧。」

「這不是委託也需要卡片喔？」伊雷文問。

「是要調整一下，讓卡片上可以看出你們申請之後最先取得的迷宮品啦。」

「這卡片性能真好。」劫爾說。

「能夠應用在這麼多方面，裡面說不定裝有迷宮品呢。」

「那方面你別細想啊，這也算是機密了……」

順帶一提，能夠提交的迷宮品真的只有最先取得的那一個而已。

套句職員的話來說，「讓你們選就沒意思啦」。不曉得迷宮是否也察覺到公會有這個活動，寶箱也常常很識時務地開出符合各個隊伍特色的迷宮品。

「迷宮在慶典的時候也特別興奮嗎？」

「平常就這樣。」

「對啊，平常就這樣啦。」

這樣啊。聽見劫爾和伊雷文秒答，利瑟爾點點頭。

他從自己的腰包裡拿出公會卡，接著他正要朝劫爾他們伸出手，準備連著另外兩人的卡片一起交給職員的時候……

「啊，只要你的卡片就可以囉，因為我們要展示的是隊長，也就是整個隊伍的代表人物開出的迷宮品嘛。」

利瑟爾的動作戛然而止。

劫爾和伊雷文帶著意有所指的笑容看著他那副模樣，看著利瑟爾低下頭開始凝神打量起自己的公會卡。這裡並沒有人格高尚到會主動問他「那還是不要參加了吧？」的那種人。

「好了，你認命吧。」劫爾說。

「請等一下……」

「隊長，快點快點，人家在等你的卡片欸。」

「我還在考慮。」

一個人催促似地推著他的背，一個人戳著他的手臂，利瑟爾在這種狀況下兀自思考。

利瑟爾還沒有放棄成為一個有冒險者樣子的冒險者，對他來說這可是個攸關成敗的緊要關頭。假如在這種時候開出泰迪熊之類的東西，周遭肯定又會更覺得他不像冒險者了。

利瑟爾緩緩回想起至今開到過的所有迷宮品，最有冒險者風格的迷宮品是什麼呢？是按按鈕就會發出叫聲的巨大迷宮頭目玩偶，還是那本迷宮內部對話集《你們搞笑吶喊過的那些必殺技》？

「（子爵收到了也非常高興，應該算是合格吧。）」

利瑟爾心懷一絲希望，瞄了公會職員一眼。

「你們一定會開出白銀鎧甲或秘銀魔杖之類的東西吧！」

不，不合格。

就在劫爾他們看好戲般的守望當中，利瑟爾一臉嚴肅地默默思考了一陣子。接著他忽然使勁點點頭，抬起臉說：

「男子漢大丈夫，說話算話。」

「隊長，那種話你到底是去哪學的啦？」

「不要只是因為你想說這句話就故意拿捏答應的時機啊。」

在一個人一言難盡、另一個人無奈的視線之下，利瑟爾將公會卡交了出去。

職員納悶地接過他的卡片，似乎不懂他到底在猶豫什麼，不過還是以熟練的動作將卡片裝到魔道具上頭。

「不好意思啦，要花點時間，你們去旁邊坐著等吧。」

「好的。」

「嗄——」

「不會讓你們等那麼久啦。」

聽見伊雷文不滿的聲音，職員哈哈笑著這麼答道。在職員的目送之下，利瑟爾他們走向空著的桌子。現在雖然是早上公會擁擠的時段，不過冒險者大多都三兩下接完委託就離開公會大廳了，因此桌邊有不少空位。

「你打算參加啊。」劫爾說。

「你們不是一副興致勃勃的樣子嗎？」

「那當然。」

看見利瑟爾表現出有點賭氣的態度，劫爾有趣地瞇細了眼睛。

三人避開大廳裡來來往往的冒險者，走到桌邊各自坐了下來。伊雷文朝著利瑟爾湊近，揶揄似地看著他問：

「隊長，你不想參加喔？」
「沒那回事，反正不管開出什麼都沒有損失呀。」
利瑟爾綻開了笑容這麼說，摸了摸湊近的艷紅髮絲。
凡是感興趣的活動，無論什麼利瑟爾都一路參加過來了。這次儘管苦惱了半天，不過劫爾他們本來就覺得利瑟爾一樣會參加，因此對這種反應並不意外，兩人於是各自放鬆休息。
「那今天就要潛入迷宮囉？瞄準深層的話，應該找大哥已經攻略過的地方？」
「是呀，這樣也比較輕鬆。」
劫爾每天都在攻略迷宮，這宛如他的興趣，拜此所賜他們的選擇很多。那該去哪裡才好呢？眼見利瑟爾和伊雷文開始思考這個問題，劫爾正打算開口跟他們說，接個潛入迷宮的委託順便尋找寶箱也可以吧，就在這時……
「你攻略過『莊嚴王城』了嗎，劫爾？」
「啊？」
「那裡最適合。」
利瑟爾如此斷言。劫爾略感詫異，不過還是告訴他那個迷宮他已經攻略完畢了，利瑟爾聽了滿意地點點頭。
接著，利瑟爾沉思似地別開視線。在他的視線另一端，冒險者們聽說了利瑟爾他們要參加展覽會，正把這件事拿來當話題，討論著這些人到底會帶什麼迷宮品回來。
「盡可能找常見類型的迷宮，比較不容易開出奇特的東西……啊，不過最保險的還是找個還沒有人通關的迷宮取得通關報酬……但這感覺不會被認定為迷宮品呢……」

儘管帶著溫煦的笑容說什麼「沒有損失」，但看來利瑟爾是認真的。

「隊長還沒放棄喔？」

「每次我們開到正常的東西他都一副不滿的樣子啊。」

利瑟爾從寶箱裡開出來的東西雖然沒有冒險者味，但都擁有該階層應有的價值，他本人也覺得既然如此就沒有問題。但這和那是兩回事，利瑟爾並沒有放棄，他仍然想開到充滿冒險者風格的劍、裝備、回復藥之類的東西。

這一次迷宮會配合慶典見機行事，想必是他最大的機會了，利瑟爾是不可能放過的。

「喂，手續辦好囉！」

「啊，我過去一趟哦。」

利瑟爾從沉思中抬起臉，微微一笑走向櫃檯。伊雷文望著他的背影喃喃說：

「感覺迷宮體貼隊長的方向會跟他的期待完全相反欸。」

「別說了。」

從阿斯塔尼亞出發，「莊嚴王城」位於森林較深處的位置，但它同時也是座廣受冒險者歡迎的迷宮。最主要的理由是因為它階層多，意味著單一階層的面積比其他迷宮狹小，更容易抵達下一個魔法陣；而且每一階層的魔物強度差距較不明顯，攻略時比較容易往前推進。

最初的階層只要有F階的實力就足以挑戰，到了深層也會出現相當於A階的魔物和寶箱，造訪此地的冒險者自然絡繹不絕。

「人很多呢。」

「正常都是這樣吧。」劫爾說。

因此，就算是一大清早也會出現迷宮大門前方大排長龍的情況。

大門開啟，等待一個隊伍走進去，然後又再度關上。同一輛馬車上坐了許多前往同一座迷宮的冒險者時，這個單純的步驟還是會讓人等上一段時間。利瑟爾他們看著幾個隊伍接連消失在門扇另一側，悠哉地等待輪到自己的時候。

「正好有適合的委託，太好了。」利瑟爾說。

「是啊！」

說到底，能不能發現寶箱全憑運氣，有時候無論跑了多少層還是連一個寶箱也找不到。為了避免遇到這種情況無功而返，他們三人精打細算地接了能夠在這座迷宮完成的委託才過來。

「幽靈鎧甲的手環……是什麼樣的手環呀？」

「有時候會出現手甲上戴著粗大白銀手環的傢伙，就是那個手環啦。」

「有沒有手環是隨機的。」

他們這次的獵物，是裡頭空無一物卻會四處走動的全身鎧甲。

這是城堡系迷宮當中常見的魔物，利瑟爾出於「感覺最有氣氛」的原因選了這個委託。換言之，他瞄準的是打倒襲來的鎧甲之後發現的寶箱，感覺裡面一定裝著充滿冒險者風格的裝備。

「下一個就換我們了。」劫爾說。

「好的。」

排在他們前面的隊伍走進了大門，三人於是站到了闔上的門板前方。
這扇門比起室內的門扉更像室外的城門，設計高貴奢華，簡直像真正會出現在王城的大門一樣。利瑟爾一碰，門扇就彷彿主動招呼訪客進入般緩緩打了開來。
利瑟爾覺得這種開門方式很有氣氛，不過很多冒險者都覺得不如迅速打開、迅速關上，這樣就不必排隊等半天了。
「這裡我是第一次來欸。」
「伊雷文，你自己一個人的時候比較常到附近的迷宮對吧？」
「因為一個人默默搭馬車很無聊嘛。大哥，你一個人搭馬車的時候都做什麼啊？」
「沒做什麼，不然就睡覺。」
一行人邊聊邊踏進門內，金碧輝煌的玄關大廳立刻躍入視野。
天花板經過挑高，整面都繪有色彩鮮艷的繪畫，上頭吊著巨大的水晶吊燈，無數的精緻玻璃燈飾反射著燈光。他們腳下是殷紅的地毯，筆直往深處延伸而去，白色石柱沿著地毯兩側矗立，每一根石柱上都有著精細優美的雕刻。
「隊長，懷念嗎？」
「嗯……我們國家的王宮沒有這麼金碧輝煌，是更莊重嚴肅的感覺吧。」
如果是少女來到了這個空間，一定會陶醉地想像王子走在自己身邊，利瑟爾他們卻沒有什麼感慨，邁開大步尋常地走在地毯上。畢竟劫爾曾攻略過這座迷宮，伊雷文也在王都見識過一次王宮內部，已然興趣缺缺，而利瑟爾對此更是司空見慣。
在寬敞玄關大廳的正中央、水晶吊燈的正下方，地毯轉變為十字狀，位於十字中心的魔法陣正散發著朦朧的光暈。

「幽靈鎧甲是在七十層以後才會出沒吧？」利瑟爾說。

「印象中一直到最深層都有，再往後一點也行。」劫爾說。

「那麼……最後一層是第一百層，最深就是到九十九層囉。」

「從八十層左右開始前進，然後最後接著打王也可以？」伊雷文說。

踏入迷宮之後的第一個空間不會出現魔物，因此三人毫無顧慮地討論起接下來的策略。

來到迷宮之前得搭好一陣子的馬車，在馬車上搖搖晃晃的時間也可以用來討論，不過利瑟爾他們通常是一邊確保自己的空間一邊閒聊。說是這麼說，在確保空間的也只有劫爾和伊雷文兩個人，利瑟爾在完全搭不習慣的擁擠馬車上就連腳該踩在哪裡都搞不清楚。

「以頭目為目標，會比較容易發現寶箱嗎？」利瑟爾問。

「那是隨機的吧，沒差。」

「這邊不是很多小房間嗎，寶箱要是擺在小房間裡感覺很有氣氛欸。」

「聽起來很棒呢。」

這麼一來就只能腳踏實地地把路上發現的每一扇門都打開來看看了。

這一次，利瑟爾甚至向公會購買了他平常不使用的迷宮地圖，今天搭乘馬車的時間就是他翻看地圖的時間。他在車上就把所有地圖都背起來了，可見他對寶箱有多麼勢在必得。

「那麼我們就從第八十層開始，以頭目為目標前進吧，希望在抵達最深層之前可以發現寶箱。」

劫爾和伊雷文面對魔物不必苦戰，而利瑟爾幾乎不會迷路，因此他們三人的攻略步調快得異常。

把整整二十階層的每個角落都走過一遍，總會找到一、兩個寶箱吧，假如真的找不到那就是運氣不好，只要老實放棄、再來一次就好了。

利瑟爾他們就這麼踏上了魔法陣，朦朧的光芒瞬間增強，隨著一點習以為常的飄浮感，眼前的景色倏然一變。

「好近!!」

剛傳送到目的地，伊雷文便反射性地將劍刃刺向蓋住自己整片視野的「飛天魔書」。

「到了深層，果然連傳送都無法和平進行呢。」

「牠整本往你臉上飛啊。」

「太近了我根本不知道那是不是魔物……」

位置近得不像是襲擊過來，簡直像牠只是碰巧待在傳送位置。

魔物啪搭啪搭地動著書頁，伊雷文一抽出雙劍，牠古舊的紙面上便滲出墨水，整本書無力地掉落地面。

「別碰。」

「我知道。」

利瑟爾湊過去打量那隻奄奄一息，只能躺在地上顫抖的魔物。

他在其他迷宮也見過類型相似的魔物，但那時候的書本內部是白紙；眼前這本魔書上好像寫著什麼字樣，勾起了利瑟爾的興趣。

「這上面有寫什麼喔？」伊雷文問。

「看起來只是波浪線。」劫爾說。

「只是波浪線呢。」利瑟爾說。

原來只是弄成一副看起來好像寫得密密麻麻的樣子而已。

或許是想營造出某種氛圍吧，雖然比起全白的紙頁來得帥氣，看了還是不免讓人覺得那種像塗鴉一樣的線條有什麼效果。

三人從完全靜止不動的魔物身上抬起臉來，邁開腳步開始前進。

「有點可惜呢。」

「你對魔物期待什麼啊。」

他們沿著寬廣的走廊筆直前進，偶爾發現轉角處便拐彎。

多少也有些岔路，不過利瑟爾已經完全把地圖背起來了，因此腳步沒有半點遲疑，劫爾他們也毫不懷疑地跟著他走。

「隊長，找越豪華的門越好嗎？」

「嗯，感覺比較容易放著優良的迷宮品呢。」

有好幾道門面向著通道排列，利瑟爾他們在走廊上悠哉地邊看邊挑選要開哪扇門。

「但這些房間也可能有陷阱或魔物，還是我來開吧？」伊雷文說。

「那我們輪流開吧，來比誰運氣好。」

「就算讓我們開門，寶箱的內容物也不會變啊。」劫爾說。

走了一陣子，他們發現了一扇位於兩尊石像中間的門。

該由誰先開門呢？經過討論之後，總之由利瑟爾先將手放上了門把。他毫不緊張地拉開黃金製的把手，在門板另一側的情景即將映入眼簾之前，一隻手放上他頭頂，利瑟爾於是停下了正要跨入門內的腳步。

熟悉的大劍從他身後刺出，擊潰了出現在他眼前的中頭盔，隨之響起某種東西被壓爛的駭人「啪喀」一聲。

「我今天是不是運氣不好？」

「不會啦，剛好是委託指定的魔物，這樣反而算運氣好啦。」

利瑟爾感受著隔著一層手套觸碰頭頂的體溫遠離，一邊嚴肅地喃喃說道。畢竟此行的主要目的是迷宮品，運氣不好說不定只開得出古怪的東西。

伊雷文聽了哈哈笑著回話，也跟著拔出了雙劍。被劫爾擊潰的幽靈鎧甲保持著高舉長劍的姿勢往地面崩落，牠的身後還有複數的幽靈鎧甲等在那裡。

「感覺很硬呢。」

利瑟爾往後退了一步，將通道讓給另外兩人，邊說邊戲耍似地轉了圈手指。他往飄浮在臉頰旁邊的魔銃灌注具有貫通力的風屬性魔力，朝著晃動全身鎧甲逼近的魔物擊發。

「啊，距離這麼近還是打得穿呢。」

「後側沒有貫通。」

「真的嗎？我已經灌注比較多魔力了呢。」

魔物在槍擊之下停止了動作，劫爾隨即揮劍砍下牠的四肢，邊踢開滾落地板的頭盔邊說道。往那裡一看，額鎧上開的洞確實沒有貫通到後腦勺。

不愧是深層的魔物。尤其幽靈鎧甲是防禦力特別強的魔物，僅憑利瑟爾一個人不足以給予致命一擊。話雖如此，冒險者能夠獨自討伐深層的魔物才不正常，因此他也不介意。
「牠們都沒戴手環欸。」
「是機率很低嗎？劫爾，你之前來的時候見過多少？」
「誰會特別注意這個。」
凡是能夠取得的魔物素材，一般冒險者一定會在戰鬥之後一個也不漏地收起來。
但劫爾除了頭目級魔物之外全都擱在原地不管，而受到劫爾影響的利瑟爾也一樣除了感興趣的素材以外全部不撿，伊雷文也一樣會把賣不到多少錢的素材丟在原地。
假如迷宮是其他冒險者也一起共用的場所，肯定有人會想跟在利瑟爾他們後面撿剩下來的東西……不過也僅限於實力足以潛入深層的人才能這麼做。
「好啦，最後一隻！」
肉眼追不上的快速踢擊往頭盔側面攻去，最後一隻幽靈鎧甲被伊雷文踹到牆上後停止了動作。
「換下一扇門吧。」
「你想退回原本那條通道？還是走裡面那扇門？」伊雷文問。
「選裡面那扇門吧。」
除了他們進來的那扇門以外，房間裡還有另一扇門，三人於是走了進去。
穿過門扇，另一端還是平凡無奇的王城走廊。看起來沒有寶箱，利瑟爾他們說著，殲滅時而襲來的魔物，一個一個打開特別感興趣的門扇，然後穿過那些空無一物、或是設有陷阱的房間。

「喔？」
「啊！」
然後，在他們打開了不知第幾扇門的時候。
他們發現了孤零零擺在房間正中央的寶箱。寶箱本身十分符合王宮的氣氛，裝飾成最典型的那種豪華寶箱的樣子。劫爾和伊雷文窺探著利瑟爾的反應。
「這個不行。」
「啊？」
「啥？」
利瑟爾苦惱一陣之後搖了搖頭。
「這種擺法看起來有點孤單，感覺開不出好東西。絕對會開出王宮御廚使用的最高級湯杓之類的東西。」
「你終於開始挑剔寶箱啦。」
「太好笑啦！」
劫爾一臉無奈，伊雷文則爆笑出聲，利瑟爾仍然神情嚴肅地看著寶箱，彷彿在說愛怎麼講隨你們便。
除非找到情境符合要求的寶箱，否則他是不會妥協的。他說了聲請便，敦促伊雷文去開寶箱，伊雷文也就不客氣地代他打開了。
「喔，是回復藥。」
寶箱裡放的是回復藥，裝在經過裝飾的玻璃瓶當中。

未經鑑定無法得知它的效果，不過從階層來看應該是上級或中級的回復藥吧。至於是否能避開回復藥必備的「治療過程比實際受傷更痛」的副作用，那就很難說了。

「為什麼由伊雷文來開就能開到正常的東西呢？」

「哎呀，但是這樣沒什麼意思嘛。」

伊雷文掌中把玩著那瓶回復藥哈哈笑著說道，不曉得是安慰還是取笑。利瑟爾不滿地看著伊雷文想著，假如是自己打開寶箱，開到的恐怕又是不一樣的東西了吧。

「一直找到有你滿意的寶箱為止不就好了？走了。」

就這樣，利瑟爾展開了寶箱探尋之旅。

不知是不是巧合，他們發現的寶箱比平常多了許多，但是利瑟爾全都不滿意。利瑟爾追求的並不是孤零零放在小房間裡，或是低調擺在通道盡頭的那種寶箱。

「喂，有個小的。」

「那麼小，說不定裡面裝的只是罐裝的頂級阿斯塔尼亞茶而已。不對。」

劫爾一打開，裡面裝的是一把短刀，裝飾優雅高貴，就算是貴族作為飾品佩在腰際也不奇怪。

「隊長，有個超大的寶箱欸，像衣櫥那麼大！」

「裡面裝的一定是會動的特大人造花之類的東西，我才不會被尺寸欺騙。」

伊雷文一打開，裡面裝的是足以遮擋全身的大盾，上面的裝飾看起來像是王城騎士會拿的防具。

「隊長慢慢失去了信心……」

「別管他。」

不曉得到底在與什麼搏鬥，利瑟爾一邊說著不是這個、也不是那個，一邊一層接著一層前進，眼神認真嚴肅。

這段期間他們集齊了委託品，肚子餓了就吃旅店主人特製的便當，最後終於來到了距離最深層只差一步的第九十九層。萬一在這裡還無法找到利瑟爾心目中理想的情境，那就下次再說吧，他們邊說邊爬上階梯。

一登上階梯頂端，他們就看見筆直延伸的走廊正前方，有道宛如通往王座般奢華的門扉。該不會……利瑟爾打開門，映入眼前的光景讓他眨了眨眼睛。

「感覺就是這個了。」

「是吧。」劫爾說。

「是這個啊……」伊雷文說。

門扉另一側的空間有著挑高的天花板，精工刺繡的地毯從腳邊鋪展開來。房間深處約有兩階的高低差，再走進去有張華麗又威嚴的椅子坐鎮在那裡。椅子前方放置的寶箱嵌著黃金和寶石，尺寸大小適中，在牆上等間隔設置的燭臺照耀下靜靜發著光。

寶箱前方有片不自然的影子橫在地毯上。那片漆黑宛如波濤翻湧般開始蠢動，接著猛地往上抽高，一條闇龍從黑影中現身。牠狀似長了翅膀的蜥蜴，低吼著從黑影當中抽出全身。

「這麼說來，這裡也會出現影龍呢。」

「很少見到。」

不愧是靠近最深層的地帶，這是相當棘手的魔物。

牠的體型還不比一個成年人高，但單獨一隻就擁有讓A階隊伍陷入苦戰的實力。儘管影龍在龍這個種族當中屬於低階魔物，但絕不能掉以輕心。

影龍渾身纏裹著黑影降落在地毯上，接著像要抖落暗影渣滓似地展開雙翼，緊盯著利瑟爾一行人伏下上半身，宛如鎖定目標般伸長了脖子。下一秒，威嚇似的高亢鳴叫聲撼動了空氣。

「魔法由我來抵擋，請你們毫無顧慮地衝過去吧。」

「嗯。」

「知道啦！」

敵手拍動翅膀的同時，戰鬥揭開了序幕。

「好，我要打開囉。」

利瑟爾他們面對影龍沒有經歷多少苦戰就取得了勝利，此刻一行人正站在寶箱前方。再經歷一番激烈的苦戰就情境上來說似乎比較理想，但是苦戰這種東西也不是刻意演得來的，這方面只能放棄了吧。

利瑟爾滿懷期待地在寶箱前方跪下，將手扶上箱蓋。

「讓劫爾或伊雷文把手放在上面，說不定能開到比較好的東西？」

「蠢貨。」

眼見利瑟爾直到最後一秒都不斷追求完美，劫爾啪地拍響了他的額頭。

一點也不痛。利瑟爾笑了出來，接著鼓足幹勁，緩緩打開蓋子。要是這個寶箱開出陷阱或是魔物，他想必會喪失所有的信心吧。

伊雷文也湊在他身後看，光線在注目之下逐漸照進寶箱內部。利瑟爾輕輕拿起終於顯露在外的內容物。

「王冠？」

「啊——像啦像啦，很有隊長的風格！」

這究竟該怎麼解釋比較好？

寶箱裡確實會開出出售之後可以換得大筆金錢的寶石和裝飾品。他該坦率地覺得自己開到了其他冒險者也會開到的東西而感到開心嗎，或者該因為想要更有冒險者風格的東西而難過呢？

「這如果只是普通的裝飾品，就不算迷宮品了吧？」利瑟爾說。

「戴戴看就知道了吧。」

如果有賈吉在，馬上就能解決這個問題了。利瑟爾邊想邊站起身來，仔細端詳手上那頂王冠。

假如只是漂亮的裝飾品，那就和店裡販賣的東西沒兩樣了，迷宮品應該會有其他附加價值才對。但是這種「附加價值」也沒有固定的規則，有些只是不容易壞掉，有些則是像劫爾所說，戴上之後會發動某些效果。

「（感覺不適合我。）」

利瑟爾邊想邊把王冠戴到自己頭上。

「如何？」

「沒想到不太適合你。」

「隊長戴起來太花俏了喔。」

他問的是有沒有出現什麼效果，結果那兩人只給他普通的穿搭評語。

利瑟爾露出苦笑，抬起手臂準備拿下王冠。沒什麼特別值得一提的，代表這頂王冠沒有發揮任何特殊效果吧。儘管這是其他冒險者開到了會樂得手舞足蹈的值錢貨，但對於現在的利瑟爾來說，不是迷宮品就沒有意義了。

「只論視覺效果，這頂王冠是至今為止最好的沒錯……」

「啊，等一下！」

利瑟爾惋惜地觸碰頭上的王冠，這時伊雷文忽然出聲阻止了他。

怎麼了？利瑟爾轉向那邊，只見伊雷文意有所指地笑著指了指他身後的椅子，意思是叫他坐上去看看吧。

「你看，難得有個王座嘛。」

「不是才剛說過不適合我嗎？」

「坐上去說不定就適合啦！」

伊雷文一直催著他說想看，利瑟爾於是露出無可奈何的笑容，坐上了奢華的王座。

天鵝絨的椅子坐起來果然舒適，在原本的世界屬於愛徒的那張王座，坐起來也是同樣的感覺嗎？利瑟爾懷念地瞇細了雙眼。

他就這麼交疊雙腿，將手臂擱在扶手上。儘管看起來無奈，利瑟爾還是滿配合的。

「那個陛下也是這樣坐喔？」

「陛下是這樣，手肘支在扶手上撐著頭，然後像這樣，抬起一隻腳……」

「啊，隊長暫停！你這樣坐看起來太不搭調了啦！」

伊雷文一臉嚴肅地出言阻止。有這麼不搭調嗎？利瑟爾於是把正要蹺上大腿的腳放了下來。

他重新交疊雙腿看向劫爾，只見對方一臉無奈地俯視著他。利瑟爾惡作劇似地笑了，探詢似地偏了偏頭。

「適合我嗎？」

「誰知道。」

戴起王冠的時候劫爾立刻就說了不適合，看來他坐起王座並沒有那麼突兀吧。那句回答恐怕包含了各式各樣的意涵，利瑟爾聽了瞇起眼睛有趣地笑了，接著他抬起頭，仰望時不時伸手來幫他微調王冠角度的伊雷文。

「滿意了嗎？」

「嗯……啊，我還想聽你下命令之類的！」

滿意就好，看見伊雷文開心的模樣，他在內心點頭。不過該下什麼命令才好呢？利瑟爾兀自尋思。像自己國家的君王那樣下令可以嗎？「沒跪下的傢伙都是本王的敵人，還想求本王饒命就給我把頭低下去。」

「（啊。）」

在戰場上朝著敵軍高聲喊話的陛下看起來相當樂在其中，利瑟爾深有感慨地回想。

這麼說來，以前也有人講過類似的話。

正是伊雷文本人在王都的巷子裡說的。當時利瑟爾運用他不像樣的跟蹤技術跟在某個賊人背後，後來在他思考自己有沒有辦法拷問別人的時候，伊雷文說無法想像他做這種事的模樣。

『要是調教的話倒是可以想像啦！好想看你命令哪個人跪在面前舔你的腳——』

此刻伊雷文就站在與他膝蓋相碰的距離，利瑟爾伸出手，撫摸那張長著鱗片的臉頰。

那雙紅水晶染著極為愉悅的色彩，順從地朝他俯視過來，利瑟爾露出褒獎的笑容，輕聲說出對方渴望的話語：

「現在立刻跪下來舔我的腳吧。」

伊雷文自己也想起了當時的事情，他輕輕握住利瑟爾觸碰自己臉頰的那隻手，忍不住笑出聲來。

「哈哈，好懷念喔！」

「你要說這種話就說得更冷酷一點啊。」

「我也不希望完全不想理會的對象對我做這種行為呀。不對，無論對象是誰我都不想被舔腳就是了。」

「啊，這點很像隊長的作風欸。」

利瑟爾抽開手，換來伊雷文有點惋惜的眼神。

至於伊雷文，他手上一空，又再度開始擺弄起利瑟爾頭上的王冠來。是很喜歡這頂王冠嗎？利瑟爾邊想邊打算從寶座上站起身來。就在這時……

「不過如果是隊長的請求，要我舔也是可……以？」

「伊雷文？」

「嗄，等、等一下……」

伊雷文的聲音突然顯得不知所措。

利瑟爾和劫爾疑惑地往那裡看去，只見伊雷文的身體冷不防沉了下去，那毫無疑問是朝著王座上的利瑟爾下跪的姿勢。

「那個……」

難得聽見利瑟爾發出困惑的聲音，但伊雷文絲毫不加理會，逕自將手放上利瑟爾大腿。手掌從交疊的大腿上方緩緩往下滑，指尖朝著利瑟爾繫在大腿上的皮帶勾去，啪喀一聲解開了金屬釦環。

「伊雷文，你不需要真的動手……」

「唔哇，真的假的，我的身體自己在動欸。」

三個人分別思索著該怎麼辦的期間，伊雷文的雙手已經擅自脫下了利瑟爾的長靴。手法真是流暢俐落，太優秀了……不對，現在不是說這種話的時候啊，利瑟爾連忙把腳縮回去。

但是論力氣他不可能贏得過伊雷文，那隻固定著裸露腳踝的手連動也沒動一下。再這樣下去他就要變成強迫隊員舔自己腳的隊長了，在冒險者用語中這叫做隊長濫用權力騷擾隊員，簡稱隊長騷擾。

「這該不會是王冠的……伊雷文，請等一下，停！」

「沒用沒用，完全停不下來啊，隊長加油！」

伊雷文維持跪姿捧起他的裸足，就這麼低下頭去。

從他張開的嘴裡，探出了鮮艷得彷彿帶有劇毒的艷紅舌尖，無論利瑟爾說什麼都停不下來。為什麼「舔我的腳」的命令有效，「不要舔」的命令卻沒效？真希望它不要在這種時候搬出迷宮品的那種古怪規矩。

「等──」

眼看伊雷文的舌頭就要碰觸到腳的瞬間──

「劫爾！」

「唔呃……」

利瑟爾出聲呼喚的同時，伊雷文的頸子猛地往後一仰。

仔細一看，劫爾扯著他的長髮站在那裡。剛才在一瞬間的不知所措之後，劫爾反而看好戲似地旁觀這一連串的騷動，伊雷文倏地回頭看向他。

「很痛欸！你就不能再……喔，可以動了欸。」

伊雷文原本蹲在地上按著後頸，這下開闔著手掌，確認自己的身體是否恢復自由。看來剛才的衝擊使得迷宮品的效果消失了。

利瑟爾也收起裸露的腳尖，屈身撿起掉在地上的靴子。他鬆了好大一口氣，一邊穿起長靴一邊不滿地望向剛才袖手旁觀的那個男人：

「你別顧著看，倒是出手阻止一下呀。」

「難得看到你這麼著急。」

劫爾哼笑一聲，毫不掩飾地這麼說。在該著急的時候當然會著急呀，利瑟爾露出苦笑站起身來，接著拿下了頭上的王冠。

「這感覺是很厲害的迷宮品欸？」

「不曉得呢，『讓對方聽從自己的命令』這麼絕對的效果，就算是不受常理制約的迷宮感覺也不太可能吧。」

無論如何，利瑟爾繳交的迷宮品就確定是這項王冠了。

表現出他們隊伍特色的展覽品是使人聽命的王冠，而且帶來這項展品的還是利瑟爾，這下一定會引來不必要的懷疑。光是現在，就已經有人把他是什麼「從某地跑來微服出遊的王族或貴族」的事情當作趣聞到處謠傳了。

「不過這樣很好。」

利瑟爾看著王冠，心滿意足地點頭。

「任誰看來這都是從寶箱開出來的寶物，是冒險者的夢想呢。」

「也不枉費隊長努力這麼久了！」

「雖然沒人知道這種努力有沒有必要。」劫爾說。

無論周遭的評價為何，這次開出了一眼就看得出貴重價值的迷宮品，利瑟爾大喜過望。而且它附加的也不是莫名其妙的功能，是真正有用的東西，做為一項迷宮品一定也價值不菲。

你高興就好。看著利瑟爾那副模樣，劫爾他們各自向他道出祝賀。

「喔，這不是很厲害嗎！」

看見奢華的王冠，公會職員毫不吝惜地讚嘆出聲，聲音裡滿是興奮。

雖然這頂王冠是否具有冒險者風格令人略感疑惑，不過一看就知道它是迷宮深層開出來的迷宮品，就算被當作國寶展示出來……不，就算被王族實際戴在頭上也不奇怪。

這得慎重保管才行了。職員一副興高采烈的樣子，利瑟爾只是面帶微笑看著這一幕，而在他身後，劫爾他們已經憋笑憋到渾身顫抖。

「對了，是迷宮品的話都有某種效果吧，是什麼啊？魔物比較不容易靠近？還是持有素材的魔物比較容易出現？」

不愧是公會職員，連想法都是冒險者思維。

「請求別人做某件事，對方一定會聽話。」

「是讓別人聽從命令的意思嗎？那不就真的是傳說級的迷宮品了嗎！」

「不，只是讓對方聽自己的請求而已。」

利瑟爾也認為不可能有那種能讓人絕對服從命令的迷宮品，因此在取得那頂王冠之後反覆研究，讓劫爾和伊雷文都戴過，三人對彼此下了命令、接受命令，已經檢驗過這頂王冠的效果了。

兩者有什麼不同嗎？公會職員一臉不可思議，而利瑟爾依舊帶著不變的微笑，說出了他們研究的結果。

「僅限於請求之後對方願意做的事情，下了命令對方就會照做。」

「…………那……」

直接拜託不就好了？職員說不下去，因為他注意到劫爾和伊雷文差點噴笑出來，憋出一陣猛咳，而利瑟爾臉上雖然掛著慈愛的微笑，眼中卻帶著哀傷的色彩。

明明徹底活用了目前為止最好的一次機會，最後卻只得到一頂功能幾乎沒有意義的裝飾品，這個事實讓利瑟爾深感哀傷。

「感、感覺可以賣到非常高價啊！」

「是呀。」

利瑟爾露出更加閃亮的笑容點頭回道，職員不忍直視地別開了視線。

但是……他看向正受到劫爾他們不知該說是揶揄還是安慰的利瑟爾。如果說這是象徵著這個隊伍、象徵著隊長的迷宮品，那麼他們開到這頂王冠絕對沒有偏頗。

不必動用命令強制要求，也能夠輕易策動周遭所有人——利瑟爾他們確實予人這樣的印象，職員看了反而覺得非常貼切。

在盛大慶典眾多的阿斯塔尼亞，船上祭的熱鬧程度也是首屈一指。

到了船上祭當天，全國籠罩在熱烈的氣氛當中，響亮的笑聲與驚嘆聲四處可聞，群眾在浮動的氛圍感染之下又更加亢奮了。就連步伐都靜不下來，無論大人小孩都踏著雀躍的腳步往港口去。

即使待在家中，喧囂聲也會傳進屋內。但那絕不是令人不快的聲響，反而勾起人們的笑意，因此與眾人同樣計畫從中午開始參加慶典的旅店主人也在掃地時握緊了掃帚，不經意笑了出來。

「真沒想到在這一天他居然還沒起床啊。」

旅店主人說著，緩緩抬頭看向並排著單人房的二樓。

這並不是完全出乎意料的事，現在是勉強還能稱作清晨的時間，利瑟爾他們在沒有冒險者活動的日子到了這時間都還在睡。這時候沒起床，代表他們今天不接委託，換言之也就是有意參加慶典的意思。

「那些人會有超級亢奮的時候嗎？」

那三人表現得實在太過尋常，令人忍不住想，碰上難得的慶典他們難道都不打算早起一塊出門嗎？呃，但如果他們真的這麼做也會讓人忍不住多看一眼就是了。

就在他這麼想的時候聽見了開門的聲音，旅店主人於是放下掃帚往那邊看去。

「歡迎回來，你是搶先體驗了慶典……好吧不可能夠我知道啦。」

劫爾不曉得剛從哪裡回來，聽見旅店主人搭話，他瞥了他一眼。

看見旅店主人因而顏面抽搐，他一邊想著差不多也該習慣了吧，一邊興趣缺缺地撇開視線。接著他筆直朝階梯走去，因為聽旅店主人的說法，他察覺利瑟爾應該還沒起床。

劫爾經過自己的房間，來到利瑟爾房門口。他將手伸向門把，一面窺探內部的情況，確認過利瑟爾毫無疑問還在睡，便沒敲門就直接把門打開。

「喂。」

接觸到房間內部昏暗的光線，他一瞬間瞇起眼睛之後便踏入房內。

完全密閉的空間有點悶熱，劫爾邊鬆開領口邊朝著床鋪走去。這時他喊了利瑟爾一聲，這音量要叫人起床顯得太過靜悄，利瑟爾當然毫無反應。

劫爾站在床邊，俯視著那張沉睡的臉。平常利瑟爾都側睡，這次難得看到他仰躺，劫爾想著這種無關緊要的瑣事，朝他伸出手。

「不是說要叫你起床？快起來。」

昨天晚上，利瑟爾說要參加慶典，所以拜託劫爾在早上時間差不多的時候叫醒他。

無論過了多久的冒險者生活，利瑟爾早上仍然起不太來。有必要的時候他會爬起來，所以算不上是貪睡的人，但除此之外的日子他總是無法一睜開眼睛就神清氣爽地起床。

利瑟爾的臉龐略微側向一邊，看起來比平常稍微稚嫩了一些。劫爾以指尖撩起落在臉頰上的髮絲，學著利瑟爾平常的動作替他塞到耳後。這時候，利瑟爾或許終於察覺不對勁，低垂的睫毛輕輕顫動了一下。

劫爾就這麼望向他身上，看見平時利瑟爾總是牢牢扣到最上方的襯衫鈕釦鬆開了一格。應該是什麼時候不小心鬆開的吧，無論再怎麼熱得難以成眠，利瑟爾也不會自己解開釦子。

「再不起來就讓你繼續睡囉。」

劫爾的手轉而伸向利瑟爾寬鬆的領口，單手扣上了鬆開的鈕釦。

扣上釦子也不會讓他難以呼吸才對，利瑟爾的喉頭卻在這時微微起伏了一下。口渴了？劫爾邊想邊再次喊了一聲。

「喂。」

「嗯……」

利瑟爾這才終於微微抬起眼皮。

那雙眼睛動了動，像在尋找聲音的主人，視線追隨著劫爾離開的手掌。白金色的頭髮輕輕滑過枕畔，他翻了個身，把臉埋進床單，劫爾見狀無奈地嘆了口氣。

這不是想睡回籠覺的意思吧，看來是打算起床了。劫爾以指背拍了拍他的臉頰，像是確保他不會真的睡著。

「你剛才抽菸？」

「有味道？」

劫爾蹙起眉頭，把那隻手湊到自己鼻尖。

他自己聞不太出來，但氣味確實有可能沾到手上。彷彿聞到了習以為常的香味，是否造成利瑟爾不愉快了？劫爾眉心的皺褶蹙得更深了些。

利瑟爾依然躺在床上，仰望著劫爾露出微笑。或許是剛醒的緣故，惺忪的紫晶色眼眸比平時更加甜美，那些年紀比他小的小鬼們看了一定會盡情放縱他，叫他儘管繼續睡吧。

「我不討厭這個味道，沒關係的。」

「……這樣啊。」

比起菸味更接近麝香的氣味，唯有在劫爾抽菸之後會隱約從他身上散發出來，利瑟爾很喜歡這個味道。劫爾在他面前絕不會抽菸，對他來說這是劫爾抽過香菸的唯一證明。

「嗯……」

帶著淡香的手掌揉亂了他的頭髮，利瑟爾終於從枕頭上抬起頭來。

他將手撐在床單上，支起上半身，設法撥開亂七八糟披在臉上的頭髮，然後抬起臉來。

「劫爾，早安。」

「嗯。」

利瑟爾坐在床上伸了個懶腰，接著將視線轉往隔壁房間的方向。

當然只看得見自己房間的牆壁，不過牆壁那一頭就是伊雷文的房間了。

「伊雷文呢？」

「誰知道，還在睡吧。」

「那得去叫他起床才行。」

利瑟爾站起身來，將手伸向襯衫準備換衣服。

劫爾取代了他原本的位置坐上床鋪，利瑟爾邊按順序一一解開鈕釦邊朝他看去。劫爾穿著休閒服，先前就聽說船上祭不同於王都的建國慶典，沒有必要特別換裝，不過看來也沒有必要穿著裝備參加。

話雖如此，劫爾和伊雷文即使換上休閒服，也一定會在腰間掛著自己的佩劍。冒險者這方面的習慣因人而異，不過無論何時都隨身攜帶武器的人仍屬於少數。

「我也來佩把短劍好了？」

「你不是隨時都有辦法變出武器？」

帶著武器看起來很有老練冒險者的架式嘛。利瑟爾因此做出了莫名其妙的發言，而劫爾回了他一句太有道理的吐槽。

艷麗絲線刺成的繡布，在太陽底下熠熠反射著日光，攤車上裝飾著滿滿的花朵和繡布，擠滿了平時擺滿木箱和漁具的港口。

無論往左還是往右望去，這種五彩繽紛的美好光景都看不到盡頭，不知哪裡傳來的鼓聲夾雜在群眾喧囂之間傳入耳中。原本應該在眼前鋪展開來的廣闊海洋，現在已經被無數的船隻掩藏起來。

海面在船隻縫隙間粼粼發光，漂浮在海上的船隻也各自披上華麗的裝飾。抬頭一看，船上已經擠滿了人潮，從一艘船連接到另一艘船的橋板上也人來人往。

「那就是中央船嗎？」

「沒錯！」

「真浮誇。」

利瑟爾他們在人聲鼎沸的港口正中央停下腳步，朝著筆直向外延伸的一道棧橋望去。那座宏偉的棧橋，現在已經成了不輸給大街的熱鬧通道。

在那座棧橋的末端，一艘特別醒目的大船停泊在正前方。那艘大船平時用於貿易，此刻正如劫爾所說，裝飾得比任何一艘船都還要華麗絢爛。

說是愛面子，倒不如說只是為了慶典全力以赴而已，從中可以窺見那些王族有多認真準備慶典。

「正中午才開放搭乘中央船，對吧？」

利瑟爾他們也邁步走上棧橋，進入人潮當中。

這座棧橋遠比一般更寬、更長，是專為這一天特別準備的，不僅通往正前方的中央船，棧橋上也分支出好幾道木造的簡易階梯，可通往其他主要船隻。從主要船隻又往其他船隻架設了橋梁、鋪設了木板，把整個會場數量龐大的船隻全都連結在一起。

「但中央船不是跟我們沒關係？」伊雷文說。

「棧橋上人擠人逛起來也不舒服呀。」

「也是喔。」

利瑟爾他們不打算參加船上宴會。

他們沒有參加上船名額的抽籤，儘管亞林姆在古代語言的課程中忽然說：「如果需要，我可以幫你準備、邀請函……」但利瑟爾還是婉拒了，而亞林姆只是不以為意地點點頭。他今天也精神飽滿地窩在書庫裡。

「總之，我們先找點東西吃吧。」

「我肚子超餓的啦——」

難得的機會，利瑟爾他們打算在慶典上買各種東西來吃，因此還空著肚子。

吃什麼好呢？走在熱鬧的棧橋上，利瑟爾他們環顧周遭的船隻。站在棧橋上完全看不見大船甲板上有什麼東西，不過各艘船隻都預料到了這種情況，在船身外側掛有招牌。

「啊，大哥你看，當地清酒大量供應欸。」

「反正我們會逛到晚上，一大早就喝會膩。」

「不是喝醉而是喝膩，不愧是劫爾。不過我口也渴了。」

「我知道。」

嗯？利瑟爾疑惑地看向劫爾，只見對方揶揄似地朝他瞇細了眼睛，沒有回答。好吧沒關係，利瑟爾點點頭，開始討論起造訪哪一艘船才好。

伊雷文說想先吃點東西墊胃，那麼就先登上附近的船隻，之後再一邊閒逛一邊找其他東西吃吧。

「那就隨便找個……啊，那裡的船上餐廳如何？」

「不錯啊。」

「我都隨便。」

平常挑三揀四的伊雷文竟然說隨便，看來真的餓壞了。明明剛起床還沒過多少時間，真虧他有辦法產生那麼旺盛的食慾。

利瑟爾佩服地想著，抬頭仰望船上餐廳那面一看就知道是手寫字跡的招牌。

「從那邊過得去吧？」伊雷文說。

「嗯。」劫爾回應。

他們從棧橋走上往旁邊延伸的小橋。

轉彎之後立刻有道梯子映入視野，他們爬上那道梯子上了一艘中型船，再走上木板往旁邊那艘船走去。題外話，木板真的只是隨便固定過的普通木板，反正掉下去底下也只是海水而已，阿斯塔尼亞國民並不介意。

一行人輾轉抵達了船上餐廳。那是妝點著清爽綠意的一家小餐廳，少女服務生露出燦爛的笑容歡迎他們。大方裸露出黝黑肌膚的她已經到了擺脫稚氣的年紀，但黑髮上插著大大的花朵裝飾仍然非常可愛討喜。

「歡迎光臨——！三位嗎？」

「是的。」

「這邊請！」

在這個國家，真的就連小朋友看見冒險者也不會害怕呢，利瑟爾這麼想道。他並不知道，大家看見他心裡的想法都是：竟然有氣質這麼高雅的人從外國來到我們這邊，真讓人高興。別說冒險者了，大家根本把他當成觀光客。

「這邊的位子請坐！」

「謝謝妳。」

席位上方拉有繩索，綠意攀附著繩子覆蓋了頭頂，恰到好處地遮擋了陽光。是個可以感受到海風吹拂的舒適座位。利瑟爾面帶微笑道了謝，少女眨了眨眼睛，然後一下子露出了滿面的笑容。

「決定要點什麼之後請跟我說！」

少女準備了三人份的水杯便離開了。利瑟爾他們目送她走遠之後，開始看起被海風吹得略有點縐摺的菜單。

「接下來還要嘗試各種食物，吃點輕食就好了吧。」

「我是會吃飽啦。」

「吃啊。」

不愧是海上餐廳，菜單上有許多海鮮料理。

他們各自向經過附近的少女點了感興趣的菜餚後，利瑟爾再次環顧了四周。

「和預料之中一樣熱鬧呢。」

「之前那麼熱鬧的建國慶典，跟這邊比起來都顯得很文靜喔。」

從船上往下俯瞰的風景，和從下方仰望完全是兩樣風情。

那艘船正在舉辦宴會、那艘船正在進行比賽，就像看場表演一樣一覽無遺。抬頭可見毫無遮掩的藍天，低頭則可看見小船在大船之間的空隙四處移動，往哪裡看去都賞心悅目。

隔壁那艘船忽然傳來一陣特別響亮的笑聲，往那邊一看，其中一名精銳盜賊正混在一群醉漢裡面跟大家拚酒。他肯定不會付錢，喝到最後會直接消失無蹤吧。利瑟爾這麼想著，悠然笑了。

「隊長，你有什麼想去的地方嗎？」

「這個嘛……啊，聽說有類似釣魚大會的活動。」

「你到底是哪來的自信？」

利瑟爾說得一副「說不定能拿優勝」的樣子，劫爾一聽立刻吐槽。只釣到過毒魚、釣魚經歷只有一次的門外漢，到底為什麼這麼自信滿滿？

「劫爾，你們想去的是改裝成酒窖的那艘船吧？」

「如果有什麼稀奇的酒的話。」

「那我們去看看吧，我也想去那艘有書本行商聚集的船。」

在阿斯塔尼亞，讀書不是為了學問，而是以一種娛樂廣為人知。販賣書籍的行商也是知道這個前提才來擺攤，因此利瑟爾偏好的書籍想必不多，不過總有幾本他會喜歡的。比起這些，只要一想到來自各個國家的書本在此匯集於一處，他從現在就開始期待了。

「也買一本給殿下當伴手禮好了。」

「喔——不錯啊，感覺他會很高興！」

「要送書給那麼博覽群書的人，讓人很緊張呢。」

「你享受慶典的方式還真怪。」

聽見劫爾無奈地這麼說，利瑟爾露出了惡作劇般的笑容。

要送書給一個懂書的內行人，各方面肯定會受到考驗。對於利瑟爾來說，亞林姆也是在這邊的世界唯一與他興趣相投、又能夠盡情討論書本的對象，挑選起來非常有成就感。

「但是船隻太多了，實在不清楚什麼船在哪裡……」

「這點各位不用擔心！」

不知道周遭的群眾都是怎麼分辨各種船隻的呢？就在利瑟爾偏著頭這麼想的時候，少女正好為他們送來了料理，自豪地挺起胸膛這麼說。順帶一提，她已經為了伊雷文在這張桌子和船艙內的廚房之間來回跑了第三趟。

「有小船在船隻之間移動對吧？那些大多都是像地攤一樣的小販，不過也有些是宣傳或導覽的船喔！」

宣傳的小船會將客人載到廣告主的船邊，船夫就可以收取宣傳報酬。導覽的船隻則是向客人收取導覽費，帶著客人到他們喜歡的地方去。

原來也有人做這種生意。聽說大部分都是有空的漁夫或作業員，或是擁有自己的小船的釣客，看來所有人都想趁著慶典的時候賺點外快。

「但也看不出哪些小船會載客人啊。」伊雷文說。

「請問那些船上有什麼記號嗎？」

「有的！插著紅旗子的就是導覽船！」

少女活力充沛地點頭說道，利瑟爾聽了瞇細雙眼朝她露出讚許的微笑。

少女看了不禁愣愣張開嘴巴，她感動地眨了眨眼睛，然後才忽然回過神來，趕緊說了聲「請慢用」，急急忙忙回到船艙裡去了。

「那我們開動吧。」

「我肚子餓了——」

三人就這麼品嘗起新鮮的海鮮料理，一邊開始討論今天一整天的計畫。

途中偶爾抬頭仰望魔鳥飛過上空的身影，利瑟爾一行人輾轉抵達了目的地那艘船。

「啊，有了，釣魚體驗。」

「隊長，你真的要釣喔？」

「要。」

那天在酒館，利瑟爾從男性作業員們口中聽說了今天會有釣魚體驗的船。

或許釣魚對於阿斯塔尼亞國民來說真的是常見的娛樂，四處可見類似的船隻。除了釣魚之外還有一些額外的服務，例如魚一釣上來就可以立刻請老闆烹調，或是根據釣到的魚種或重量領取獎品等等，非常有趣。

和利瑟爾擦肩而過的人們都忍不住多看他一眼。就在利瑟爾環顧船上情景的時候，忽然有個聲音叫他。

「喔，沒想到冒險者先生會來，真是讓咱們這艘船沾了光啊！」

那人扛著釣竿朝他們走來，正是利瑟爾首度體驗釣魚時推薦他那座棧橋的漁夫。

「怎麼樣，你體驗到釣魚的樂趣了嗎！」

「我今天是來雪恥的。」

「啊，這麼說來……」

漁夫聽了顏面略微抽搐，不過還是心領神會地點點頭。

先前那次他問過利瑟爾有沒有釣到魚，結果探頭一看，他親眼看到大量的毒魚在籃子裡游來游去。那些魚帶回去之後不曉得怎麼了？漁夫這麼想著，並不知道利瑟爾把那些毒魚拿去給他信任的隊友吃了，還吃得一條不剩。

「租借釣竿每支三銅幣，可以免費幫你烤三條魚，三條以上每條收一銅幣。」

「那就我一個人。」

利瑟爾掏了掏腰包，拿出三枚銅幣交給漁夫。

接著，他拿著租借的釣竿在甲板上走來走去，是在尋找適合的位置吧。漁夫看著利瑟爾那副模樣心想，「竟然有這麼不適合拿釣竿的男人！」不適合到反而令他感動了起來。

不過就連他們這些討海維生的男人，也不好意思當著利瑟爾的面爆笑說「太不適合你啦！」所以他也只是在心裡喃喃自語而已。

「真不適合那傢伙。」

「隊長太棒啦！看這邊！」

但下一秒他就聽到劫爾毫不留情的評語以及伊雷文的大聲爆笑，漁夫忍不住凝視著他們想，這些傢伙真敢講啊。不過他立刻點頭心想，真不愧是冒險者先生，接著他重新扛起釣竿就這麼走開了。這背影才是真正適合拿釣竿的男人啊。

「也沒有那麼不適合吧。」

「突兀到極點囉。」

利瑟爾有點不滿地將釣竿交給劫爾。

儘管訝異，劫爾還是接過了那支釣竿。沒想到他拿起釣竿還滿適合的，看起來就像個普通釣客，至少不像利瑟爾那樣讓每個看見這一幕的人都跟不上狀況。

「伊雷文。」

「喏。」

利瑟爾接著把釣竿交給伊雷文。

看起來也非常自然，甚至感覺他是個習於釣魚的人。

「伊雷文，你對於釣魚應該很熟練吧？」

「最近沒什麼在釣欸，不過技術確實是比隊長好啦。」

「畢竟令尊是獵人嘛。」

伊雷文的父親是個道地的獵人，以前他也常常跟著父親去森林裡的河川釣魚。雖然每一次回家都會迷路，但他也不太介意。

劫爾也在小時候玩過釣魚，雖然本人並不知道旁人都在暗地裡說他釣魚的背影簡直像武者在集中精神。

「好了，你快點決定位置。」

「嗯，說得也是。就選那邊吧，有空位。」

那個位置不會與其他釣魚釣得正開心的客人互相干擾。

利瑟爾走近他找到的那個船緣位置，探過頭去看底下的海面。這艘船並不算大，因此甲板距離海面很近，就連海浪沖刷船身的水聲也聽得一清二楚。

接著，利瑟爾抬頭仰望著手上那支釣竿，轉動竿子鬆開捲在上頭的釣線。他拈起垂下的釣鉤，低頭看向擺在船緣的釣餌。

船緣各處設有餌盒，裡面裝著幾種一般常用的餌料。一種是練餌，和旅店主人親手製作的看起來並不相同；一種是各種大小的魚卵，最後是劇烈扭動的食籽蟲。那些蟲即使被丟著不管仍然這麼精神抖擻，可見再怎麼幼小牠們都是魔物啊。

「我上次釣魚的時候也像這樣，有三種釣餌。」

「喔。」

「那個旅店老闆感覺就是做事很講究的人嘛。」伊雷文說。

伊雷文和劫爾也湊在利瑟爾身邊看著那些釣餌。

「最容易釣到魚的果然還是這個……」

「哇啊啊啊啊隊長你為什麼用手抓?!」

看見利瑟爾以指尖一下子抓起食籽蟲，伊雷文放聲大叫，這根本不是突不突兀的問題了。

「等、你為啥要選那、放下！總之先放下！」

「從魚的觀點看來，這種釣餌的活力跟鮮度都很好，感覺很有飽足感呀。」

伊雷文在旁邊吵著叫他放手，利瑟爾毫不理會，用力把針往蠕蟲不曉得是肚子還是後背的部位上按。食籽蟲畢竟是魔物，表皮特別硬，釣鉤無法輕易刺破。

這傢伙明明手巧，在意想不到的地方手勢看起來卻教人放心不下啊，劫爾略微蹙著眉頭盯著他手邊的動作。利瑟爾沒有多加理會，順利在第一次就成功將釣餌刺上鉤子。伊雷文已經垂頭喪氣了。

「拋投方法我也練習過了哦。」

接著，利瑟爾迅速站起身，拿起釣竿。

「像這樣往後拉，手腕往後……」

釣竿咻地往後甩，劫爾也邊站起身邊往後一閃，躲過釣竿末端蟲子還在劇烈蠕動的鉤子。儘管他沒像伊雷文表現出那麼誇張的反應，但那也不是他會想刻意用身體去接的東西。

「然後往前面咻地拋出去，好像就能丟到瞄準的地方哦。」

說到「咻」的時候，釣鉤往反方向猛地一甩，不偏不倚往蹲在地上的伊雷文的側臉飛來。

伊雷文注意到了，帶著一言難盡的眼神迅速低下頭閃過攻擊。釣鉤從他頭頂極近處掠過，撲通一聲沉入波光粼粼的海面。

大概是拋中了自己瞄準的地方，利瑟爾心滿意足地點點頭。

「你們看，成功了。」

看見他一臉高興的表情，沒有人好意思問他這是否真的成功了。

伊雷文僵硬地點點頭，劫爾則嘆了口氣心想，這傢伙玩得這麼開心真是太好了。

「可以免費烤三條魚，如果能釣到三人份就好了。」利瑟爾說。

「釣得到嗎……」

「剛才漁夫就常常在撒餌，魚應該是會靠過來啦。」

打量一下周遭的情況，看來魚兒上鉤的頻率還算高。

甲板上巧妙地設有火堆，漁夫就在那裡為釣客燒烤釣上來的魚。只是抹了鹽巴、刺在籤子上直接燒烤而已，不過現場看見魚肉烤熟的過程總覺得它看起來特別美味。

「我一直很想吃吃看那種烤全魚。」

「野營的時候大哥總是肉比魚優先嘛。」

「肉比較容易獵到啊。」劫爾說。

即使很難狩獵，劫爾明明也會選擇肉的，利瑟爾有趣地笑了出來。就在這時，釣竿末端明顯彎了下去。

看來有魚上鉤了，感受到手中震動的觸感，利瑟爾握緊了釣竿。

「嗯，來了。」

「滿快的欸。」

就在劫爾他們看著浮標上下浮沉的時候，利瑟爾慎重地將魚拉近船邊。這是因為先前他曾經在魚兒上鉤的瞬間使勁拉起釣竿，結果把釣線扯斷了。

在拉得夠近的時候，利瑟爾以雙手穩穩握著釣竿，小心往上提。被他拉上水面的釣線末端，一條偶爾扭動身子的魚在三人面前搖晃。

「……伊雷文。」

「好、好，我吃我吃。」

伊雷文一派輕鬆地抓住那條毒魚的吻部，鬆開釣鉤，然後往火堆的方向走去。

他跟漁夫商量了一會兒，說起來這也是當然的。只要知道伊雷文能吃這種魚，漁夫應該也願意幫忙烤吧。

「換一種餌吧？」

「你露出看好戲的表情了，劫爾。」

利瑟爾晃著那個沒了獵物也沒了餌的釣鉤，認真思考這究竟是為什麼。

不用說，之後釣到的兩條魚也被伊雷文津津有味地吃進了肚子。

到了太陽開始偏離頂點的時刻，利瑟爾一行人仍然逛著船上祭。

他們三人原本就容易引人注目，但每走一步，匯集在他們身上的視線似乎就更強烈一些，其中還帶著濃重的疑問。三人雖然不介意，但還是不免納悶。

在他們即將路過的那艘船上頭，兩位欣賞著女性舞者們曼妙舞姿的女子為他們揭開了謎底。

「啊。」

「啊？」

利瑟爾他們只是挑選這艘船經過，但船上非常擁擠，不曉得是因為女性舞者的魅力，還是輕快的音樂使然。

慶典參加者也加入舞者們跳起舞來，利瑟爾他們側眼看著這情景往前走，忽然聽見熟悉的聲音從腰部的高度傳來。低頭一看，一位稚嫩的少女和盛裝打扮的美少年正坐在圓桌邊喝著飲料。

是小說家和幻象劇團「Phantasm」的團長。

「妳們好。小說家小姐，妳成功說服團長穿男裝陪妳參加了呢。」

「交換條件是同意他們用我的小說改編戲劇，還有幫她寫兩部劇本吧大概！」

感覺這場交易相當不平等，不過小說家本人不在意就好了吧。

聽小說家的說法，她跟好幾個人放話說過要跟男人一起參加船上祭，已經沒有退路了。為了守護女人的自尊，這點代價不算什麼。

「你們為什麼出現在這種地方啊，臭小子！」

完全化身為美少年的團長訝異地皺起臉這麼說，從手上那杯飲料的吸管上移開了嘴唇，對著一臉納悶的利瑟爾繼續說下去：

「你們沒被邀請嗎？」

「邀請？」

「那還用說，當然是那個啊！」

團長豎起拇指朝著中央船一比。

那艘特別醒目的大船，現在也仍然展現著驚人的盛況，隔著一段距離都感受得到船上有多熱鬧。即使無法上船，也有許多民眾會聚集在中央船周遭，欣賞天空中的魔法表演等等。

「沒有，我們沒有參加抽籤，也沒有接到邀請。」

「啊?!」

團長大喊，這簡直莫名其妙。

沒有人覺得利瑟爾他們會參加抽籤，大家都覺得他們不用抽，而是理所當然地會接獲參加宴會的邀請，即使是不知道他們跟亞林姆之間有所來往的人也一樣會這麼想。

團長和小說家也不例外。就算知道利瑟爾是冒險者，還是會覺得不邀請他要邀請誰。

「剛才就一直有人納悶地看著我們，原來是這個原因。」

「你真的沒救了。」劫爾說。

「又不是我的錯。」

利瑟爾對於這點也不會讓步。

「而且人家問說需不需要招待的時候，還是隊長自己拒絕的咧。」

「你們真的一點也沒變啊臭小子……」

小說家怔怔張著嘴巴，無法理解伊雷文這話是什麼意思。而團長則是放棄似地坐成懶散的姿勢咬住吸管，把強勁的氣泡飲料像喝水一樣咕嘟咕嘟一口氣喝乾。

「啊，對了。」

她忽然放開吸管，想起什麼似地開口說：

「那個我看囉，迷宮品展覽。」

「我本來以為團長小姐對這個沒興趣呢。」

「是這傢伙想看啦臭小子！竟然開出這麼符合你們風格的東西啊！」

利瑟爾他們沒有去看展覽，不過從團長那副深有所感的樣子看來，隊伍的印象似乎真的會反映在這項迷宮品上，利瑟爾他們聽了也重新體認到這件事。也不枉費迷宮這麼認真地見機行事了。

只不過……利瑟爾微微偏了偏頭。論性能那項迷宮品正負相抵幾乎等於零，被人說這種東西「符合他們的風格」，令人心情相當複雜。

「什麼『凡是對方願意接受的要求皆可進行命令』，冒險者怎麼可能開出這種迷宮品啊臭小子！」

從標示方式看得出公會對他們的體貼。

接下來，利瑟爾他們造訪了各式各樣的船隻。

途中利瑟爾上了匯集了各地書本的船就不願離開；伊雷文趁著在人潮中跟服務生擦肩而過的時候擅自拿起人家點的東西來吃；劫爾在酒窖裡不問價格大肆收購美酒，原本預定只展不售的注目商品被一掃而空，商人們都被他弄哭；在一艘像競技場一樣的船上，他們沒有參賽只是在一旁參觀，結果參加競技的冒險者對他們說：「這樣我們打起來很尷尬，你們乾脆出去吧。」

可以說他們三人都盡情參與了這場慶典吧。

然後，天色逐漸暗了下來，人群無止盡的喧囂也換上了另一種氣氛。孩子的笑聲和四處奔跑的腳步聲消失了，船舶上開始點起夢幻的七彩燈火。

慶典搖身一變，展露出截然不同的樣貌。

「該稱這為夜晚場嗎？感覺阿斯塔尼亞的人們會喜歡呢。」

周遭人聲鼎沸，浪濤的聲音卻鮮明地傳入耳中。這個不可思議的空間並未使得興奮的氛圍蒙上任何陰影，反而明確地訴說著慶典仍在持續。

利瑟爾走在船與船之間，腳下的木板隨著步伐發出細微的吱嘎聲。劫爾跟在他身後，沒發出半點腳步聲的伊雷文也跟在後頭，在一行人的腳邊，漆黑的海面映照著船上的燈火，悠悠搖曳。

「晚上沒有導覽船了，有點不太方便呢。」

「我已經事先記住有趣的船了，隊長不用擔心！」

「感覺你選地點的品味很差勁啊。」

「我選的地方還滿正常的好嗎！」

一行人越過幾艘船，登上一道狹窄階梯後，走下船緣通往甲板的船梯，踏上了一艘尺寸堪與中央船匹敵的巨大船舶。

船上毫不吝惜地妝點著以黑與紅為基調的花朵，通往船艙的門敞開著，兩名像保鑣一樣的壯碩男子站在門前。伊雷文以拇指彈起金幣，向男人拋去，接著理所當然地走進船艙。

利瑟爾和劫爾一人露出有趣的神情，一人則滿臉無奈地彼此交換了一個眼神之後，便跟在伊雷文身後踏進船內。

「我一直想帶隊長到船上賭場來玩。」
「這還是我第一次到這麼正式的賭場來呢。」
前方躍動的長馬尾彷彿也透露幾分愉悅，利瑟爾望著那頭紅髮，深深吸入周遭百花盛開的香氣。花香濃得嗆人，卻反而營造出超脫現實的空間，煽動人們的心緒。
「有我和大哥在，隊長只要盡情去玩就好了！」
「別把我算進去。」
「那就請你們手下留情囉。」
向下延伸的階梯盡頭，一扇門等在那裡迎接他們到來。這扇門板另一側，人們想必正沉浸於僅此一夜的享樂之中吧。
船上祭迎來了夜晚。

「歡迎來到『化裝舞會』賭場！」

明明是賭場，卻名為「舞會」，利瑟爾領會了什麼似地點了一下頭。

換言之，這裡是以舞會為主題的巨大賭場。船上的裝飾金碧輝煌，階梯前方等著迎接客人的男人也戴著華麗的面具，這一切都是為了模仿化裝舞會吧。

不愧是阿斯塔尼亞，不僅趁著能瘋的時候盡量炒熱氣氛，辦起活動也絕不妥協。迎接利瑟爾到來的男人像紳士邀請淑女共舞般朝他行了個禮，接著抬起臉一確認三人的相貌便顯露出驚愕的神情，不過他立刻恢復冷靜，唯一暴露在面具之外的嘴唇勾起笑容。

「這間房間之後我們有服裝上的規定，租借服裝的費用是十枚銀幣，請各位穿上喜歡的衣服再往前進。」

「真麻煩……」

「哪會，很有趣欸。」

戴著面具的男人打開了自己身後的門扉，門後看起來是個服裝間。

裡頭的服飾和建國慶典的服裝又不盡相同，排列著貴族在宴會上穿戴的那種華貴衣服。牆邊設有幾間由厚重簾子隔開的試衣間，一對男女正好挑好了服裝，消失在內側的門扇後頭。

租借服裝的價格偏貴，向眾人宣示了這艘船比起其他船上的賭場更加高級講究。入場時繳交的金幣也一樣，不曉得是想要篩選掉付不出這點程度入場費的客人，或者只是想要營造出一種氣氛而已。

原來如此，也難怪伊雷文會帶利瑟爾過來，劫爾獨自嘆了口氣。

「原來是這種風格的賭場呀，賠率感覺也相當高呢。」

「我一點也不想帶隊長去那種輸了罰一杯，只能賺點零用錢的窮酸賭場嘛。這裡一定很適合隊長啦。」

這還真是榮幸。利瑟爾微微一笑，接著仔細打量擺滿服飾的房間。

不只衣服，還有飾品和面具，其他打點服裝儀容必要的用品也一應俱全。

「我有剛到這邊的時候穿的那套衣服，穿那個也……啊，不過那套服裝不太像是參加舞會的風格。」

「那套太講究了吧。」

「啥？啊……這樣講也是。咦，我好想看喔……」

利瑟爾移動到這個世界的時候正在辦公，是他在工作中稍事休息時發生的事。

一方面也是因為他當時進了王宮的關係，那套衣服無疑是由一流匠人縫製的。當時的衣著無論見到什麼人都不致失禮，但不適合舞會這種華麗盛大的場合。

「難得能租借衣服，還是穿這裡的吧。那套衣服和這些服裝比起來也太過樸素了。」

「嗄——可是我好想看喔。」

「下次再讓你看。」

聽見伊雷文這麼抱怨，利瑟爾朝他笑了笑，便將銀幣交給男人，走進服裝間裡去了。在他身後，伊雷文領悟了什麼似地瞥了把玩著銀幣的劫爾一眼。

「樸素喔，隊長這樣講是認真的？」

「對那傢伙來說那確實是樸素的衣服吧。」

「……也是，隊長應該覺得那是日常服裝吧。」

「是啊。」

劫爾回想起初次見到利瑟爾的時候。

他身上的衣著配色確實並不華貴，不過裝飾精美、刺繡細緻，絕不會給人單調樸素的感覺。經過精心考量的設計襯托了利瑟爾高潔的氣質，是專為利瑟爾訂做的服飾。

換言之，利瑟爾一穿上那套衣服看起來就充滿了貴族架式，如果只想像個普通人一樣享受賭博樂趣，還是別穿那套衣服比較妥當。

「雖然那傢伙借了衣服也好不到哪去。」

「畢竟是隊長嘛。」

伊雷文撇下這句話，便三步併作兩步朝著正在挑選衣服的利瑟爾走去，劫爾也一副嫌麻煩的樣子跟在他身後。

「挑哪一件才好呢？」

「我可以幫隊長挑嗎？」

「可以呀。劫爾呢？」

「只要穿起來不奇怪都好。」

他們三人……不，只有利瑟爾和伊雷文兩人一件一件打量著衣服，這也不好、那也不對地挑選起來。

「選擇太多樣也滿令人苦惱的呢……啊，用的果然是普通的布料。」

「哎喃，畢竟這只是玩玩而已嘛。」

布料也不算差就是了，利瑟爾一件接著一件看過去。

裡面有高檔舞會上穿著的正式服裝，也有阿斯塔尼亞的民族服飾。在原本的世界，舞會的穿著他總是交給專業的匠人打點，需要他挑選的只有「哪一款布料的顏色比較好」這點程度而已，因此這種體驗對他來說有點新鮮。

「劫爾，像這件怎麼樣呀？」

「不對，大哥應該穿這個比較適合吧？」

好黑。

「……隨你們便。」

劫爾沒什麼偏好，所以也無從反駁。

尤其利瑟爾和伊雷文都是真心覺得適合他才這麼選的，他就更無從反對了。他們倆只是為劫爾挑選最適合的衣服就自然而然挑到黑色而已，並沒有惡意。

雖然伊雷文確實是有點看好戲的感覺。

「劫爾腿很長，鞋子就搭配簡單俐落的設計……」

「但大哥不是看起來很兇嗎，上半身就配低調一點的……」

上半身配這件、下半身搭這件，再搭上那個配件、披上這件外套，利瑟爾他們不斷嘗試搭配。

最後終於精心挑選出一套衣服，上面雖然有著銀線刺繡，但果然還是黑色的。劫爾從一臉心滿意足的利瑟爾手中接過衣服，放棄了一切似地默默消失在試衣間的布幕後頭。

「隊長穿這個！這件上面再穿上這件，然後再披上那個。」

「這樣穿有點太花俏了吧？」

「在這邊還算樸素的喲！」

利瑟爾恍然接過了伊雷文遞來的服裝。

放在這裡的服裝，每一件都是在王都會被分類為花俏招搖的類型，不如說伊雷文為利瑟爾挑選的相較之下已經是比較樸素的款式了。

「我就選這個吧——」

「下半身請換成那一件吧，然後搭配這一雙鞋子。」

「喔，這樣好有架式！」

看見自己的服裝被利瑟爾改換得更有舞會風格，伊雷文似乎相當滿意，而利瑟爾也和他一起鑽進了厚重的簾子後頭。試衣間內部區隔為每人一間，女性也能安心更衣。

從簾子外側傳來興高采烈地挑選服裝的對話聲，應該是有新的客人進來了吧。看來每位客人對於服裝都一樣毫不妥協，利瑟爾微笑著這麼想道，脫下了外套。

「好痛，隊長我勾到配件了。」

「沒事吧？」

伊雷文一手拿著勾到頭髮的衣服，從簾子後面探出臉來，利瑟爾也同樣探出頭。新來的客人看見這一幕，嚇得肩膀抖了一下。

「為什麼金屬配件這麼多啊……」
「衣服綴起來就不好看了，為了穿得貼身筆挺，所以才需要這麼多配件固定呀。」
利瑟爾盡可能溫柔地替他解開配件，小心不弄痛他。
伊雷文乖乖待著不動，過一會兒利瑟爾告訴他解開了，他便道了聲謝，重新退回簾子內側去了。太好了，利瑟爾也繼續開始更衣。
那兩個傢伙到底在幹什麼？劫爾無奈地扣上領口的金屬配件，但是感受到有點難以呼吸，他立刻又皺起眉頭將它解開。
「我換好了。」
劫爾套上準備好的鞋子，朝地板蹬了幾下，將腳後跟踩進鞋子內。他從簾幕後頭走出來，喊了利瑟爾一聲，鞋跟隨著腳步發出輕響。
「啊，請不要先出去哦，我還想幫你打點髮型。」
利瑟爾在這種奇怪的地方總是有所堅持。
劫爾小聲咋舌，手指探進襟口，把剛才解開的領子拉得更加寬鬆。阿斯塔尼亞氣候溫暖，在夜晚略為涼快一些，但穿這麼多還是稍嫌太熱了。
正在挑選衣服的男女忍不住目不轉睛地看著劫爾，男方立刻回過神來，急忙制止無法從劫爾身上移開目光的女伴。
「我也換好啦，鏘鏘！」
下一個著裝完畢的是伊雷文。
他不愧是相貌惹眼的人，一點也不缺少華貴的要素，不過這和他平時的風格相比，算是相當成熟穩重的穿著了——這只是以他個人的標準而言，以一般標準來說，這套衣服還是相當華麗。

與他獨特乖戾的氣質非常相稱，最好的證明就是那位剛才還看劫爾看得入迷的女子，開始不知道該看哪個人才好了。

「以你的作風來說還真單調。」

「要配合隊長的話，果然還是想要一點格調？之類的吧？」

這麼一說……劫爾低頭看了看自己的服裝。

和伊雷文站在一起也不顯突兀，看來他們倆特地選了三人站在一起視覺效果協調的服裝吧。在那麼短的時間內還真虧他們辦得到，佩服之餘他也覺得有點誇張。

「隊長，你還沒好喔？」

「不好意思，只差一點了。」

利瑟爾換衣服的速度還是一樣慢。

劫爾他們在簾子前面邊聊邊等了一會兒，一如利瑟爾的宣言，沒等幾分鐘衣料摩擦的聲響便停止了，利瑟爾從簾幕後面走了出來。

「好久沒穿成這樣了。」

這根本不是該看誰的問題，只有一個選擇，看著利瑟爾他們的女性事後這麼說。

「你還真適合穿成這樣……」

「完全是真正的貴族了啦，哎唷，隊長這輩子都不會被人家當成冒險者了啦——」

「咦……」

為什麼？利瑟爾確認了一下自己的打扮。

應該沒有那麼華麗才對，而且劫爾他們明明也穿得差不多呀。他一邊思考這個問題，手卻拿起披在手臂上的外套，很自然地朝劫爾遞了過去。

「……」

劫爾不發一語地接過，攤開那件外套繞到利瑟爾身後。

他把外套在利瑟爾背後拿好，利瑟爾便理所當然地將手穿過袖子，動作習以為常，態度從容不迫，足以使人確信他有權率領眾人。

由於沉浸於思考當中，利瑟爾這些全都是下意識的行為，因此可說他完全是自作自受。

「隊長，你那是故意的喔？」

「咦？」

利瑟爾回頭一看，隔著肩膀與劫爾四目相對，剛好看見他雙手放開了外套領子，雙唇勾起壞心眼的笑。

「……太久沒穿正式的衣服，不小心忘記了。對不起，劫爾。」

「不會。」

做錯事了，利瑟爾垂著眉理好領子。

其實在剛到這邊的時候，利瑟爾也曾經犯過一次類似的錯誤。那時劫爾嫌惡地說「我又不是你的下僕」，但這次為什麼這麼配合？

恐怕只是因為單純的玩心吧，利瑟爾回過頭，將手伸向對方黑橡色的頭髮，就這麼以指尖梳理瀏海似地滑向頭頂。

「髮型該怎麼辦呢？這裡有各種供男性使用的髮飾之類的。」

「就這樣也沒差吧。」

「不要。啊，三個人都梳成一樣的髮型，看起來說不定感情很好哦。」

「爛透了。」

「我開玩笑的。」

利瑟爾笑著放開了觸碰劫爾頭髮的手。

似乎覺得殘留的觸感有點癢，劫爾隨手將自己的頭髮往上一撥。利瑟爾看了突然靈光一閃，拈起自己的一綹瀏海。

「那種髮型感覺不錯呢。」

「隊長，你是說把瀏海往上梳喔？不錯耶，感覺很容易統一！」

儘管髮型不同，還是可以營造一些共通點。

一開始說要梳同樣的髮型本來只是開玩笑，不過利瑟爾還是覺得很有意思，立刻拿起服裝間裡準備好的髮油，讓有點排斥的劫爾稍微蹲下身，開始興高采烈地把髮油抹上所有頭髮。

「劫爾差不多就這樣吧。」

「那我來幫隊長弄！什麼髮型比較好咧，把瀏海捲起來固定，留一點空氣感怎麼樣？」

「交給你決定吧。伊雷文可以把頭髮放下來，弄成全後梳的髮型……嗯，把那邊的花朵裝飾跟瀏海編在一起感覺也不錯呢。」

利瑟爾他們連細節都十足講究，劫爾原想吐槽「你們是女人嗎」，但最後還是沒說什麼。

因為從他們身上感覺到的不像是女性對梳妝打扮的講究，比較像職人的專業堅持。反正三個大男人不管梳成什麼髮型、配上什麼髮飾，都只是變得花俏醒目而已，又不會變得像女人。

於是他默默閉上嘴，享受頭髮被人盡情擺弄的感覺。

這艘賭場大船的入場門檻頗高，前來的客人卻很多，非常熱鬧。

由於是大型船隻，船內空間相當寬敞，完全展現出高級賭場的風貌。這裡的所有賓客都穿上奢侈華貴的服飾，優雅地享受著博弈的樂趣。

話雖如此，其中大部分都是阿斯塔尼亞國民，服裝都穿得稍微輕鬆一些，反而營造出了容易炒熱的氣氛，以一場「化裝舞會」來說這裡相當熱鬧，偶爾也會聽到群眾之間嘩地傳出歡聲。

這是間正式的賭場，有服務生端著托盤上的玻璃杯靈巧地穿梭人群之間，撲克牌桌前也有荷官洗牌。人們在這個金幣銀幣迅速來去的空間當中大方撒錢，享受僅此一夜的刺激。

「不過這裡明明是『化裝舞會』，大家都沒戴面具呢。」

「偶爾也會看到有人戴啦，服裝間裡面也放了滿多面具嘛。」

「賭錢的時候把臉遮起來也滿怪的。」

三人的出現，改變了這個迷亂空間的氛圍。

由入口附近的賭客開始，騷動逐漸傳了開來，眾人先是驚愕，接著欣喜若狂，這或許是因為所有人都聽過他們的名號吧。

突破了「人魚公主洞窟」的冒險者。冒險者以外的大眾本來無從得知迷宮的攻略情況，但只有這座迷宮例外。從知道他們身分的人開始，這消息像傳話遊戲般傳遍了全場。

沒想到傳聞中的冒險者會到這艘船上來。或多或少見過他們的人吹響一聲高亢的指笛，人群知道這是應該歡迎的人物，全場氣氛立刻沸騰。

「大家好歡迎我們喔。」伊雷文說。

「只是拿我們當炒熱氣氛的材料而已吧。」

劫爾似乎說得沒錯，人們帶著歡快熱絡的氣氛，逐漸回去繼續他們的遊戲了。但偶爾還是有人看向這裡。利瑟爾露出苦笑，環顧賭場內部。

「阿斯塔尼亞的人們體格很好，很適合鮮艷的顏色呢。」

華麗的服裝襯著他們褐色的肌膚，非常繽紛醒目。

「隊長的體格該怎麼說咧，很瘦弱？沒肉？」

「伊雷文，你不是也很瘦嗎？雖然看得出你有在鍛鍊。」

「不過這傢伙比你重啊。」劫爾說。

身高明明一樣才對，利瑟爾佩服地看向伊雷文。

蛇族獸人的肌力似乎不會反映在外型上，鍛鍊只會使得肌肉的質地更加緊緻柔韌。最好的證明就是，伊雷文認真起來是可以輕鬆抱起利瑟爾的。

「說不定我也……」

「你沒有。」

利瑟爾忽然燃起一線希望，又被劫爾在轉眼間掐熄了。

「來練肌肉吧。」
「住手。」
「隊長不要啦。」
和劫爾他們比太不明智了，這點利瑟爾也明白。
利瑟爾現在的力氣也有一般男性的平均水準，但是在冒險者當中他落在平均以下，儘管目前並未造成任何困擾，身為一個男人他對此也不是完全不在意。
而且，冒險者這一行隨時會面臨突發狀況，先把身體鍛鍊好絕對沒什麼損失。利瑟爾這麼想著說出了自己的決心，但這一次卻被兩位隊友同時否決了。
「我一點都不想看見隊長在房間默默練肌肉啦。」
「你不是有強化魔法？」
「這和那不一樣呀。」
「隊長現在的身材就很適合了啦，簡直太適合了。來給你，沒酒精的。」
一行人邊離開門口邊聊著天，伊雷文手上不知何時拿了個香檳杯。
好吧，如果現在這樣很適合的話。利瑟爾接過伊雷文遞來的玻璃杯，邊想邊啜了一口。他邊走邊打量寬敞的室內空間，儘管概括稱之為賭場，其中也有輪盤、撲克牌等等各式各樣的博弈遊戲。
「你們有什麼想玩的嗎？」利瑟爾問。
「我都可以，撲克牌之類的隊長會玩嗎？」
「隨你高興。」

「那就先從撲克牌開始吧。」

三人轉而朝著目標的那張牌桌走去。

場內四處擺放著桌子和沙發、輪盤桌檯、飲料吧檯等等，分明是僅此一夜的活動，場地卻布置得相當講究。不愧是伊雷文所說賠率最高的一艘船，一路上時常看到金幣堆積成山的情景，也常看到賠掉金幣不甘哀號的賭客。

「爛透啦！運氣有夠差！」

利瑟爾他們從一張沙發後方經過，正好看到一名男子發出吃了悔恨的一擊般的聲音。反應真激烈，利瑟爾邊想邊朝那裡瞥了一眼，而男子碰巧像仰天長嘆般往後一仰，隔著面具與利瑟爾四目相對。

「你……」

男子唰地挺起後仰的身體，坐在沙發上向後轉身。

眼見對方凝視著利瑟爾，伊雷文皺起眉頭以示牽制，劫爾則從無人看得見的死角撫上腰間的佩劍。

「你該不會是那個，建國慶典的時候……」

男人說到一半，利瑟爾眨了眨眼睛。

眼前的男人有著褐色的肌膚、一頭短黑髮，這些特徵在阿斯塔尼亞一點也不稀奇。

但在他手腕上輕晃的金手鍊利瑟爾有印象，雖然設計不盡相同，但他在王宮書庫當中見過類似的飾品從布料縫隙間露出了無數次。

男人像要說什麼似地開了口，利瑟爾也想起了什麼似地偏了偏頭，就在這時……

「你這個人真是的，怎麼從國王……你哥哥的錢包偷錢出來玩！」

忽然傳來一道怒不可遏的聲音，男人露出「糟糕」的笑容，一翻身躍過沙發，在利瑟爾面前華麗著地，隔著面具朝他拋了個完美的媚眼。

「最好是那些錢還在喔!!」

「真的是非常遺憾，剛才正好全輸光啦！」

「我身為你的導師也會連帶被罵啊喂！給我跪下！到王座前面跪下!!」

男人就像要跑給那個勇猛的老人追一樣，朝著門口逃跑了。

這怎麼回事？利瑟爾他們目送著男子跑遠，然後老人也一邊叫罵一邊從他們面前跑過去了。看起來已經是快過初老的年紀，奔跑的速度卻一點也感覺不出他的年紀。

「那啥？」

「應該是這個國家不知排行第幾的親王，大概吧。」

「那傢伙怎麼會認得你？」劫爾說。

「只是在建國慶典的遊行上稍微對上視線而已。」

真虧他還記得，利瑟爾佩服地想。劫爾他們聽了心領神會地看著他，畢竟在建國慶典上盛裝打扮的利瑟爾怎麼看都像個微服出遊中的貴族，既然對方負責的是外交，不太可能輕易忘記他國貴族的相貌。

如果是重要人物，那就更不用說了。利瑟爾當時被那位王族判斷為地位不凡的人物，但不知該說運氣好還是不好，今天他也穿得很有貴族架式，看來這誤會不太可能解開。

「聽說那位親王人在國外，原來回國了呀。」

「周遭看起來也很習慣欸，王族在外面亂晃果然很常見喔？」

「我在酒館聽說的傳聞是這樣沒錯。」

很有阿斯塔尼亞的風格，利瑟爾微微一笑。

在帕魯特達爾，王族是高不可攀的存在，圍繞在王族身邊的貴族也一樣。他們身居高位，住在與平民百姓截然不同的世界，百姓則以他們為榮，對他們懷抱敬意。

但這裡的王族不一樣，他們不是高居百姓之上，而是身在百姓之前的人物。他們是國民的先驅，領導國民向前邁進，正因如此，人們也願意奮起跟隨。所以這裡的民眾也容易對王族抱有親近感吧。

「就連你在酒館都會受到歡迎了。」

「咦？」

「沒什麼。」

利瑟爾不可思議地仰頭朝劫爾望去，劫爾只是嗤笑一聲，沒有回答。

「喔，隊長，就是這附近？」

「啊，是呢。」

三人來到了賭場一角，劃分給撲克遊戲的區域。

有些人在荷官面前認真看著分發到牌桌上的手牌，也有些客人圍繞在附近的桌子旁邊，坐在柔軟的沙發椅上私下對賭。該從哪一種玩起才好呢？利瑟爾打量著荷官洗牌、發牌的俐落動作這麼想著，就在這時……

「喂，那邊那個顯眼的B階！」

「大哥，有人叫你欸。」

「我沒比你顯眼。」

「你們看，那個我也能玩嗎？」

伊雷文和劫爾頭也不回地說著，也沒回應人家，只當做一個話題聊完就算了。至於利瑟爾更是事不關己地覺得自己只有C階，反正一定不是在叫他。

就在三人看著卡牌從荷官一隻手騰空飛向另一隻手，彼此討論讚嘆的時候，那個人又再次出聲說：

「喂，叫你們啦，一刀的隊伍！」

「啊，原來指的是隊伍階級呀。」

「又不是我的隊伍。」

「這是因為大哥的知名度、知名度啦。」

利瑟爾往聲音的方向一看，佔了一張桌子的男人們正帶笑看著這裡。

看那身打扮不太容易分辨，不過他們應該是冒險者沒錯；能夠坐在這間賭場，表示他們擁有一定以上的階級。利瑟爾探詢似地看了看劫爾，後者興味索然地搖了搖頭，既然不是S階，那就是A階了吧。

這些人並不像伊雷文他們那些前佛剋燙盜賊團成員那樣帶著扭曲而洗鍊的氣質，而是帶著粗莽的霸氣，感受得到他們不凡的實力。身上的正式服裝被他們穿得豪邁隨興，非常適合。

「和我們賭一場怎麼樣啊？」

「好呀，我正好在猶豫該從什麼開始玩起呢。」

對方晃了晃手中的撲克牌，露出挑釁的笑容，利瑟爾卻回以一如往常的微笑。他想像平常一樣將頭髮撥到耳後，手指沒摸到頭髮，才想起現在的髮型和平常不同。他一邊做著這個習慣動作，一邊朝桌邊走去。

「還請手下留情。」

他說著在男人們對面的沙發上坐下，劫爾他們也跟著坐在他兩側。周遭賭客們的視線自然而然匯聚到這張牌桌來。

「你不熟悉賭博吧，賭個最普通的撲克怎麼樣？」

「好呀。這邊的桌子不會有荷官發牌嗎？」

「對，客人自己發牌。假如懷疑我們會出老千，還是退出比較好喔。」

男人們說完哈哈大笑。原來這裡的規矩是這樣，利瑟爾點點頭。

這間僅此一夜的賭場不使用籌碼，賭客直接以金幣、銀幣按照規定的賠率交易，資金增減一目瞭然，更加煽動人們的賭性。

不僅限於這艘船，其他經營賭場的船隻都一樣。雖然過分的壓榨行徑還是會遭到糾察，但基本上賭客即使賭到身無分文都是自己的責任。

「伊雷文，你之前說過的地下賭場也是這種感覺嗎？」

「嗯——？地下賭場會被轉嫁那種自己負不起的責任欸，這裡算很有良心啦。」

地下賭場有點令人好奇，利瑟爾邊想邊低頭看向發過來的五張牌。

雙方疊起金幣，下了賭注，然後拿起手牌。利瑟爾的手牌有兩副對子，不好不壞。

伊雷文的嘴角也染上笑意，靠過肩膀去看利瑟爾手上的牌，然後伸出手拈起撲克牌，靈巧地替他整理順序。

「這應該抽牌吧？」伊雷文說。

「不，比起抽卡還是這個比較……」

別說出來啊。看他們光明正大地討論，劫爾無奈地想著，事不關己地環起雙臂採取旁觀態勢。他不討厭賭博，但也沒有喜歡到想要積極參與。

遊戲平順地進行，雙方提出的資金一直保持著平衡，沒有出現任何一方特別有利或失利的情況。似乎對於這種局面感到厭煩，坐在他們對面的男人冷不防開口說：

「這樣分不出勝負吧。不然我們來賭個大的，一局定輸贏，這樣才有冒險者的氣魄嘛。怎麼樣？」

「你的意思是？」

「我們拿迷宮品來當賭注。」

對方加深了笑意，利瑟爾於是明白了他們的目標。

很少有冒險者像利瑟爾他們一樣持有空間魔法包包，眼前這些冒險者當然也沒有吧。但他們卻說要賭迷宮品，那麼賭注一定是不用當場出示，也能夠證明自己真的持有的東西了。

換言之，就是公會的迷宮品展覽。拿展出的迷宮品當賭注，那麼即使只靠口頭約定，交易也能夠成立。

「這種交易必須要雙方提出的東西價值對等才行吧？」

「我們也開出了性能相當不錯的東西啊，跟你們的迷宮品是同個階級。」

看來男人們也調查過利瑟爾他們開出的迷宮品了。

他們至今為止一直賭得這麼客氣，說不定也是想把事情引導到這個局面。利瑟爾開出的迷宮品性能雖然普普通通，但考量它做為裝飾品的販售價值，完全算得上高階迷宮品。從那些冒險者的說法看來，他們開出的也不是能夠輕易放手的迷宮品吧。

而他們卻想把這項迷宮品當作賭注，一局分勝負。是因為非常有自信嗎？還是……

「好呀。」

儘管腦中轉著各式各樣的思緒，利瑟爾仍然乾脆地答應了。

見他立刻決定奉陪，那些男人們起了一點戒心，但他們隨即就以對自己有利的方式解讀這件事，忘了利瑟爾還是個冒險者，只當他是條上鉤的大魚，傻得把那頂王冠的價值當作零頭一樣隨便拋棄。

「在場所有人都是證人，你別反悔啊！」

「不會的。」

男人高聲說完，注視著這張牌桌的賭客們便發出了一陣歡聲。

隨後冒險者們發了牌，在翻牌之前，男人們已經按捺不住地露出笑容。果然是這麼回事，利瑟爾不動聲色地想道，帶著一貫的笑容低頭看向自己的手牌。

都是散牌。說是巧合當然很簡單，不過……他舉起手牌，遮著嘴定睛看著坐在對面的對手。

「好像感覺到了出老千的氣息呢。」

「喂、喂，不要因為自己手氣差就故意找碴啊。」

「就算我們出老千，只要你沒證據就跟沒作弊一樣啦，是看不出手腳的傢伙自己不對！」

或許是由於事情已經發展到利瑟爾無法退出賭局的階段，男人們擺出游刃有餘的態度，語氣中早早顯露了沉浸在勝利當中的味道。

該不會真的是出老千吧？周遭人們聽了這句話一片譁然，但今晚無論出了什麼事都是各人自己負責，只要賭客雙方同意，無論什麼樣的賭局都成立。只要抓不到證據，出老千就不會遭到責怪，無法看破手腳的人自己活該，這些都是今晚不成文的規矩。

最重要的是，這事態發展不是很有趣嗎？周遭的圍觀群眾反而更加亢奮了。

「聽你們這麼說我就放心了。」

他會怎麼反應？沐浴在眾人的視線當中，利瑟爾忽然愉快地笑了。

他移開遮在嘴邊的手牌，朝著詫異的男人們瞇起眼一笑。他渾身的氣質頓時顯得更加高貴，配上身上那套服裝，活脫脫是個地位不凡的貴人，看得所有人都倒抽了一口氣。

伊雷文輕輕地把肩膀往利瑟爾身上一靠，肩靠著肩就這麼伸出指尖碰觸利瑟爾手上的卡牌。

「哇隊長，你牌運超好欸。」

「對吧？」

那手指就像剛才一樣，重新為他整理手牌。

不同的只有一點：每一次重新排列過順序，撲克牌上的花樣和數字都變了。動作巧妙得就連從正面看著全程的利瑟爾都看不出個所以然，他以流利的手勢轉眼間湊齊了連號的數字。

輕撫牌卡的動作只持續了幾秒，利瑟爾手上的牌和當初發下來的手牌已經沒有一張相同。伊雷文細長的手指朝其中一張牌彈了一下，便收回了手。

「我不抽牌。雖然很想加注，不過以我們這次賭的籌碼似乎沒有辦法呢。」

「你再怎麼唬人我們也不會退出的！」

「要是你們退出我才傷腦筋呢。」

他們一口咬定利瑟爾是在虛張聲勢，這也是沒辦法的事，畢竟在這麼眾目睽睽的場合，除了劫爾以外仍然沒有任何人發現伊雷文做了什麼。

男人們盯上利瑟爾他們也是理所當然，利瑟爾看起來這麼有錢又是賭博生手，是賭場上絕佳的肥羊，高潔脫俗的氣質又讓人覺得他不可能發現別人動了什麼手腳。

他們最大的失誤只有一點，那就是眼光太過狹隘，以至於認錯了牌組當中君臨頂點的殺手鐧。

「是我贏了。」

「什麼……！」

冒險者們面前的手牌是一副同花大順。

而利瑟爾面前則是一副「五枚」，觀眾們看了爆出一陣歡聲。

「你哪時候動的手腳！這牌堆裡面根本沒放鬼牌！」

「真是的，請不要這樣誣賴我，是你們忘了把鬼牌抽掉吧？」

利瑟爾有趣地笑著說道，抬起手讚許地撫摸伊雷文的臉頰。坐在他身邊的伊雷文舒服地瞇細了眼睛，那副模樣看得利瑟爾眼中多了幾分寵溺色彩，接著他再度面向那群男人。
「抓不到證據就不算出老千，就算真的作弊，也是無法識破的人活該，對吧？」
男人們咬緊牙關。
儘管他們想引發亂鬥轉移焦點，一刀的存在卻不允許他們這麼做。他們明白，假如他們一舉一動之間透露任何反抗的企圖，一刀毫無疑問會出手牽制，男人們畢竟混到了A階，這點程度的理智還是有的。
這下男人們終於發現他們挑戰的是自己惹不起的對手。
「展覽結束之後，請你們將迷宮品寄放在公會吧。」
男人們除了同意以外別無選擇。利瑟爾側眼看著他們讚嘆地想，出老千這種體驗也充滿了賭博感，真是不錯。
就在這時，坐在他身邊的劫爾忽然伸過手臂，搭在利瑟爾身後的椅背上。怎麼了？在利瑟爾朝他看去之前，劫爾已經蹙著眉頭朝他湊過臉來，看那表情好像覺得周遭的歡呼聲很吵。
那雙嘴唇靠在耳畔輕聲說了些什麼，利瑟爾聽了露出柔和的微笑點點頭。
「伊雷文，我們先出去甲板上一趟，你呢？要留在這裡繼續玩嗎？」
「咦——為啥？隊長你還沒玩夠吧？」
「只是稍微出去吹個風而已。」
利瑟爾朝劫爾指了指。
往那邊一看，劫爾渾身散發出陰森駭人的暴戾之氣，讓人懷疑他是不是剛剛才殺過人。

現在打扮得比較正式，勉強還能說他是個氣質比較陰沉的男人，要是換作平常的打扮，任誰看了都會別開視線不敢看他，然後逃命似地跑掉吧。

「啊──」伊雷文看了也點點頭。看熱鬧的賭客把他們團團包圍，氣氛興奮到爆出歡聲，再加上穿得比較多，怕熱的劫爾似乎快忍到極限了。

「那我繼續玩。」

「這樣呀。那邊好像有個庭園，我們會待在那裡。」

「知道啦，不過你們待太久我很無聊欸。」

「不會離開那麼久的。」

利瑟爾他們把那些懊悔莫及的男人留在原地，從沙發上站起身來，各自邁開腳步穿過人群。

「你可以留在那繼續玩啊。」

「沒關係，我也想到這裡逛逛。」

這裡應該是整艘船位於最高處的甲板，劫爾與利瑟爾並肩站在上頭。

原本覺得船上有庭園聽起來只是虛有其名，沒想到這裡整頓得相當符合化裝舞會的印象，看上去確實是個有模有樣的庭園。漆黑與緋紅的花朵纏繞在欄杆上，受到夢幻的燈光照耀，遠處設置的長椅上坐著盛裝打扮的男女，看起來像在園中幽會的貴族。

與其說是浪漫，這裡的氣氛比較接近夢幻，多虧如此兩個男人待在這裡也不顯得太過突兀。就算顯得突兀，利瑟爾他們也不介意就是了。

「這裡很高，也看得到其他船上的情景呢。」

「別掉下去了。」

劫爾背倚著欄杆，利瑟爾則扶著欄杆，低頭看著依偎在大船周遭的船隻。

無數船隻在漆黑的海面上連成一片，竭盡全力點著燈火的情景美不勝收，隱約聽得見四下傳來的歡呼和吶喊、笑聲與怒罵，感覺得到人們是如何盡情享受著這一晚。

「啊，那不是團長她們嗎？」

「啊？」

利瑟爾忽然指向正下方的一艘船這麼說。

劫爾也往那邊一看，只見一幅非常令人提心吊膽的情景正在那裡上演：美少年和小女孩正在賭場上被一群壯碩的男人團團包圍。「看起來她們手氣不錯呢。」利瑟爾露出溫煦的笑容這麼說，劫爾完全無法理解他腦子裡到底在想什麼才有辦法說出這麼和平的感想。

「就是現在，快來、快來……可惡，你沒在骰子上動手腳吧臭小子！」

「六！我想骰到六吧大概！耶中啦——!!」

並不是什麼令人樂見的情景啊，利瑟爾他們忍不住凝視著那艘船。

看了一會兒，不出所料，雖然看不太出來是騎兵還是船兵，但有士兵慌慌張張朝她們跑過去，可能是接獲民眾通報了。隱約聽得見他們在說小孩子都這個時間什麼的，看來小說家還是一樣受到嚴重的誤會。

這點總覺得錯不在士兵啊，利瑟爾邊想邊低頭看著士兵被團長擊中心窩倒地。兩人速速跑回去賭錢了，她們心裡對於士兵沒有半點體貼，只有徹底沉淪賭博的靈魂。

「我也想嘗試看看那種……典型的賭博？」

「你待在那不搭調，別想了。」

他們倆悠哉地這麼聊著，這時忽然聽見庭園深處傳來爭執聲。平常利瑟爾他們碰到這種事不會放在心上，只會悠閒地說句「納赫斯先生應該不會過來吧」，但此時劫爾卻微微蹙起眉頭，低頭看向利瑟爾。

因為傳入他們耳中的是年輕男女的聲音，男人的聲音語帶輕蔑，女人的聲音則順從柔弱。

「妳和這國家的女人比起來真的一點魅力都沒有。今晚也是，明明都說我要當妳的男伴了，結果妳連露一點肉都猶豫半天，是想讓我丟臉？」

「對、對不起……」

還聽見勸阻男人的聲音，除了那對男女之外應該還有一位男性友人在場。

利瑟爾並不是看見每一位女性都會伸出援手。但這傢伙基本上是個尊重女性的人啊，劫爾目送他朝那邊走去，放棄似地靠上欄杆。

隨後他嘆了口氣，看來他們暫時是不會回到船艙裡去了。

97

看見未婚夫在一段距離之外和朋友交談，她藏起憂傷似地垂下眉眼。

他們倆都來自馬凱德，一個商人雲集的城市，而且都出身於生意還算上了軌道的家庭。由於父母輩關係友好，他們從小就玩在一起，直到他們兩人都能熟練地幫忙操持家業的年紀，這份感情也一直沒變。

男人擅長與人交涉，不善經營，而她擅長經營，卻不擅長談判協商。兩人的優缺點彼此互補，自然而然也常一同出去做生意。生意進展得頗為順利，雙方父母見狀也說，小倆口乾脆結婚，把兩家的店舖合併起來也不錯。她一直悄悄愛慕著那男人，聽了心裡好高興，而男人也沒有拒絕，所以他們才定下了婚約。

但未婚夫從來沒有對她說過一句甜蜜的情話，像剛才那樣嫌棄她缺乏魅力、丟人現眼反而才是家常便飯。

「（我的身材的確……沒什麼魅力……）」

低垂的視野中，映出自己貧瘠的身體。

縱然身高還算不錯，但她怎麼吃都不太長肉，沒有凹凸有致的曲線。朋友雖然都說羨慕她身材苗條，但她反而更羨慕朋友柔軟圓潤、充滿女人味的身材。雖然她自己也知道，這種事再怎麼羨慕也沒有用。

當時是未婚夫得意洋洋地告訴她，有朋友邀請他參加慶典，要她一起來當他同遊的女伴，所以她才高興地跟著他來到了阿斯塔尼亞……但說不定她不要來比較好。確實如他所說，這個國家許多女性都擁有性感的體態。

「難道只是我單方面地喜歡他嗎……」

藏在心底好多年的想法不禁脫口而出。

是不是只有自己懷著這種令人心焦的愛慕之情呢？這種不安如影隨形，聽說他沒有拒絕婚約的時候她很高興，但那或許只是為了家業著想而下的決定。

兩人從小一起長大，她覺得雙方感情確實很好，而且還沒訂婚之前男人就常說她沒有女人味、應該要打扮一下才對。現在煩惱這個或許太遲了，但在男人心目中他們很可能還只是青梅竹馬的孽緣，對她沒有半點戀慕之情。

她稍微抬起視線一瞥，看見未婚夫正皺著臉聽朋友訓話。早知道就不看了，她正準備再次垂下臉龐的時候……

「不好意思。可以坐妳旁邊嗎？」

「咦？」

忽然有道清澈、溫柔的聲音向她搭話，儘管困惑，她仍然無意間點了頭。悄悄往身旁一看，一名男子正以優雅的動作坐下，給人的印象就如他的聲音一樣沉穩。

距離並沒有近得過分親暱，但也沒有遠到冷漠的地步，再加上對方穩重的氣質使然，不僅沒有引起她的戒心，這種距離反而令人安心。

對方應該是哪裡來的貴族吧，但或許是氣質的關係，並不會讓她感到退縮。就在她不自覺怔怔望著那人的時候，對方忽然看向她，露出柔和的微笑。

是她無禮地盯著人家看太久了嗎？她無地自容，急忙低下頭去，纖細的手指心神不寧地在大腿上不斷交握又鬆開，鬆開後又交握在一起。

「不好意思，突然跟妳搭話，一定嚇到妳了吧。」

「不、不會……」

「船上祭難得的夜晚，卻看妳帶著憂傷的表情，我才會忍不住來跟妳攀談。」

她搖搖頭朝對方看去，對方朝她緩緩偏了偏頭。

那人臉上的微笑清靜高潔，儘管主動跟女孩子攀談卻不給人任何懷疑他意圖不軌的餘地，反而教人覺得懷疑他才是一種罪過，她下意識繃緊的身體也慢慢放鬆下來。

自己露出了憂傷的表情嗎？她一隻手撫上自己的臉頰，但本人當然無從察覺。

「至於原因，我不小心聽見了。」

對方說著，露出抱歉的苦笑。考量到現在身處的地點，被人聽見也是理所當然，她聽了也終於露出淺淺的笑容，再次搖了搖頭示意對方不必介意。

這裡並不像船艙內那樣喧囂嘈雜，也聽不見賭場內成堆金幣崩落的金屬聲響。豎起耳朵隱約聽得見樓下的人聲，不過也確實保有夜晚大海特有的那種吞沒萬物般的寂靜。剛才那段對話，該不會也被其他人聽見了吧？她不著痕跡地打量周遭，只看見遠處有一對沉浸在兩人世界中的男女而已。

她鬆了一口氣，同時也感到有點納悶。看這狀況推測，坐在她身邊的這位沉穩男子難道是獨自來到這裡的？

「那個，請問您的同伴……？」

「啊，他們一個在樓下玩，另一個在那邊乘涼。」
勻稱的指尖指向剛才她環顧周遭時沒看見任何人的地方。
怎麼回事？她邊想邊仔細一看，這才發現那裡確實有個高眺的人影倚著欄杆，是因為一身黑衣才導致她剛才沒看見。
是沉穩男子的護衛嗎？如果那個人也聽見了剛才的對話，那真是太丟臉了，她稍微低下頭去。
「妳常常低頭呢。」
對方打趣地這麼說，同時清靜的臉龐稍微湊過來看著她。
她倏地抬起原本正要低下的臉蛋。距離明明沒有多近，她的反應卻有點誇張，是因為對方高貴的氣質讓她不好意思太過接近吧。
事到如今她自己仍然感到不可思議，不明白自己怎麼可能如此自然地跟對方說話。但她實在無法對這樣的人抱有戒心，雖然覺得他身分高貴，但同坐在一張長椅上並不會讓人感到害怕。至於對方是不是為了避免驚擾她而刻意表現得和藹可親，她就不知道了。
「……有這麼明顯嗎？」
「是呀，從我來搭話之前就一直低著頭。」
沉穩男子挺直了剛才略微躬起的背脊，露出溫柔的微笑。
雖然她覺得自己的煩惱並不是什麼該向外人訴說的事情，但看見那道絲毫沒有催促意味的笑容，她突然想拋開顧慮，順著對話的流向去走。說不定她只是想找個人訴說煩惱，無論對象是誰都好；而對方就像牽著手引導似地，緩緩引出了這種渴望，這種感覺不可思議地讓人感到自在。

感覺到盤起的一綹髮絲滑過側頸，她一面抬起指尖輕輕撥起那縷頭髮，一面開了口：

「……那可能是因為，我沒有自信的關係吧。」

或許是忍著沒垂下頭的緣故，她下意識擺出了微低著臉、只抬眼仰視對方的姿態，有點遲疑地繼續說下去：

「那個，就像您剛才聽到的一樣，我缺乏那方面的魅力……關於這一點，我也覺得他說得沒有錯……」

自己或許說出了相當大膽的話，她的臉熱了起來。

聽起來就像在跟對方說，她正為了自己缺乏性感魅力而苦惱一樣。雖然這麼說也沒錯，但她還是試圖辯解了一番，結果總覺得越描越黑。

怎麼可以對如此高潔的人說出這種話呢，她腦中一片混亂。不過沉穩男子的反應出乎意料之外，他尋思似地將手抵在嘴邊，那副模樣逐漸平撫了她不知所措的情緒。

「妳沒有必要因此失去自信呀。」

「咦……」

她不禁發出困惑的聲音。

若是其他人說出這句話，她只會覺得是溫柔的勸慰之詞而已，不可思議的是對於眼前這人她卻不這麼想，一定是因為對方是把它當成事實說出口的吧。

不過，或許顧慮到他們是初次見面的陌生人，擺出一臉什麼都懂的樣子給人建議恐怕徒增不快，因此對方並沒有繼續說下去。她想知道對方為什麼這麼說，於是忍不住轉向那裡，對方見狀也惡作劇般瞇起眼睛回應。
「妳今晚的舞伴是他吧？」
「？……是的。」
這間名為「化裝舞會」的賭場，唯有在船上祭的夜晚才會在這艘船上開張。
正如其名，許多客人都會像出席真正的舞會一樣帶著女伴前來。為了盡情享受慶典氣氛，阿斯塔尼亞的人們樂於扮演另一個身分，而且也有少數人會為了參加慶典從其他國家來訪。
既然如此……沉穩男子稍微偏了偏頭，將落下的頭髮撥到耳後。她忽然從這動作當中感受到魅力，原來優雅到讓人移不開目光的小動作能夠帶有這樣的吸引力呀，她感嘆地看著。
「在舞會上讓女伴散發自信是男人的職責，即使是妳所說的，性方面的魅力也一樣。」
對方朝她露出燦爛的微笑這麼說道，她聽了眨眨眼睛。
「不，性方面的魅力更是如此呢。女性這方面的魅力強烈受到男性影響，假如說妳的魅力不夠，那就等於是男方承認了自己能力不足一樣。」
在那道微笑的敦促之下，她看向未婚夫，只見未婚夫把還在對他說話的朋友拋在一邊，一臉錯愕地望著這裡。
「是、這樣嗎？」
「是呀。」
聽見對方揶揄般的聲音，笑意不知怎地湧上心頭，原本愣在原地的她忍不住笑了出來。
心情似乎輕鬆了一些，雖然怪罪別人並不好，但如果這是事實也沒辦法。眼前這位沉穩男子散發出來的氛圍令人想要交付自己的一切，她之所以能夠如此理所當然地接受對方的說法，也是受到了這種氛圍影響嗎？

「但是男人只能強化妳原本就擁有的魅力而已。妳的魅力要由妳自己好好珍惜，不要讓它消失了。」

「我的魅力……但是，我從小就老是坐在桌前做文書工作，興趣也只有讀書而已，實在沒有女性魅力……」

「很不錯的興趣呢。」

對方說著，眼中流露出高興的笑意。她原本覺得閱讀是個單調平凡的興趣，不過看了對方的反應，她對此也稍微多了點自豪。受到這麼高貴的人認同，任誰都會產生同樣的感受吧。

既然如此……沉穩男子看向一旁，似乎在回想著什麼，過沒多久那雙紫水晶般的眼瞳又重新映照出她的身影。這人說話時給予對方的目光真是真摯，她想著，受到那道視線吸引般回望。

平常遇到相同情況她一定感到相當尷尬，但只有現在不一樣。

「那妳一定明白吧？書裡富有魅力的那些人物當中，也有許多像妳一樣纖瘦的人。」

「這……確實是沒有錯。那個……像是《叛徒一族》裡的夫人……」

「妳是說『欲望夫人』吧，她確實非常魅惑人心。」

閱讀時她只是簡單看過去而已，若非特別去回想，她根本忘了這號人物，但確實是如此。

細長清秀的眼尾、纖細的體型，書中描寫了她坐在窗邊讀書的身影，細膩刻劃出接觸文學的女性特有的魅力，與豐腴肉體的那種性感又截然不同。

就連身旁這位高潔的男子都覺得這樣的女性富有魅力，那麼其他男性看到「欲望夫人」一定也有相同的印象吧。但她怎麼想都不覺得自己有可能成為那樣的人，視線自然而然往下低垂。

「別低頭。」

「……！」

對方卻探頭過來，從比剛才略近一些的位置凝視著她。

沒想到那雙蘊含高貴色彩的眼瞳會朝她湊近，她在驚訝之下自然挺直了背脊。對方見狀露出褒獎似的微笑，接著抬起剛才為了稍微拉近距離而放在長椅上的手指，遮擋在她眼前。

那隻手沒有碰到她，只是一瞬間遮斷了她的視線，她一時有點緊張，繃起身體收起了下顎。那隻手立刻又往上移開，視野恢復開闊，她忍不住眨了眨眼睛。

「沒錯，請妳筆直看著對方。」

恢復開闊的視野正中央，是她的未婚夫，看起來一副坐立難安的模樣。

未婚夫時不時朝這裡看過來，是在擔心她嗎？她筆直凝視著未婚夫的身影，這時忽然注意到身邊的沉穩男子正看著自己，像在打量她的反應。

她維持著挺直背脊的姿勢，也沒有低頭，直接看向沉穩男子。只見對方面帶微笑，說悄悄話似地告訴她：

「他現在一定非常心神不寧，擔心妳會被我搶走吧。」

「咦？」

「把最愛的人玩弄於股掌之間的感覺，怎麼樣呀？」

聽見對方這麼說，她看看那雙眼睛，又望向自己的未婚夫，視線在兩者之間反覆游移。

她的思考跟不上事態發展，此刻卻自然而然浮現了笑容，想必是出於安心吧。她的雙肩自然放鬆，湧上心頭的喜悅染紅了臉頰，她感覺到心中的雀躍之情，連忙抬起指尖遮掩嘴角的笑意。

那是男性看了都移不開目光的、有如花香般充滿魅力的笑容，就像書中被稱作「欲望夫人」的女性所露出的笑容一樣，而她沒有發現自己露出了那樣的表情。

「感覺好像做了什麼壞事呢。」

「一點也不壞喲。被奪去自己心魄的對象像在掌心賞玩一樣擺弄，很少有人真的會感到不快。」

「您也是這樣嗎？」

她那雙眼睛因為剛才笑了的關係略顯濕潤，筆直望向坐在身邊的男子，模樣與方才缺乏自信的她判若兩人，除了她以外的所有人都注意到了。

「以我的狀況，與其說是被奪去心魄，不如說是自己把心奉上比較接近。不過……」

說到這裡，硬質的紫晶色眼瞳甜美地漾開，她感嘆地屏住呼吸，凝視著那雙眼睛。

「那種感覺讓人滿足得受不了呢。」

眼神中流露無比幸福的色彩，教她看得目不轉睛。

就在這時，對方站在遠處的同伴忽然喊了他一聲，沉穩男子轉而朝那邊看去。對此她稍微……不，是感到相當可惜，但也跟著重新看向自己的未婚夫。未婚夫欲言又止地看著這裡，目光看起來像帶著憤怒，也像是帶著焦躁。

但她沒有再低下頭去。以前的她一定會自然而然垂下頭，但正是因為她筆直回望，才能夠注意到未婚夫那道視線當中蘊含的不只是憤怒。

「同伴在叫我，我差不多該離開了。」

對方站起身，沉穩的說話聲稍微拉開了一些距離，她也跟著抬頭仰望對方。

「再聊下去，妳的舞伴恐怕要生氣了。」

「不會的，怎麼會呢。」

對方打趣地說著準備離開，而她一時不知道該對那道身影說什麼才好。

沒錯，這個人給了她自信；她想獲得自信，對方便稍微幫了她一把。她不確定自己是否真的有了魅力，但她知道，現在的自己和與對方說話之前，確實已經有什麼不一樣了。

因此，她懷著滿心的感謝開了口。

「謝謝您……！」

沉穩男子露出溫柔的微笑，就這麼走開了。

他和剛才喊他的那個高眺黑影會合，接著離開了庭園，似乎是回到船艙內去了。她目送他們走遠，這時原本在一段距離外談話的未婚夫氣勢洶洶地快步走了過來。

未婚夫站在她面前，皺著眉頭低頭朝她看過來；而朋友站在他身後，無奈地聳了聳肩膀。

「那個男人是誰？看起來很有地位，妳應該有跟他建立人脈吧？」

「沒有，不是那樣……」

「妳一點也不性感，除了會做生意以外也沒什麼優點，根本沒有閒功夫去想——」

「唉唷，你夠了喔，雖然我知道自己的女人被其他男人引出魅力，你一定很不甘心啦。」

「——其他事情……」

她聽了愣愣眨了眨眼睛，看向未婚夫。

未婚夫啞口無言地瞪著自己的朋友，像在質問他說這什麼話。若不是這麼目不轉睛地看著未婚夫，她一定不會發現他的臉頰有一點點紅。

「船上祭也一樣啊，不是因為她之前說過想參加，所以你才帶她來的嗎？一大段時間以前就一直叫我慶典時間確定了要跟你聯絡，還一直催著問什麼時候才要確定。」

「喂，閉嘴啦，喂！」

「只顧著做生意，從來不打扮，你不是很擔心她委屈了自己嗎，今天也一直期待讓她好好享受盛裝打扮的樂趣嘛。」

「別說了，喂，蠢蛋，別說了……」

「你不是還說最近想碰她想得受不了，但又脫離不了青梅竹馬的關係，萬一她再性感一點你就忍耐不住……」

「閉嘴啦!!」

未婚夫不留情面地踹了過去，朋友差點掉進海裡，發出責難的聲音。

但未婚夫本人卻完全不予理會，把頭撇向一邊，站在原地動也不動。她見狀微微偏了偏頭，繞到未婚夫的正前方。

她抬頭凝望著他，像在問他這是否屬實。未婚夫把脖子往旁邊轉到極限，逃開她的視線。

「真的？」

「當然不……」

「不是嗎……？」

她悲傷低垂的柳眉映入他眼簾。

未婚夫一時說不出話，瞥了她一眼。看見她仍然抬著從前總是低垂的臉龐仰望他，他明白這已經是極限，自己不可能蒙混過去了。

定睛凝視的目光，充分展現了她外表纖弱卻擁有堅毅性格的魅力。引出這種魅力的竟是個偶然路過的男人，他實在非常不甘心。

「都是、真的……全部。」

他再也忍不住，斷斷續續說出真話，她聽了露出幸福的微笑。

看見未婚妻這樣的表情，他心裡甚至浮現了感謝之情。對此他覺得自己真是太單純了，不禁懷疑自己是否不適合做生意，眉間因此又皺得更深了些……但她再也不會為此耿耿於懷。

「難得你特地給人建議，那女人有什麼內情？」

「沒有內情就不能陪女性聊聊心事嗎？」

利瑟爾走下庭園通往船艙的狹窄階梯，有趣地笑著這麼說。

但劫爾很清楚，利瑟爾不只是個溫柔的男人；若是自己人那就算了，面對一個素未謀面的人，利瑟爾不會主動引導對方解決困擾，頂多陪對方聊個痛快就不錯了。

但剛才並非如此，知道利瑟爾平常作風的人都會認為那是破格的待遇。

「不過，這個嘛……如果真要說有什麼內情的話，重點也不是她，而是她的同伴。」

「啊？」

「在那一邊，我也有認識的人只說得出違背真心的話，所以忍不住就……」

原來如此，劫爾把難得經過梳整的頭髮隨手往上一撥。

既然利瑟爾這麼說，那一定是他非常親近的人吧。他不打算細問是誰，只在心裡想著「這傢伙認識的怪人真多」，完全沒想過自己是否包含在內。

二人聽著逐漸接近的人群喧嘩聲往樓下走去，幸好一路上沒碰上任何人便抵達了通往賭場的大門。門一打開，聲響便如洪水般湧入耳中。

「不曉得伊雷文玩得開不開心。」

「誰知道。」

他們立刻找到了要找的人。

伊雷文就在整間賭場最熱鬧的區域，大刺刺坐在正中央的沙發上，腳悠然蹺在桌上，長相原本就惹眼的他打扮得光鮮亮麗，身邊圍繞著堆積成山的金幣……非常適合他。

那雙嘴唇勾勒出嘲笑，習以為常似地睥睨著眼前癱坐在地的男人。

「看起來很開心呢，太好了。」

「你這麼想，那就是這樣吧。」

看見利瑟爾滿意地點點頭，劫爾也一邊這麼回應，一邊在心裡贊同。這情景實在太預料之中，他們一點也不驚訝。

這時，伊雷文忽然捕捉到了他們二人的身影。毫不掩飾嘲諷的雙眼在看見利瑟爾的瞬間有了溫度，開心地瞇了起來。他挺起了原本慵懶地倚在沙發上的背脊，朝他們揮了揮手。

接著伊雷文俐落地收起堆在一旁的金幣，輕巧地站了起來，三步併作兩步往利瑟爾他們身邊走去。周遭群眾啞然看著那道背影，跟不上他判若兩人的變化。

「歡迎回來，比我想的還要早嘛！」

「沒想到外面滿涼快的，劫爾也很快就恢復了。比起那個，那個人丟在那邊沒關係嗎？」

「嗯？喔，沒差沒差，都榨乾了。」

伊雷文看也沒看絕望得癱倒在地的男人一眼，語調聽起來已經失去了興趣。

「那個白癡跑來找我碴，說我出老千，我就陪他玩玩而已啦。」

「以你的作風，一定滿足了他的期待吧。」

「答對啦。」

伊雷文伸手撥弄著利瑟爾與平時不同的頭髮，露出得逞的笑容。

「我動了一堆手腳，顯眼得要命，那樣還抓不出馬腳就不要來找碴啦。」

在賭桌上想揭穿對方出老千，沒掌握證據就沒有意義了，畢竟對方大可說他只是運氣好。

伊雷文的對手一定相當焦躁吧，對方顯然動過什麼手腳，他卻無法看穿手法，不斷失去自己的財產。就連掙扎都不被允許，他越焦急，狀況就越是惡化。

原本想揭穿作弊手法輕鬆賺到大把金幣的，但打從這麼想的瞬間他就已經倒了大楣——因為伊雷文看穿了這種心態，故意答應他的邀約，樂於享受在他心裡種下絕望的過程。

「隊長，你有什麼想玩的嗎？」

「我嗎？這個嘛……」

在那之後，三人和平地在這座僅此一夜的賭場當中遊玩。

一切交給運氣決定，過程中有輸有贏，不過他們三人基本上都沒虧太多。伊雷文平常就算不出老千賭運也非常好，劫爾也偶爾下場去賭，勝率維持在五成左右。

至於利瑟爾，只要來到對人的心理戰他幾乎百戰百勝，除非牌運特別差，否則從來不會落敗，總是打出始料未及的手牌將周遭耍得團團轉。

然後，來到了接近深夜的時間，燈火通明的賭場忽然關了燈。

華美的空間頓時染上幻想色彩，桌椅被迅速推到牆邊，幾位演奏者不知從哪裡現身，開始奏起與舞會相應的旋律。

「啊，原來也有這種活動呢。」

「真的有什麼活動都不奇怪欸。」

看來這應該是每年的慣例，盛裝打扮的人們開始和舞伴跳起舞來。

有人跳著正規的華爾滋，也有人只是開心地擺動肢體，所有人臉上都帶著笑容，旁觀的人們也受其影響，一個接一個走入舞池。

「啊。」

利瑟爾忽然看向通往庭園的門口。

剛才和他說過話的那位女子正拉著自己舞伴的手臂邀請他共舞，好像在催促對方快點似的。男人一臉不高興地堅持拒絕，但那名女性再也不會低下頭，說這都是因為自己缺乏魅力了。

男人一直別過臉，沒看自己的未婚妻，這時卻注意到利瑟爾的視線。利瑟爾微微一笑，接著緩緩將目光移向那位女性，男人忽然一反剛才不斷推拒的態度，彷彿覺得女伴被人家邀走就糟糕了。他主動握住女伴的手，快步走進舞動的人群之中。

「你很擅長把事情引導到只要笑一笑就能解決問題的局面嘛。」

「劫爾，有時候你對我有些奇怪的成見呢。」

誤會也有個限度。聽見劫爾無奈地這麼說，利瑟爾擺出賭氣的態度。

這只是偶然，他又不可能事先計畫好，畢竟利瑟爾就連今天這裡真的會舉辦舞會都不知道。

雖然知道劫爾只是在開他玩笑，但還是希望他別說這種惹人誤解的話。

「你們是在講什麼啊？」

「在講這傢伙剛才搭訕的女人。」

「嗄?!」

「才不是那樣。」

那個女人那麼合你胃口喔？伊雷文一副興味盎然的樣子，利瑟爾則解開這場誤會，說他們只是聊了一下而已。

在場也有不少女性客人想邀他們三人當舞伴，但無論跟哪一個人搭話，各種意義上都難度太高，實在無法開口邀約，因此她們只是從旁投以帶點期待的視線。

「隊長會跳舞嘛，那大哥咧？」

「哪可能會。」

「咦，但劫爾之前不是待過侯爵家嗎？」

劫爾嫌惡地蹙起臉來。

確實，在侯爵家待了近五年的時間，他也曾被要求學習跳舞。並沒有人特別這麼交代，不過既然為他準備了專門的教師，意思也差不多了。

那段時間的記憶相當模糊，不過拒絕學舞也很麻煩，他應該是隨便敷衍過去了。最好的證明就是，他理應學會了舞蹈最基本的知識才對，卻完全想不起來。他真的對此絲毫不感興趣。

「我忘了。」

「原來這是可以忘記的呀。」

利瑟爾佩服地這麼說道，不愧是不折不扣的貴族。

之所以這麼說是因為舞蹈是貴族的必修課題，而且必須在最容易匯集眾人目光的場合展現，不能在這種時候拿出半吊子的舞步。自幼熟習的動作已經成為身體的一種本能，就像不可能忘記刀叉如何使用一樣，貴族也不可能忘記踏步和旋轉的節拍。

「今晚接下來都是舞會了吧。」

「隊長，開心嗎？」

「嗯，雖然是第一次，不過非常有趣。」

看見利瑟爾微笑著這麼說，伊雷文也心滿意足地笑了。

過程中利瑟爾稍微認真了起來，把同一張牌桌上的賭客和荷官都完全控制在自己手掌之中；還說想試試看把撲克牌從一手越過半空拋到另一手的那招，結果紙牌全撒在地上；還因為贏太多被賭場營運方喊了暫停……儘管發生了這些插曲，利瑟爾確實是全力享受著這次的賭場體驗。

「下次也帶我到你之前說的地下賭場去吧。」

下一秒，一瞬間板起臉孔的劫爾和伊雷文互望了一眼。

雖然想蒙混過去，但看著利瑟爾那副期待的微笑讓人無法當面拒絕他，只能祈禱他自己忘記這件事了。

既然現在船上也沒有了賭博的氣氛，三人於是離開了舞會。優美樂聲的餘韻消失在門板的另一側，像是截斷了一路持續到天明的慶典誘惑。

利瑟爾他們對此毫無留戀地下了船。

題外話，換衣服之前利瑟爾想再看一次外頭的景色，於是到船緣露了臉。

「啊，旅店主人，這時候遇到你正好呢。」

「嗯啊，從上方傳來的這個沉穩的聲音，是貴族客人啊嗝。你們上了好厲害的船啊，我剛才跟朋友一起輸到脫褲，現在正在邊走邊喝悶酒……哇啊啊啊貴族客人真的變成貴族啦等一下等一下等一下那是我家旅店的客人啦！不要這樣不要跟人家跪拜啦！我的朋友怎麼全部都跪在地上！」

「旅店主人，看起來你也會比較晚回去，我們就從平常的地方自己拿鑰匙囉。」

「沒問題！所以說頭抬起來啦那個人是冒險者啦！看起來一點也不像冒險者又讓人很惶

恐，現在看起來根本就是貴族，不是貴族的話根本詐欺，但他真的是冒險者啦！不要再拜了！雖然我懂啦！」

98

伊雷文哼著歌走在阿斯塔尼亞的街道上。

他臉上浮現的不是平時嘲諷的笑容，不是輕易露出的那種表面上親切討喜的笑容，也不是熟識到一定程度之後會露出的那種輕蔑又乖僻的笑容。最接近的是他看著利瑟爾時蘊含優越感和撒嬌的笑容，但就連這種笑容也和他此刻的表情不太一樣。

那雙眼睛盈滿了甜美的愉悅，嘴角忍不住甜甜泛著笑意，雙唇之間流洩的聲音像說給女孩子聽的甜言蜜語一樣寵溺，總之很甜很甜。

「大哥是不是在公會咧？」

但是，街上的行人之所以每次與他擦肩而過都要多看一眼，並不只是因為他寵溺的表情而已，另一個原因是他抱在懷裡的那個人。伊雷文平常鮮少在人前發出的甜美聲音，毫不吝惜地傾注給了臂彎裡的存在。

已經組成隊伍的冒險者，當然不會單獨接取委託。

無論獨自接取委託還是複數人一同接取，都一樣算是達成委託，所以沒有必要自討苦吃。說到底，也只有低階委託有可能單憑一人之力達成，公會方雖然沒有明確建議冒險者組隊，但凡是想接取D階以上的委託，無論是誰都必然需要與人合作。

當然，也有許多冒險者並沒有固定的隊伍。沒有隊伍的冒險者會彼此合力接取委託，或是與其他人數不足的隊伍合作。單獨接取委託這種事，大多數冒險者都只有在剛入行的時候，迫於無奈接受F階委託那陣子才經歷過。

「我一開始看到那個隊伍啊，還覺得他們躺著蹭一刀的好處很爽咧。」

「誰都會這樣想吧。」

冒險者公會內部。

和平常一樣來物色委託的冒險者們，正一邊望著委託告示板一邊聊著無關緊要的話題，目光熟練地尋找著合適的委託。

「但沒多久就發現不是這樣。」

「對，有一天會發現『啊，原來是這麼回事喔？』」

「該怎麼說……就是會注意到。」

他們彼此點著頭說我懂、我懂，邊說邊偷偷看向站在不遠處的劫爾。

至今還是讓人覺得他當起冒險者很格格不入的利瑟爾，還有不知何時開始大家都傳說最挑釁不得的伊雷文，此刻都不在他身邊。平常一刀會和那兩個人這也不好、那也不對地一起挑選委託，但今天他不一會兒就拿起委託單，走向委託櫃檯去了。

腿好長，身為男人這已經不只讓人嫉妒了，而是羨慕。冒險者們看著那道長腿背影，說出了至今困惑過無數次卻一直沒認真追究的事實：

「他們為什麼會自己一個人接委託啊？」

因為那三人實在太過自然地這麼做，至今根本沒有人特別談論過這件事。一開始因為單獨接委託太過不可能，大家甚至還以為他們是接了委託之後才要跟隊友會合。

但並不是，利瑟爾他們完全是隨心所欲地跑來接委託。

原以為他們可能吵架鬧翻了，但也沒有，大家也見過他們偶然在公會碰頭，然後就順道一起去解委託的場面。那幹嘛不一開始就一起過來啊？冒險者們也不是不這麼想，不過儘管同為隊友，不接委託的日子確實不太可能完全掌握對方的行動……

不對，才沒那種事，接委託之前沒先跟整個隊伍談好才奇怪咧。都是因為他們三人的態度太理所當然，冒險者們的價值觀差點都被影響了。

「第一次看到沉穩小哥自己過來的時候我真的不知道該怎麼辦欸。」

「還以為是哪邊搞錯了。」

有些冒險者會稱呼利瑟爾為「沉穩小哥」。

「那個紅毛的和一刀自己來是不奇怪啦，雖然接的都是高階委託，看了讓人覺得媽呀開玩笑的吧，但……也不是不能理解嘛。」

「他們單獨接委託，看了雖然覺得『為啥？』但也沒什麼好奇怪的。」

「但是沉穩小哥就……看了會不知道怎麼辦齁，有一種『咦，沒問題嗎？』的感覺。」

利瑟爾第一次單獨走進阿斯塔尼亞冒險者公會的時候，在場所有人都大惑不解地想他到底是來做什麼的。他非常沉穩地走了進來，理所當然地走向委託告示板，隨後在人群後方徘徊，好像不知道該怎麼接近前方擠滿了冒險者的告示板。

一回過頭目擊了利瑟爾落單的冒險者一定嚇了一大跳吧。

換作平時，這男人會氣勢洶洶地叫囂說「一刀的跟屁蟲一個人來幹什麼」，這時他卻完全跟不上狀況地傻在原地。利瑟爾抓準這個機會鑽進空出來的縫隙，同樣過程重複了幾次，當他抵達告示板前方開始挑選委託的時候，所有冒險者都不禁開始尋找劫爾他們的身影。「你們的同伴迷路了喔」，他們的心境就像發現了完全跑錯地方的迷路小孩。

後來利瑟爾自顧自地把委託瀏覽過一遍，心滿意足地點點頭，然後拿著F階的委託單走向櫃檯，所有人都不知所措地目送他走遠。不是擔心他，只是這種差點迷失現實的狀況讓他們心神不寧而已。

「不過沉穩小哥一個人接的委託目前都只是低階啦。那個怎麼樣？」

「感覺很麻煩。可是沉穩小哥啊……他絕對不是用難度在挑委託的。」

「真的。」

自己一個人果然只接得了低階委託，靠一刀帶練的蹩腳冒險者——一開始大家都瞧不起他，認為他肯定是跟一刀組隊才有辦法升上C階。

但他們沒多久就發現自己搞錯了。不是因為誰說了什麼話，也不是因為親眼見識了利瑟爾的實力。

「那個人選的都是些奇怪的委託啊。」

「那根本算是他的興趣了吧。」

利瑟爾獨自接的第一個委託好像是「徵求口味挑剔的美食家！餐廳新菜單誠徵試吃員，使用魔物食材」。

委託報酬微薄，其他人只覺得省了一餐的錢還不錯，利瑟爾卻滿心期待地拿著那張單子到櫃檯去了。他看起來完全不像窮到必須節省餐費的人，當時大家都忍不住納悶他怎麼會接那種委託。

接下來是「港口增設船舶引導用魔道具」的委託，利瑟爾和平說服了難以討好的技術人員接受自己的提案，飛躍性提升了魔道具的性能，還在「徵求船隻引導員」的委託當中站在港口唰唰唰揮著旗子。關於後者，船夫總是忍不住多看他一眼，沒有人會漏看他的信號，因此大獲好評，但也有少數人抱怨說根本沒認出那個人是引導員。

順帶一提，到現在還無法決定要接哪個委託的冒險者們怎麼會知道這些事情？當然是從別人口中聽說的，大家總是納悶「那個人又在幹嘛？」利瑟爾也因此屢次成為眾人茶餘飯後的話題。

「這個……還是不要。先前他還選了『用於製作果實水的水果處理委託』欸。」

「你是說沉穩小哥跑去說服公會的大叔，說『這是為了磨練技術』的那個委託吧？雖然不知道他指的是啥。大叔不是沒答應他嗎？啊那個咧？」

「啊……想找個報酬再高一點的。畢竟他看起來也不像是會煮飯的人嘛……」

附帶一提，利瑟爾搬出了自己的傳家寶刀「貓手切菜法」當作決勝王牌，但職員一聽就斷言「不行」，害他愣了一下。

「從他的行動就看得出來，那個人應該是想做自己沒試過的事情吧。」

「畢竟到了高階委託就幾乎都是戰鬥了嘛，這麼說來低階確實是有各種莫名其妙的委託。」

最後，所有觀察過利瑟爾他們的人都下了同樣的結論。

他們三人各隨自己的意願接取委託，當中不存在利害關係……倒不如說，假如有利害關係應該會以更正經的方式去接委託才對。至少不會為了「我想試試看」這種理由就跑去接低階委託吧。

於是阿斯塔尼亞的冒險者們，和早已習慣利瑟爾一行人的王都冒險者們最終都歸結到同樣的想法：沒錯，雖然不太理解，但反正看他們瞎搞很有趣，隨他們開心就好。

「但看到沉穩小哥接那些打雜的委託，老實說不覺得有點那個嗎？啊，像那個怎麼樣？」

「覺得啊，那個人不是魔法師嗎，這樣很浪費欸，而且該怎麼說咧，總覺得對他有點抱歉……那個太爛了啦——」

「喂你們要在告示板前面擋路多久！後面看不到啦，趕快決定好趕快閃邊去！」

「「抱歉喔——」」

距離委託告示板有一段距離的委託受理櫃檯前方。

劫爾事不關己地排在接取委託的隊伍當中，聽著利瑟爾那些即使不刻意去聽也會傳入耳中的傳聞，無奈地低頭看向手上的委託單。當中有些委託他已經從當事人口中聽說過了，也有些是第一次聽說，聽了忍不住心想：原來那傢伙還接了那種委託啊。

劫爾所選擇的委託，與他原本就想潛入的迷宮相關。既然都要進入迷宮了，他常會順便接個委託再過去，雖然也不是每一次都會接。

今天他抽過菸才出發，所以避開了清晨最早的時段，不過看來到了這時間也還是得排隊。他對此並不特別感到不快，只是這麼想著，忽然想起昨晚聽說過利瑟爾和伊雷文今天的計畫。

『明天我想一大早就到公會去看委託，如果有不錯的委託可以先保留下來嗎？』

『明天應該是自由行動嘛，大哥要去迷宮？我偶爾也趁著大清早去公會看看好了，有推薦的嗎？』

利瑟爾他們隊伍的行動計畫全部交給利瑟爾決定。

如果利瑟爾明天想進行冒險者活動，三人都會這麼安排；如果沒什麼計畫，那就各隨自己的意思行動。這次劫爾是在對話中偶然知道了另外兩人的計畫，平時他們並不會特地詢問彼此打算怎麼過。

因此今天一大早，他們兩人也可能偶然在公會碰頭，這麼一來，伊雷文應該會邀請利瑟爾一起行動吧。劫爾這麼想著打發時間，就在這時……

「啊，大哥找到你啦！」

他漫不經心地聽著公會大門開闔的聲響。

門板不知打開了第幾次的同時傳來喊他的聲音，劫爾微微蹙起眉頭。按照昨天所說的行程，伊雷文應該一大早就已經潛入迷宮，這時候回來太早了。

而且還特地跑來找自己，光是這點就給他一股不祥的預感。再加上伊雷文登場的同時，嘈雜的公會突然鴉雀無聲，他一點也不想回頭。

但總不能裝作不認識，劫爾板著一張比平時兇惡幾分的臉不情願地回過頭去，隨後罕見地僵在原地。

「你看隊長，是大哥喔！」

「劫爾。」

伊雷文抱在懷裡的那個小孩子眼熟得過分，他根本不久前才見過。

比起小孩根本算是幼兒，對於孩童不甚瞭解的劫爾無法判斷確切的年齡，不過應該不滿五歲。

或許是很滿意劫爾的反應，伊雷文一邊把臉頰上的鱗片往幼童頭髮上蹭啊蹭，一邊意氣風發地走了過來，看就知道他有多興奮。

「大哥你看你看，隊長超可愛的啦！我忍不住把他帶回來了！」

總之劫爾先賞了他一拳。

「我們到『支付代價之路』去啊，結果隊長不知為何變小了，我太興奮了忍不住就帶他跑出來了嘛，想說大哥一定也很想看啊！」

不用這樣費心，他看過了。

「隊長雖然變成小孩，但好像還記得我們是誰，那方面迷宮都喬好了！但思考方式完全是小孩子喔！」

不用解釋，他都知道了。

「來啊你抱抱看嘛！不過抱一下趕快還我喔！唉唷隊長滑滑嫩嫩又軟綿綿的超可愛的啦！平常的隊長也滑滑嫩嫩就是了！」

雖然不想這麼說但他也體驗過了。

「當時我也在場，但變小的只有隊長欸。要是我也變成小孩應該超可愛的吧！絕對超可愛！」

不，一點也不可愛，只是個囂張死小鬼。

劫爾他們放棄接取委託，回到了旅店，剛在利瑟爾房間大致確認過狀況。伊雷文坐在床上，心情看起來奇好無比，抱著乖乖坐在他雙腿之間的小身體說什麼也不放手。

利瑟爾身上穿的衣服和先前一樣，是經過縮小的冒險者裝備。就連細部的裝飾都按照比例縮小，看得出迷宮不同凡響的講究。

「那也不是帶著小孩就攻略不了的迷宮吧。」

「除了趕快抱著隊長出來以外還有其他選項喔？」

換言之，他是故意的。

只要再次潛入迷宮攻略同一階層，就能讓利瑟爾變回去，不過必須湊齊同樣的條件；這也就代表非得由伊雷文和利瑟爾兩人潛入迷宮不可，但伊雷文卻完全沒有那個意願。不難想像，除非等到迷宮的影響解除、利瑟爾自然恢復原狀，否則伊雷文絕不會主動把他變回去。

「你被迷宮拿走的代價也拿不回來吧。」

「我現在裡面下空。」

「快去穿上啊。」

利瑟爾眨了眨眼睛，仰頭看向伊雷文。

「下空？」

「糟糕。」

變小之後還是記得原本的人際關係，但知識會喪失到該年齡的水準。

劫爾已經知道了這一點，眼看伊雷文拚命摸著利瑟爾的小腦袋說「快忘掉、快忘掉」，剛才伊雷文粗心大意的發言讓他皺起臉來。在應付小孩的技巧上劫爾沒資格說別人，但現在他不想管。

或許是因為一次也沒有摸過小孩子的關係，伊雷文觸碰利瑟爾的方式有點彆扭，力道比起舒適更強一些，摸得利瑟爾隨著他手掌的動作晃著腦袋。利瑟爾伸出小手，握住了伊雷文的手。

「伊雷文，我想下去。」

「欸——不行。」

「可是一直抱抱……」

「不行——」

伊雷文輕捏著觸碰自己手掌的小手，瞇細雙眼往下看著利瑟爾水汪汪的大眼睛，像在叫他不要任性。彷彿被那道視線逼退似地，利瑟爾正要低下頭去，伊雷文便伸出一隻指頭頂著他稚嫩的下顎，停下了他的動作。

伊雷文屈身裹住懷裡小小的身體，在幾乎相碰的距離與那雙眼睛對望。再怎麼幼小這果然還是利瑟爾，看著那雙晶瑩的紫晶色眼瞳，他不禁笑著這麼想。一刻也不曾別開的視線沒變，眼底潛藏的高貴色澤沒變，還有……

「我想下去，劫爾。」

「你快去把內褲給我穿好。」

「好痛！」

還有，知道僅憑一己之力無法達成目的的瞬間立刻採取最有效的手段這點，全都沒變。

腳被坐在一旁椅子上的劫爾踹了一下，伊雷文嘴上一面埋怨，一面將手伸進利瑟爾腋下舉了起來。動作中絲毫感覺不到重量，彷彿他抱起的只是一個布娃娃。

「？」

利瑟爾就這麼被遞向劫爾，不可思議地凝視著那張兇惡的臉龐。

「……幹嘛？」

「你抱一下啊。」

「他想下去，你放到地上不就得了。」

「要是他亂跑怎麼辦？」

都在旅店裡了，還能跑到哪裡？

換言之，伊雷文本人以前是個沒人看著就會跑得不見蹤影的小朋友吧。不是迷路那種程度的小事，而是不管在房間裡還是什麼地方，無論使出什麼手段，他都要任意行動的類型。

「我不會、跑到其他地方。」

聽見利瑟爾這麼說，伊雷文心不甘情不願地把他抱起的嬌小身體放下地面。

「喔，好小喔。」

「事到如今還說什麼……」

「沒有啦，因為我太興奮了，一看到隊長變小馬上就把他抱起來了。」

伊雷文重新低頭打量著利瑟爾，感嘆地說道。

小利瑟爾的身高甚至不及腰部，伊雷文和劫爾一樣沒有想過在小朋友面前蹲下，只是饒富興味地戳了戳利瑟爾頭頂，然後終於往自己房間走去。

好了，這下該怎麼辦？被留在房間當中，劫爾低頭看著站在地上的小利瑟爾，嘆了口氣。

「劫爾、劫爾。」
「幹嘛？」
眼看利瑟爾邁著小步走近，劫爾仍舊擺著一副兇惡的表情回話。
利瑟爾雙手扶著劫爾的大腿，抬起臉朝他看過來，看他那副模樣肯定很清楚怎麼表現出自己最討喜的一面。但劫爾感受不到刻意討好的那種嫌惡感，可見利瑟爾絕不是故意裝出來的。
很符合這傢伙的作風。劫爾將手肘撐在另一隻大腿上，等著小利瑟爾發話。
「你很傷腦筋嗎？」
利瑟爾帶著純真無邪的眼神這麼問，問句中隱含著「因為自己的關係」的意味。
劫爾不禁蹙攏眉頭。利瑟爾想必得維持孩童的狀態好幾天，恢復原狀時會不會產生記憶斷層？讓周遭所有人看見他小時候的模樣，他本人會怎麼想？劫爾雖然想了很多，但並沒有任何讓他「傷腦筋」的問題。
而利瑟爾本人恢復原狀之後，聽過原委想必也只會以一句「哦——」帶過而已，伊雷文肯定也是這麼想才會帶他回來的。
「不會，不傷腦筋。」
「那就好。」
劫爾撩起他比平常更細軟的頭髮，替他塞到耳後。
利瑟爾覺得癢似地縮了縮頸子，不過雙頰略微泛紅，看起來很高興，想必是因為知道劫爾說的是真心話吧。

擺在劫爾大腿上的雙手往前一伸，小利瑟爾把上半身砰地趴在劫爾腿上，心情很好似地露出了軟綿綿的笑容，那副模樣看起來比先前更加撒嬌依賴。

一方面也是因為上次是在迷宮內部的關係吧。這總比對他產生什麼奇怪的顧慮來得好，劫爾於是隨他去了。

「啊，你真的讓隊長一直站著喔？那個動作好可愛，也來趴我大腿嘛！」

這時，重新裝備好內褲的伊雷文回來了。

他身上的打扮從剛才的冒險者裝備換成了休閒服。伊雷文踏著輕盈的腳步走近，從劫爾大腿上撈起利瑟爾，往床上一坐，恢復了剛才的姿勢。不是要趴大腿嗎，利瑟爾一臉不可思議。

「喂，你真的不打算把他變回來？」

「當然啊。要是換作我們變成這樣，隊長的想法應該也差不多吧？」

劫爾無法否認。

他瞥向小利瑟爾，後者正靠在伊雷文肚子上休息，伊雷文對著他的臉頰東搓西揉，害他不知所措地垂著眉。

「……萬一產生什麼奇怪的影響就立刻把他變回去。」

「知道啦。」

硬是要求伊雷文重新前往迷宮，萬一他躲到哪裡去也是麻煩。

反正過幾天就會自然恢復原狀了。劫爾下了結論，放棄似地嘆了口氣。

後來旅店主人說，一開始他還以為那個小朋友是他們綁架來的。

但是紅髮獸人懷裡那個幼童的長相，總給人一種不可思議的熟悉感。年紀幼小卻氣質高雅的五官，在凝視之下納悶眨動的那雙眼睛的顏色，小腦袋微微一偏，細軟的頭髮隨著動作輕晃。

這孩子看起來很有教養，就連臉上柔和的微笑也……旅店主人按著心臟高聲哀號，喘著氣說：

「沒想到……貴族客人居然有孩子了……」

「不是啦，這是隊長本人啦。」

「等一下我不懂你的意思！」

「他被迷宮變小了，會持續一下子，小朋友的食物什麼的交給你準備啦。」

「我還是什麼都沒聽懂但如果是各位客人的話總覺得發生什麼事都不奇怪呢。」

冒險者以外的民眾並不懂得「迷宮就是這樣」的默契。

但旅店主人儘管混亂，還是勉強接受了眼前的小孩就是利瑟爾的現實。在旅店業務中他也算是習慣接觸小朋友，於是毫不猶豫地彎下腰，視線與伊雷文抱在懷裡的利瑟爾齊平。

「這個嘛，貴族客人……不對應該是小客人，你這個年紀大致上可以跟他們兩個人吃一樣的東西囉，吃一樣的好不好啊？」

「我想吃一樣的。」

「好、好，那我就一邊弄個起司夾心肉排……」

旅店主人說著正準備直起上半身，這時忽然感受到一點阻力，於是停下了動作。

仔細一看，伊雷文懷中的利瑟爾正努力伸長一隻小手，抓住了旅店主人的領帶。拉了人家的衣服好像讓他有點抱歉，那副神情可愛到旅店主人胸口一緊，他於是重新彎下腰對上小朋友的視線。腰好痠。

「隊長怎麼啦？」

「那個……」

「啊……」

劫爾忽然想起什麼似地別開視線。

他回想起在某座迷宮裡見過的光景。利瑟爾現在完全不挑食、什麼都吃，王都的女主人和眼前的旅店主人都滿心感謝地說這種客人真輕鬆，但他過去曾經有過不敢吃的食物。然而他用暴力解克服了它。

雖然不知道那是幾歲時發生的事，不過看當時的幻影，時間點明顯是在現在這個年齡之後。既然如此，他現在應該還不敢吃那樣東西。

「那個……」

利瑟爾緩緩放開旅店主人的領帶，求救似地將身體靠向伊雷文。他挨上近在眼前的頸子，獲得了勇氣，然後下定決心似地仰望旅店主人。

小利瑟爾看起來有點心虛，他猶豫了幾秒，最後開口說：

「我不敢、吃起司……」

「看到這個仰望的眼神我都快化為奴隸了！但這個年紀絕對是什麼都吃培養味覺比較好，不敢吃的東西還是乖乖忍耐吃下去才……」

雖然知道錯在自己，挑食不應該，但利瑟爾一聽還是覺得好哀傷。

說到底利瑟爾是個乖孩子，假如只是「不愛吃」的東西，小時候他還是都乖乖吃下去了。雖然不好吃，但努力吃著吃著也慢慢懂了那些食材的美味，造就了現在不挑食的利瑟爾。

但只有起司他無論如何都吃不下去，不是好不好吃的問題，而是根本無法入口。大約在這個年紀的時候，有一次父親要他吃吃看，把起司放進他嘴裡，結果利瑟爾不敢咀嚼也吞不下去，只是默默含著整個眼眶的淚水，神情悽慘到父親跟他道了歉讓他吐出來。

「…………」

「（好恐怖——!!）」

此刻面對這樣的利瑟爾，旅店主人感受到了迫切的生命危險。

在哀傷的利瑟爾身後，伊雷文正無聲醞釀出殺意，旅店主人都快被嚇死了。至於這一瞬間他為什麼還保有一條小命，是因為他的發言都是為利瑟爾著想吧。

可是伊雷文本來就是挑食大王，壓根覺得有不敢吃的東西沒什麼不對，對於讓旅店主人撤回前言這件事他毫不猶豫。

「不，在這一點上我也是不會讓步的！」

但是，要是在這裡退縮，說不定就會失去從不挑食、什麼東西都覺得美味的利瑟爾了。旅店主人心裡怕得要命，但還是鼓足了幹勁開口，就在這個瞬間……

「……旅店主人，我不想吃。」

「但是這跟我們的小客人沒有關係嘛你其實是成年人了！現在旅店主人就來幫你煮好好吃好好吃不加起司的飯飯，那你要乖乖等著喔唔哇啊啊啊小客人的殺傷力太強啦！明明我講的沒有錯，被小客人這樣盯著看卻好有罪惡感啊！」

他化為奴隸了。

「不愧是隊長欸。」

「你別這樣動不動放出殺氣。」

「又沒差，我有注意不要讓隊長發現啦。」

旅店主人一邊大聲嚷嚷一邊消失在廚房裡，目送他離開之後，劫爾朝利瑟爾瞥了一眼。

剛才那種無論是誰只要讓他露出這種表情就一定會被全世界認定為壞人的哀傷神情已經無影無蹤，現在小利瑟爾知道飯裡不會有起司，已經開心地露出軟綿綿的笑容。

平常的利瑟爾也是事情過了就完全不介意的類型，看來這種轉換心情的速度是天生的，先前他變小的時候也多少表現出了這種特質。

「肚子餓了。」

「我也餓了欸，隊長你要坐在我腿上吃嗎？碰得到嗎？」

「碰得到。」

「啊——勉強碰到而已，還是過來啦隊長，我餵你吃。」

這個高度，小利瑟爾只要坐在大腿上就能正常用餐。

小利瑟爾於是搖搖頭，說他不需要人家餵。伊雷文聽了一臉惋惜，看起來一點也不像個就算對方是小孩，只要看不順眼還是照樣以內臟破裂的力道把人踢飛的男人。真虧他願意這樣照顧利瑟爾，劫爾邊想邊在對面坐了下來。

不過伊雷文確實不太習慣照顧小孩，因此被放在他大腿上的利瑟爾正扭來扭去，自行尋找坐起來舒適的位置。以伊雷文這種技術，要是真的餵他的話說不定會直接把湯匙往他臉上戳……想歸想，但劫爾也沒什麼立場說別人。

「久等啦這是臨時為各位準備的特製午餐兩人份！」

不曉得是不是把預先為晚餐處理好的食材拿來使用，料理馬上就上桌了。

劫爾正前方，以及伊雷文的斜前方放的是和平常一模一樣的盤子，而利瑟爾眼前則放了盛在白盤上、裝飾得鮮艷多彩的各式料理。

餐點內容幾乎和劫爾他們一樣，不過各處可以看出切得比較細碎等方便食用的用心，而且還附有甜點。晚點自己也去催討甜點好了，伊雷文在內心嘀咕。

「來，小客人的是特製午餐拼盤喔，附贈冰涼果凍。特別幫你在茄汁雞肉飯上插旗子好了？小客人想要什麼旗子呀，小朋友最喜歡的魔鳥騎兵團旗子怎麼樣？」

「我要陛下的旗子。」

「對不起耶，旅店主人聽不懂你的意思……」

沒差啦，伊雷文朝他揮揮手，旅店主人便喪氣地離開了。

後來，該說是一如預期嗎？利瑟爾用小手靈巧地操作刀叉，儀態優美地吃完了這一餐。從中可以窺見貴族的菁英教育有多厲害。

那天利瑟爾沒再出門，在劫爾房間裡悠哉度過。

由於利瑟爾個性本來就比較文靜，因此對此沒有任何怨言，只要拿書給他看，他就會自己靜靜閱讀，一直讀到同樣待在劫爾房間不走的伊雷文都擔心起來。

給小利瑟爾看的那些書，其中有劫爾邊說著「我記得應該開到過才對」邊從利瑟爾的腰包當中擅自取出的繪本，也有的是伊雷文派遣原盜賊團的精銳們去收集的書籍。一開始劫爾拿了正好擺在房間沒收拾的書本給小利瑟爾看，不經意看向他的時候才發現小利瑟爾重複著翻到下一頁之後又往回翻的動作。看來他雖然看不懂，但還是努力想弄懂書上寫什麼。

這麼說來也是。在那之後劫爾和伊雷文經過反省，都拿文字量稍多的繪本給他閱讀。順帶一提，迷宮開出來的繪本品質就是不一樣，有彈出來的立體設計。

「大哥，你帶隊長去泡澡。」

他們吃完了處處充滿旅店主人細心體貼的晚餐，又過了一小段時間之後。

利瑟爾坐在伊雷文大腿上看書，伊雷文偶爾教他看不懂的地方，一邊看著他讀書，這時忽然開口對劫爾這麼說。劫爾正在保養大劍，聽見這句話蹙起眉頭。

「你一直跟他黏在一起，不會自己帶他去？」

「我又沒辦法泡熱水，隊長說他想好好泡澡嘛。」

「我想泡澡。」

利瑟爾將繪本啪答放到大腿上，也跟著抬起頭往上看，尋找劫爾的身影。

伊雷文對上他的視線，於是吊起唇角向後一倒。他控制著力道砰地仰躺到床上，小利瑟爾也抓著書本，跟著倒在他腹部。

看見小利瑟爾眨著眼睛的模樣，伊雷文笑著把手掌放到溫暖的小肚子上表示安慰。小利瑟爾笑著說好癢，接著將頸子往後仰，這次終於看到了劫爾。

「劫爾，一起泡澡。」

小利瑟爾完全沒想過在沖掉一整天的汗水之前就上床睡覺。

在這個年紀他從來沒有自己一個人泡過澡，所以要求劫爾一起泡澡也是理所當然的想法。

「……走了。」

「好的！」

劫爾放棄似地準備放下保養到一半的劍，想了想又轉而將它塞進空間魔法當中，然後站起身來。

小利瑟爾也在伊雷文身上扭動身子翻過身來，手撐著他一點也不柔軟的肚子坐起身，把拿在手中的繪本放在伊雷文伸出的手上，急急忙忙下了床。

他小步走近劫爾，劫爾見狀便像撿起什麼掉落物似地彎下腰，大手穿過小小身軀的腋下，環住他腹部，像拎一隻小狗小貓似地將他拎了起來。

劫爾就這麼靈巧地將小利瑟爾放在臂彎裡重新抱穩，走出房間。被留在房裡的伊雷文目送他離開，喃喃自語說：

「我還以為大哥從來不碰小孩子欸……」

他抱著小孩的畫面實在太過突兀，看得伊雷文在床上捧腹大笑。

其實這也沒那麼難嘛，劫爾面向天花板深深呼了一口氣。

「好舒服喔。」

「那就好。」

小利瑟爾坐在劫爾大腿上，泡在溫熱的水中，很舒服似地把頭靠在劫爾肩膀上。

浴池是這間旅店主打的賣點之一，由於旅店主人的偏好，高度稍微偏深，小利瑟爾一個人坐下去會沉到水面底下，因此劫爾毫不猶豫地把他放到了自己腿上。

替他洗澡的時候劫爾相當注意力道，除此之外應該沒什麼問題才對。叫他別動利瑟爾會乖乖待在原地，叫他閉上眼睛，在說好之前他都會乖乖閉著。

就連替他洗頭的時候，利瑟爾都懂得自己不甚熟練地搓洗身體，真的是個不費事的小孩。身為不折不扣的貴族，利瑟爾真的還是個小孩子的時候總不可能懂得自己洗澡，這方面說不定是受到現在的知識影響吧。

「太熱要說。」

「好的。」

劫爾低頭看去，映入視野的是軟綿綿的笑容。

看見自己髮梢有水滴落上那張臉頰，劫爾從水面下抬起手，在激起的水聲中將自己的頭髮往後撥。注意到那雙大眼目不轉睛地仰望著自己的動作，他於是捏住了小利瑟爾的臉頰。利瑟爾鬧脾氣似地搖了搖頭，不過還是整個肩膀都放鬆地泡進水中。

「不要泡得太深，你會泡到頭暈。」

「不會頭暈。」

「你會。」

過一會兒，小孩子稚嫩的語調開始拖長。

是不是快熱昏了？劫爾看著利瑟爾染紅的雪白臉頰，手掌覆上他圓圓的額頭，感覺不太出來有沒有發熱。不過以前利瑟爾在魔礦國泡溫泉泡到頭暈的時候摸起來更熱，看來這應該

不是異常的熱度。

這樣的話……劫爾低頭一看，看見利瑟爾的小腦袋晃來晃去。

「你想睡覺了？」

「沒有想睡覺。」

「不要揉眼睛。來，出去了。」

應該是緊貼的體溫和浴缸裡的溫度太舒適了吧。

利瑟爾耍賴說他還想待下去，劫爾輕而易舉把他一把抱起，從浴缸裡站起身來，然後用微溫的水替他稍微淋浴，自己也從頭頂簡單沖過水，出了澡堂來到更衣間。

儘管不習慣，他還是小心翼翼擦拭過利瑟爾嬌小的身體，接著把旅店主人準備的出租用兒童睡衣交到利瑟爾手上，自己則是隨便擦乾身上的水氣，迅速穿好下半身的衣物。

隨後，他低頭看向腳邊正在努力穿衣的利瑟爾。

「……給我。」

「好的。」

利瑟爾換衣服的速度本來就慢，變成小孩之後又更慢了。

劫爾一說，利瑟爾慢吞吞扣著上衣鈕釦的手立刻依言停了下來，之後都任由劫爾替他穿衣。劫爾並不曉得是這年紀的孩子都這樣，還是因為利瑟爾出身貴族世家的關係，但總之更衣間太悶熱了，他無法悠悠哉哉地等利瑟爾自己穿好衣服。

劫爾迅速替他換好衣服，來到走廊。尺寸果然太大了一點嗎，旅店主人跟他們擦肩而過的瞬間死盯著利瑟爾，憑著視力和毅力替小朋友量了身，明天他想必就會為利瑟爾準備好尺寸剛好的睡衣了吧。

「喔，隊長出來啦？」

「伊雷文。」

「你要的話就把他帶走吧，這傢伙要睡了。」

忽然聽見從樓上喊他們的聲音，利瑟爾也跟著抬起頭往那裡看。

伊雷文離開了剛才賴著發懶的劫爾房間，正準備回自己房間去，此刻他往下看著利瑟爾穿著稍大睡衣的模樣，笑著說好可愛、好可愛。

「過來，跟我一起睡吧。」

「我可以一個人睡覺。」

「是我想跟你睡。」

伊雷文靠著欄杆，把下顎擱在上頭，瞇細雙眼笑了。

那雙赤紅眼瞳只為唯一一人露出了寵溺色彩，利瑟爾看了露出幸福的笑容，朝他伸出雙手。

99

到了早上，利瑟爾在舒適的熱度和些微暑氣當中睜開眼睛。

他的身體仍然比平時嬌小許多，但當事人不可能知道這種事。利瑟爾依依不捨地將額頭往黑色無袖上衣上蹭，求取近在眼前的體溫。

響起一陣近似吐息的輕笑，裹在衣料底下的身體隨之微微顫動，環抱著利瑟爾的手臂動了起來，揉了揉利瑟爾的後腦杓。接著伊雷文再度將他抱進懷裡，準備繼續睡，但小利瑟爾還是繼續扭動著身體。

「嗯……不行。我們繼續睡啦。」

察覺利瑟爾想爬出被窩的動作，伊雷文以剛睡醒的沙啞嗓音制止了他。

抱在懷裡的小身體非常溫暖，以他的感官甚至覺得熱了，而他的額頭上也確實沁著薄汗。但他並不覺得不快，只是睜開慵懶的眼睛往下看著懷裡的人。

稚嫩的眼瞳裡多少還殘存一點睡意，但睜得意外地圓，看來利瑟爾小時候不同於現在，是個容易清醒的孩子……不過現在也已經過了能稱為清晨的時間就是了。

「伊雷文？」

「啊……好睏……」

利瑟爾摸索著坐起身，伊雷文於是抬起橫放在床單上的手臂。

小利瑟爾蹲坐在床上，他只抬起下臂，便輕易碰觸到了利瑟爾的臉頰。他以指背輕搔利瑟爾的下眼瞼，便看見利瑟爾緊緊閉起了眼睛。

不過他一放手，那雙眼睛又立刻睜開，看來一點也不想睡回籠覺。伊雷文一邊感到可惜，一邊輕捏著小利瑟爾的臉頰。柔軟中感受得到確切的彈力，這觸感太棒了。

「我要起床了。」

「等一下、等一下。」

利瑟爾任由他捏了一會兒，後來注意到伊雷文還想繼續睡，於是在床單上移動身子，不知想跑到哪裡去。伊雷文將手掌從臉頰滑到他後頸，朝自己攬近，不讓他亂跑。

一旦決定起床就不受旁人影響、堅決起床這點很有利瑟爾的風格，伊雷文邊想邊撥亂自己那頭紅髮，坐起身來。

「伊雷文，想睡覺嗎？」

「超想睡的啦。」

昨晚他配合小利瑟爾的就寢時間上床睡覺，但對於伊雷文來說熬夜原本才是日常作息，因此他不出所料在奇怪的時間醒了過來——醒來的時候還是他平常根本還沒睡的時間。

他找不回消散得無影無蹤的睡意，只好一直端詳利瑟爾的睡臉打發時間，結果等他再次睡著的時候都已經是日出的時間了。順帶一提，無論伊雷文怎麼開口叫他、摸摸他、戳戳他、掀他的被子，小利瑟爾都沒有醒來。

「隊長，你不想睡喔？」

「不想睡。」

雖然他發自內心想睡覺，但也不打算放利瑟爾一個人離開房間。

伊雷文盤起腿，抱起小小的身體讓利瑟爾坐在自己腿上。小利瑟爾的手抓緊了伊雷文的無袖上衣，是因為替他支撐身體的手放開了吧。或許是抓不到平衡的關係，小利瑟爾自然而然靠到他身上，往上仰望過來，看得伊雷文不由得露出笑容。

他雙手裹著利瑟爾的臉頰撫摸，一邊說著好可愛、好可愛。可能是由於變成了小孩子，有人陪自己玩耍感到開心的關係，利瑟爾也露出高興的笑容。不過昨天利瑟爾看書的時候，伊雷文逗他玩他倒是一直說不要就是了。

「啊。」

「伊雷文？」

「噓——」

看見小利瑟爾納悶地張嘴，伊雷文撫摸著他臉頰的拇指於是輕觸上他的嘴唇。利瑟爾不明所以，不過還是乖乖閉上了嘴，伊雷文見狀誇獎似地瞇細雙眼笑了。

伊雷文按壓著小嘴唇享受它柔軟的觸感，一邊將視線投向門口，過幾秒便放開了手。

「正好大哥回來了，你去跟那個人待在一起就可以起床喔。」

好了，來睡回籠覺吧。伊雷文往後一倒，朝下看著趴在自己肚子上的利瑟爾。眼見小利瑟爾一直盯著他瞧，他朝利瑟爾的臉頰伸出手，像在問他怎麼了。

伸出的手掌忽然被小小的雙手握住，利瑟爾稚嫩的五官柔柔浮現出花朵綻放般溫煦的笑容。說：

「晚安。」

「……嗯，晚安。」

伊雷文輕捏了捏握著自己手掌的纖細指頭，然後放開手。

他將那隻手放在利瑟爾小小的後腦勺上，將利瑟爾攬近。小利瑟爾毫不抗拒地朝他靠了過來，伊雷文躺在床上微微挺起背脊，依舊勾著笑弧的雙唇輕觸利瑟爾額頭。

「去吧。」

「好的。」

耳語般的聲音讓利瑟爾露出了不好意思的笑容，伊雷文將那模樣納入視野，隨後心滿意足地睡起了回籠覺。

房門發出細微聲響打了開來，看見利瑟爾從伊雷文的房間走出來，剛到外面抽了根菸的劫爾挑起一邊眉毛，放下了剛握上自己房間門把的手。

「劫爾，早安。」

「嗯。」

他低頭看著小利瑟爾，等他邁著小步走近。

「那傢伙呢？」

「伊雷文在睡覺，他說我跟劫爾一起就可以起床。」

明明這麼愛逗小利瑟爾玩，卻又對自己的需求如此誠實，很符合伊雷文的作風。

反正那傢伙要不是太早睡導致睡不著，不然就是一直盯著利瑟爾看所以睡不著吧。劫爾這麼猜測，然後彎下身來。

「這不是流汗了嗎。」

「嗯——」

濡濕的瀏海貼在圓圓的額頭上，劫爾伸手替他撥散。

反正一定是跟伊雷文貼在一起睡了，天氣這麼熱，還真虧他們受得了。劫爾邊想邊抽開手，這時利瑟爾的目光追隨著那隻手，嗅聞香氣似地抽了抽鼻子。

是香菸的味道沾在手上了嗎，劫爾稍微蹙起眉頭，便看見小利瑟爾詢問似地偏了偏頭：

「有一點怪怪的味道。」

「……」

稱為「大人的香氣」的芳香，往往是小朋友無法理解的。

平常利瑟爾說他「或許還滿喜歡」劫爾抽菸之後殘留的香氣，但變小的他對於這種氣味的印象似乎又不同了。雖然說它奇怪，但小利瑟爾還是抽動著鼻子尋找香味的來源，應該不算是討厭吧。

話雖如此，對他來說想必也不是什麼好聞的味道，最重要的是這味道也不適合利瑟爾。還是像平常一樣，趕快去沖個澡把氣味洗掉吧，劫爾嘆了口氣。

「你要是想沖掉身上的汗就一起過來。」

「我要沖澡。」

利瑟爾點點頭，小步走到他身邊，劫爾一隻手把他抱了起來。

他就這麼抱著小利瑟爾走下階梯，準備前往浴室。利瑟爾一個人也有辦法走下階梯，是劫爾單方面認為他變得這麼小，應該沒辦法下樓；反正這樣比較輕鬆，所以利瑟爾也不介意讓他抱著。

特地把利瑟爾放下來也麻煩，因此下了階梯之後他也繼續抱著利瑟爾走動。「肚子餓了。」利瑟爾不知為何在這時候喃喃這麼說。先去跟旅店主人說一聲好了，就在劫爾這麼想著，正要停下腳步的時候……

「這麼說來，也沒有替換的衣服啊。」

「這種時候來點旅店主人嚴選的兒童服裝怎麼樣啊！現在買就送老闆我全力製作的蓬鬆柔軟毛巾！」

完美準備好一套換洗衣物和毛巾的旅店主人就站在他旁邊。

不，他是注意到了啦。原以為旅店主人會很自然地經過他們身邊，結果他非常不自然地在劫爾的正側面停了下來。劫爾瞥了旅店主人遞出的那些東西一眼。

「我拿毛巾就好。」

「居然！」

劫爾只接過了毛巾，正如旅店主人的宣言，那條毛巾做得非常精緻。

「等、那小客人今天要穿什麼，難道你要讓他穿跟昨天一樣的衣服嗎實在太可惜了不對太不衛生了！」

「讓他穿裝備就好了吧。」

「對喔這些人的裝備是最上級的……！」

利瑟爾他們也不是從來不洗裝備，有時候會請王都的女主人或旅店主人拿去洗，不過最上級裝備基本上不會髒，也不會沾染味道。就算沾到什麼東西，也只要隨便用水一沖就能恢復原狀，弄濕了只要甩掉水氣就能弄乾。

因此讓利瑟爾穿裝備沒有問題吧。劫爾把隨時都要癱倒在地的旅店主人丟在原地，逕自往浴室走去。利瑟爾從劫爾肩膀上探出頭來，看著旅店主人。

「旅店主人。」

「啊，怎麼了嗎小客人？是不是想要穿這套旅店主人嚴選的高雅可愛白襯衫配吊帶短褲，還有這條跟我一樣的領帶了呢！」

利瑟爾毫不留情地搖搖頭，這次旅店主人終於癱倒在地。

「我肚子餓了。」

「好！旅店主人會趕在小客人洗完澡之前努力做菜喔！」

旅店主人一聽立刻又復活過來，往廚房跑去。

是打算幫他們準備早餐吧。利瑟爾開心地笑著，劫爾瞥了他軟綿綿的笑容一眼。看來利瑟爾在這個年紀已經展現了我行我素的一面，這事實讓他各種無奈。

然後，他想起了剛才看見的那套兒童服裝。

他並不是執意不想讓利瑟爾穿小朋友的衣服，只是覺得不知道利瑟爾什麼時候會變回去，還是穿著跟他本人一起變小的裝備比較好。

但畢竟是迷宮，即使身上穿的不是裝備，變回大人的時候衣服可能也會跟著變大吧。那就更不能讓利瑟爾穿那套衣服了，否則恐怕會看到利瑟爾都到了老大不小的年紀還穿著一點也不適合的吊帶短褲，只有某肉慾系女子看了會開心。

「果然不行。」

「劫爾？」

「沒事。」

劫爾回望極近處那雙圓滾滾的紫晶色眼眸，打開了更衣室的門。

他們明明只是草草淋浴而已，旅店主人卻已經在餐廳為他們備好了早餐。

一開始利瑟爾本來想獨自坐在椅子上吃，但餐桌對他來說還是有點高，因此劫爾一面露出一言難盡的表情，一面讓利瑟爾坐到了自己的大腿上。

他只是把利瑟爾放到腿上就不管了，不過利瑟爾有了昨天的經驗，於是巧妙取得了平衡，依舊以不像孩童的優美儀態吃著小朋友用的早餐。

「我吃完了。」

「小客人好棒喔，全部吃光光了，不夠的話還可以再添喔！」

「肚子飽飽的吃不下了。」

那太好了，旅店主人哼著歌替他收拾餐盤，而利瑟爾砰地往後靠到劫爾身上。劫爾低頭看著他裹在白襯衫底下的小肚子。

昨晚伊雷文也邊說「隊長肚子好鼓喔」邊摸著小利瑟爾的肚子，今天以利瑟爾的食量來說確實也吃了不少，是正在發育嗎。

腹部隔著輕薄的休閒服感受到利瑟爾的溫度，體溫偏高，劫爾喝著水漫不經心地這麼想。利瑟爾剛吃飽正在休息，暫時也不會活動吧。

「劫爾。」

「啊？」

忽然聽見利瑟爾叫他，他放下玻璃杯低下頭去。利瑟爾依舊把背靠在他身上，正仰頭望著他。

「今天你要去哪裡嗎？」

「啊……我沒什麼事。」

「那我想出門。」

利瑟爾沒想過一個人獨自外出吧。眼見利瑟爾定定望著他，劫爾蹙起眉頭。

昨天利瑟爾一直看書也看不膩，現在卻說想出門，是有什麼想去的地方嗎？不，以利瑟爾的個性，也可能只是突然想出門逛逛而已。

雖然覺得在利瑟爾沒有記憶的這段期間四處讓人看見他幼年時代的模樣不太好，不過想要出門也是他本人的意願啊。但想到自己要帶著這孩子在街上走，他的心情真是一言難盡。

「劫爾？」

小利瑟爾看他的眼神絲毫沒想過會遭到拒絕，劫爾並不打算將這些想法說出口。

昨天那道稚嫩的聲音問他是否造成困擾的時候，假如劫爾點了頭，利瑟爾肯定不會說他想要外出。一個人無法完成的事情他會理所當然地仰賴劫爾他們，但其他時候他會極其自然地配合他們行動，這並不是客氣也不是顧慮。

劫爾確實覺得省事最好，但包含平常相處在內，他一次也不曾想過這樣要求利瑟爾。

「隨你高興。」

「好的。」

幼小的利瑟爾不太可能有意識地思考、實踐這些行動，但他應該隱隱察覺到了些什麼，所以才會開口說想外出吧。劫爾低頭看著高興得紅了雙頰的小臉，嘆了口氣。

凶神惡煞的男人和教養良好的小孩走在一起，比起凶神惡煞的男人和教養良好的男人更加引人注目。

之所以沒有人叫騎兵團過來，完全是因為教養良好的小孩一直和睦地跟劫爾搭話，劫爾也配合著小朋友的步調走得很慢，還有，那個小孩顯然跟利瑟爾長得很像的關係。

拜此所賜，懷疑利瑟爾有小孩的八卦傳了開來，隊友劫爾正在幫他顧小孩的傳聞也傳了開來，然後消息傳到先前在公會目擊了真相的冒險者們耳中，真相正在逐漸驅散那些疑雲。不過在這個真相充分傳開之前，利瑟爾有小孩的傳言還是會在群眾之間揮之不去。

「劫爾，是書耶。」

利瑟爾忽然拉住他的長褲，劫爾往那邊一看，利瑟爾正指著近在不遠處的一間店面。

屋簷下的遮蔭處排列著許多書本，毫無疑問是間書店。或許是因為書本在阿斯塔尼亞是一種娛樂的關係，他也看見了專門給兒童閱讀的書。

劫爾停下腳步，利瑟爾往正上方仰著頭，眼中閃爍著期待。

「想買就去買吧。」

「好的！」

劫爾和伊雷文不一樣，基本上他採取放任態度。

說是讓利瑟爾想做什麼就做什麼倒是好聽，總之他就是把小孩子放著不管而已。利瑟爾有什麼要求他會回應，像今天早上那樣一看就知道的事情他也懂得採取行動，不過平常該怎麼跟小孩子互動、相處，劫爾完全沒有頭緒。

就算變成了小朋友，利瑟爾也還是利瑟爾，大部分的事情都能自己想辦法吧。劫爾這麼想，而他想得也確實沒錯，利瑟爾現在也緊緊把看上眼的書本抱在懷裡，一個人順利買好了東西。

這種時候，他總會意識到現在的利瑟爾並不是「變回」小孩子，而是「變成」了小孩。剛才他買東西的能力比剛到這裡來的利瑟爾好太多了。

「劫爾、劫爾。」

「走路的時候不要拿在手上。」

利瑟爾跑來把書本拿給他看，一副立刻就想開始讀的樣子，劫爾指了指和裝備一樣等比例變小了的腰包這麼說。和先前一樣，利瑟爾一臉捨不得地把書收了起來。

然後，兩人再度邁開腳步。劫爾只是跟著小步前進的利瑟爾往前走，完全不知道他想去哪裡，又想做什麼。劫爾之所以沒有走在他旁邊，而是走在他身後，是因為站在旁邊利瑟爾嬌小的身體會從視野中消失。

儘管性格沉穩，就連平常的利瑟爾都難以預料會做出什麼好事了，現在還是隨時看著他比較好。

「啊。」

走了一會兒，轉著小腦袋張望四周的利瑟爾再度停下了腳步。

想必是發現什麼了吧，劫爾跟著往那邊一看，熟悉的咖啡店裡坐著熟悉的人。那是他們接受小說家指名委託時到過的咖啡店，團長和小說家正面對面坐在陽臺席位上。

「所——以——說——！妳要是有什麼意見應該提出具體方案吧！」
「想出方案是妳的工作才對啊臭小子！」
她們桌上擺滿了紙張，談話氣氛緊迫，一點也不像朋友之間愉快的閒聊。看來是在討論利瑟爾先前在船上祭聽說的，那次「相當不平等的交易」當中約定好的劇本提供事宜。
即使年紀幼小，利瑟爾還是感受到氣氛不太對，打擾她們好像不太好。於是小利瑟爾沒有跟她們搭話，準備直接經過。
就在這時，團長透過眼鏡捕捉到了他的身影。
「就算多少有點牽強還是加入戀愛要素觀眾才會比較……唔噗!!」
「哇啊啊啊噴到我眼睛裡了！妳做什麼！妳到底在做什麼啦！」
團長嘴裡的氣泡水猛地噴了出來，小說家的眼睛遭受重大打擊。
她痛得哀嚎，團長卻光明正大地把她丟在一旁，踢倒了椅子直接衝向利瑟爾他們。在團長身後，咖啡店的店長將濕毛巾遞給小說家，哀傷地把地上的椅子扶好。
「那個優雅傢伙生的小孩絕對很適合演戲啊臭小子！弟弟你對演戲有沒有興趣?!要是能用童星的話要增加多少劇目都可以啊!!下次就來個親子情深的……喂，來笑一下我看看！好哇太完美啦臭小子！我們馬上來談簽約金！」
團長以疾風怒濤之勢開始進一步談起了細節。雖然小利瑟爾聽見對方要他笑就照做了，但他完全跟不上狀況，整個人呆愣在原地。
由於利瑟爾沒有走開，劫爾也跟著停在原地，但他毫不掩飾想要盡快離開這個地方的態度。眼見團長就要在路邊開始對小朋友展開演技指導，劫爾儘管一臉不情願，仍然以最低限度的語句向她解釋了這是利瑟爾本人。

「雖然我也聽說過迷宮在各種意義上發生什麼事都不奇怪，但沒想到也有這種狀況啊臭小子。」

「啊——好痛喔……啊，我可以用這個哏嗎？在下一本小說說不定可以派上用場呢大概！」

她們二人平時就在上演超脫現實的劇碼、撰寫超脫現實的情節，很快就理解了狀況。至於視線當中蘊含著大量的好奇和觀察成分，則是她們的職業病吧。被當作絕佳資料的利瑟爾正坐在她們為他準備的位子上，儀態端正地喝著果實水。

在她們開口邀請的時候，劫爾就把利瑟爾交給她們顧，自己跑到附近的武器店去了。他確實是想起有東西要買，但不想待在這個場合也是真的。

「好好喝。」

「好、好可、好可愛……！」

桌邊坐著利瑟爾和團長、小說家三個人。

小說家正對著利瑟爾軟綿綿的笑容，專心致志地動手筆記。自己跟這孩子站在一起看起來說不定像媽媽帶小孩呢，她臉上帶著陶醉的笑容這麼幻想道，不過哀傷的是無論再怎麼偏袒她，她和小利瑟爾看起來也只像姊弟而已。

順帶一提，團長儘管理解一般世人眼中小孩子的魅力，但她自己並不會因為對方是小孩子就覺得可愛。只要舉手投足有魅力，無論大人或小孩都一樣迷人，反之不管是大人或小孩她都興趣缺缺。

「喂，不要把玻璃杯放在那傢伙附近喔臭小子，萬一打破了害他受傷怎麼辦。」

「看妳個性那麼乖僻，結果還是滿疼愛這孩子的嘛。啊，難道妳還沒放棄讓他當童星？」

「那也是一點啦，臭小子。但妳忘記了嗎？」

原來團長真的還沒放棄啊，小說家看向利瑟爾。

或許是走了很多路口渴的關係，那張小嘴含著麥管吸吮，模樣實在好可愛。連喝飲料的儀態都這麼端正，小說家這麼讚嘆著，她對此並未感到疑惑，是因為已經知道這孩子是利瑟爾了。

「有膽就傷到這傢伙一根寒毛看看啊臭小子，那兩個黑的和紅的會發飆喔。」

「……」

好恐怖，小說家冒出冷汗。

平常是沒有問題的，因為唯一能解放那兩人情緒枷鎖的人，同時也是唯一能夠阻止他們的人。正因如此，才會有人說他們倆跟利瑟爾待在一起的時候「比較容易親近」吧。

而萬一現在這個狀態的利瑟爾遭人傷害，會發生什麼事？若是故意的肯定會引發一場腥風血雨，即使不是故意也好不到哪去吧。

「謝謝招待。」

小說家怕得渾身發抖，小利瑟爾則是精打細算地喝光了果實水，微笑著向她們道了謝，然後立刻扭動身子想從椅子上下來。

在這可愛動作的療癒之下，小說家停止了顫抖，偏著頭納悶他怎麼了。

「怎麼了呀？」

「我要去找劫爾。」

「在這邊等吧臭小子，他馬上就會來接你了。」

利瑟爾稍微想了一會兒，隨後搖了搖頭。

「可是……」

「在這邊等他比較好喔，來，我們點一些點心給你吃吧？」

「要是剛好錯過就糟糕啦。」

劫爾認為把利瑟爾丟在那裡不會有什麼問題。

在房間裡利瑟爾會自己讀書，在浴室會自己清洗身體，只要幫他準備高度恰當的椅子，他應該也有辦法自己吃飯。實際上，如果不問是自力達成還是仰賴他人，小利瑟爾確實能夠獨自完成許多事情，劫爾這麼想並沒有錯。

正因如此，劫爾才忽略了一件事，以為這是小小年紀就懂得理解對方的意圖，不會亂發脾氣，我行我素的、一如往常的利瑟爾。

「就跟姊姊一起在這邊等吧，好不好？」

實際上，利瑟爾也知道現在在這裡等劫爾過來才是最好的。

他知道小說家說這些話都是出於溫柔的善意，團長雖然語氣比較粗魯，但也是為他擔心。可是這時候利瑟爾的內心還沒有完全成長，還不足以像平時那樣無論何時都撇除自己的情緒，做出最好的選擇。

「可是，我想要劫爾。」

聽見他這麼說，團長她們睜大了眼睛。

想必是知道自己說了任性的話，那張稚嫩的小臉不知所措地垂著眉，接著哀傷地低下頭，小手緊揪著自己的衣服。

他張開嘴巴，本來想說些什麼，接著又緊緊閉上。勉強擠出喉間的聲音雖然細小，卻帶著確切的意志傳入她們兩人耳中。

「……不是劫爾，我不要。」

下一秒，團長和小說家按著心臟雙雙癱倒在桌上。

「喂。」

「劫爾！」

小利瑟爾看了不禁眨著眼睛傻在原地，隨後聽到背後傳來的聲音，他急忙回過頭。劫爾蹙著眉頭，神情複雜地站在那裡。

「走了。」

「團長她們，不動了……」

「別管她們。」

那兩人倒在桌上動也不動，但劫爾絲毫不加理會，逕自伸出手，環住利瑟爾的腰，將扶著椅背準備下到地面的他抱了起來。

看見劫爾的臉靠近，利瑟爾開心地露出軟綿綿的笑容，額頭蹭向近在眼前的肩膀，模樣看起來非常滿足。

「……」

正當劫爾看著這一幕的時候，柔軟的髮絲忽然搔過他下顎。

他下意識想將雙唇湊近，但集中在他們身上的視線太過煩人，他蹙起眉頭停下了動作，然後嘆了口氣。

「回去吧。」

「好的。團長姊姊、小說家姊姊，謝謝！」

「……、……，……嗯……！」

「這……！……！……!!」

她們直到現在還是連臉都抬不起來，利瑟爾他們將那兩人留在原處，離開了咖啡店。

結果他還是不曉得利瑟爾到底在想什麼。

劫爾感受著懷裡利瑟爾的體溫帶來的些許暑氣，一邊這麼想道。利瑟爾這男人想說什麼都會說出口，不喜歡的事情也會直接拒絕。變小了之後這點也沒變，如果不願意跟他分開，那麼在他把利瑟爾交給團長她們看顧的時候，利瑟爾就會直接說不要了吧。

看起來不像寂寞，也不像是感到不安。那是為什麼呢？就連變成小孩子之後也仍然教人難以捉摸，真不愧是利瑟爾，劫爾半是無奈半是佩服地想。

「啊，隊長，歡迎回來——」

二人回到旅店，打開門，伊雷文便察覺他們回來了。

他露出笑容走了過來，看起來心情很好，看來回籠覺已經睡飽了。

「大哥啊，看你意見那麼多，結果還不是把隊長抱在手上。」
「囉嗦。」
伊雷文雙手揉弄著劫爾懷中利瑟爾的臉頰。
或許是隱約察覺剛才發生了某些事，他湊近去看那張夾在他雙手之間的臉，露出燦爛的笑容。
「開心嗎？」
「開心，剛才遇見了團長姊姊和小說家姊姊。」
「啊——那兩個人喔。」
「遇到兩個姊姊之後，劫爾就跑走了，所以我有點不知道怎麼辦。」
不知道該怎麼辦。劫爾和伊雷文聽了，不禁默默看向利瑟爾。
利瑟爾本人看起來一如往常，理所當然似地說完剛才那句話，然後露出了尋常的軟綿綿笑容。這究竟是什麼意思？
但只有一件事可以肯定，伊雷文帶著責備的眼神看向劫爾。
「竟然丟下隊長跑去其他地方，根本人渣。」
「你沒資格說。」
自己確實有過失，但本性卑劣到極點的伊雷文沒資格這樣罵他。
劫爾啐道，接著不經意低頭看向懷中的利瑟爾。利瑟爾所說的那句話，可以直接理解為坐立不安嗎？雖然剛分開的時候不覺得怎麼樣，但隨著時間過去逐漸感到不安，這樣好像解釋得通了。

還有當他抱起利瑟爾的時候，利瑟爾臉上撒嬌又滿足的表情也解釋得通了。屬於自己的東西回到手邊，當然會感到安心滿足了。

「不要理大哥這種人了啦，中午以後跟我一起出門吧！我帶你去有很多書的地方。」

「！我想出門。」

「那我們來吃午餐吧。過來，讓我抱抱！」

「餐廳就在旁邊啊，走了。」

劫爾避開伊雷文伸來的雙手，直接抱著利瑟爾邁步走向餐廳。

伊雷文在後面喊著「好奸詐、好狡猾」，劫爾置若罔聞，隨後忽然對上利瑟爾仰望過來的視線。他撇嘴揚起一笑，輕聲耳語。

「你從小獨佔欲就很強啊。」

獨佔欲？小利瑟爾一臉納悶。劫爾見狀有趣地笑了，感受到柔軟的髮絲搔過下顎，他湊過嘴唇，觸碰懷中人的頭髮。

100

吃過午餐之後，利瑟爾的注意力不在飯後休息，而是在書本上。

他沒有在伊雷文大腿上休息，反而扭著身子打算下到地面，被伊雷文一把捉住了。

「隊長怎麼啦？」

「我要去看書。」

「不休息沒關係嗎？」

「沒關係。」

利瑟爾肯定地點了頭。伊雷文沒有跟小孩子相處過，無從知道小朋友吃飽飯不休息是否真的沒有關係，他看向劫爾徵求意見，但這麼做當然沒有意義。

伊雷文摸了摸被他抓著的肚子，就這麼苦惱了一下子。應該沒差吧，他點點頭站起身來。反正利瑟爾會被他抱著走，外出跟休息也差不多吧。

「伊雷文，要走了嗎？」

「好、好，我們走囉──」

「我們出門了，劫爾。」

劫爾只點了個頭回應那聲稚嫩可愛的招呼，目送他們走出了旅店的餐廳。

他們的目的地在往海邊的方向。

伊雷文抱著利瑟爾嬌小的身軀，在強烈日照之下心情愉悅地走著。通往港口的大街上擺著許多地攤和攤車，四處可聽見熱鬧的人聲。

這樣寬廣的街道上人流必定絡繹不絕，每個人跟他擦肩而過的時候都忍不住多看一眼，但這點程度的小事不可能冷卻伊雷文的好心情。

「隊長，你有沒有什麼想要的東西啊？我買給你！」

「嗯……沒有。」

利瑟爾張望四周，接著搖了搖頭。

這想必不是在跟他客氣，假如有什麼想要的東西，利瑟爾一定會坦率地指給他看。無論那隻手指前方指著的是什麼樣的東西、多麼價值不菲，伊雷文都打算買給他，無疑是個不適合帶小孩的男人。

對於利瑟爾來說，現在或許沒有比書本更優先的東西吧。伊雷文下了這個結論，接著看見一間店舖，停下了腳步。那是他之前委託幫忙加工鎧王鮫鱗片的武器店兼武器工房。

「我們可以順便去一下其他地方嗎？」

「好的。」

自從對方說東西做好會送去給他，也已經過了一段時間。

他只是抱著碰碰運氣的心態，所以並不介意加工多花點時間，但是交到人家手上的素材被浪費掉的感覺也不好。

利瑟爾一定很想早點讀書，卻這麼乾脆地答應了他，伊雷文一邊摸著他的頭說好乖、好乖，一邊穿過了武器店的店門。

首先映入眼簾的是排列著各式各樣武器的店內空間，深處有著一扇通往工房的門。許多武器店都設有修繕武器的基本設備，不過像這樣擁有自己的工房、能夠從零開始打造出一把武器的店鋪就很少見了。

對於這家店來說，店鋪反而才是工房的附屬品，匠人們會把興趣使然或實驗性質的武器擺在店裡販賣。

「喔，這不是拿來鎧鮫鱗片的小哥嗎，沒想到你帶著孩子啊。」

向他搭話的是坐在椅子上邊顧店邊磨劍的男人。

這人比起店員，怎麼看果然還是個匠人。或許是看見劍刃每一次打磨都變得更有光澤而感到好奇，利瑟爾直盯著那把劍看，而伊雷文捏著利瑟爾的臉頰，嫌無趣似地開了口。

「不說這個啦，你們小刀還沒做好喔？很慢欸。」

「小哥啊，從沒見過的素材哪可能三兩下就加工好啦。不過也是啦，一把小刀做這麼久，咱們工房都要名聲掃地囉！」

顧店的男人哈哈大笑，把手上的劍靠在桌邊，站起身打開通往工房的門。

「正好也想問你刃形要怎麼辦，你就進來看看吧。」

「已經做到這程度了喔？那握柄就……」

伊雷文順著對方的敦促正準備往工房走，這時卻感受到有人咚咚敲著他肩膀，他於是停下腳步。怎麼了嗎？他低頭看向敲了他肩膀的利瑟爾本人，看見一雙大眼睛直勾勾望著這裡。

「我在這裡等。」

「唸，隊長不想看看工房喔？感覺你會喜歡欸。」
「我想看武器。」
確實，羅列在店裡的武器各色各樣。
而且這些也不是要批售給其他店家的東西，因此當中有許多充滿匠人玩心的設計。利瑟爾是對這點感興趣嗎？這樣的話，伊雷文也願意改天再處理小刀的事，今天就這樣陪利瑟爾看武器。
但一聽他這麼說，利瑟爾便搖搖頭說沒關係。畢竟隊長在奇怪的地方滿頑固的，伊雷文於是以完全不適合他的溫柔動作把利瑟爾放了下來。
「那隊長，你不可以碰危險的東西喔。」
「好的。」
「有事就叫我，雖然我是覺得不會有什麼事啦。」
「好的。」
利瑟爾乖乖點頭。
換作一般的小孩子這回答不能輕信，但利瑟爾肯定會像沒有變小的時候一樣，好好遵守他的囑咐吧，大概沒問題。伊雷文確認過小利瑟爾按照他的叮嚀，看著武器沒有伸手去碰之後，也轉而前往了工房。
一穿過門扇，熱氣和金屬相擊的聲響迎面撲來，他皺起臉跟著帶路的男人往裡面走。男人熟練地避開散落在地面的木材和礦石，朝著工房深處揮著鐵鎚的壯年男性走近。
「師傅，鎧鮫的客人來了。」

「啊？」

他就是這個工房的領班吧。

被稱作師傅的男人嫌吵似地抬起臉來，這毫無疑問就是伊雷文把鱗片帶來加工的時候，斷言他會想辦法處理的男人。

「是來催貨的啊？」

「刀子也不缺那一把，但我可不是拿素材來給你們這些傢伙當娛樂的。」

「哼，你也沒說錯。」

師傅咧開嘴露齒一笑，放下了手中的鐵鎚。

對於討伐傳說級魔物心懷嚮往的不只有冒險者而已，公會職員會為了強大隊伍的登場而喜悅，漁夫為了解體和品嘗魔物肉而興奮，匠人也因為有機會加工素材而高興。

能拿到該從何處著手處理都不知道的傳說素材，一邊嘗試錯誤一邊加工，這可是阿斯塔尼亞所有匠人的夢想，能被交付這種工作也是無上的榮譽，男人都到了老大不小的年紀還為此喜不自勝也是當然的。

雖然說是娛樂他無法否認，但他們可不是在玩。

「普通的鐵鎚一下就敲壞了。」

壯年男子掀開他剛才還揮著鐵鎚敲打的那片皮革。

折起的那張皮革是龍皮，包裹在這間工房耐久性最高的皮革當中，一枚反射著虹光的鱗片出現了。原本相當巨大的鱗片變得又小又薄，只有巴掌那麼大。

「這樣還沒完成喔？」

「碰的時候小心啊，現在這樣也能割斷手指啦。」

「我哪會犯那種愚蠢錯誤啊。」

伊雷文避開磨得鋒利的邊緣拿起鱗片，在空中揮了揮這麼說。

接著，他撿起掉在腳邊的某種礦石拋到空中，拿著鱗片的那隻手臂揮舞了幾下。

直到看見被切碎的礦石散落在地面，看著這一幕的匠人們才終於明白剛才發生了什麼事，毫不吝惜地讚嘆出聲。

「弄得這麼薄，施力不當很容易折斷，但看來小哥你不用擔心這問題啊。」

「少把我當成路邊的那種雜魚。是說這還沒好？這樣不就能用了？」

伊雷文將絲毫沒有缺損的鱗片舉到眼前端詳。

厚度大約一毫米，可以藏在鞋底，藏在皮帶裡說不定也不錯。但掌管這座工房的師傅卻不以為然地哼了一聲。

「渾帳東西，你不是指定要越薄越好？」

「這樣夠薄啦，也很方便藏在身上。」

「還不夠，你可別以為這就是咱們的極限啊，要薄到極點至少要再減少一半的厚度，否則簡直砸了咱們工房的招牌！」

「匠人麻煩死了啦——」

也好，伊雷文把鱗片遞還給了追求極限的匠人。

鎧王鮫鱗片的強度遠超越其他素材，正因如此才有辦法打造出前所未有的纖薄刀刃，匠人對此也格外有熱情。伊雷文也認為越薄越容易暗藏在身上，而且他本來就不需要半吊子的武器，只要能在離開阿斯塔尼亞之前完成就可以了。

伊雷文撥開晃動的馬尾，將視線轉向工房的入口。

「強度別削弱太多喔。」

「我知道。握柄你打算怎麼辦，直接拿著不穩喔。」

「不需要。」

大致確認過之後，伊雷文對此已經興趣缺缺了。

還讓利瑟爾等在外面呢，他不打算在這裡久留。正要轉身折返的時候，他忽然抬起臉——他聽見了稚嫩柔和的聲音在呼喚自己的名字。

聽起來並不緊急，但好想盡快陪在那人身邊。他在內心想著，踏著悄無聲息的腳步聲走遠，結成一束的紅髮在他身後像條蛇一樣擺動。真是個乖僻的傢伙，壯年男子看著那道背影笑了。

在伊雷文剛前往工房的時候。

利瑟爾目不轉睛地盯著排列在牆上的武器猛瞧。劍、劍、劍、盾、弓，還有臂鎧和其他用途不明的裝備。這些武器防具充滿了匠人們獨創的點子，當中也有許多設計大幅超脫了一般對武器裝備的印象。

就算冒險者喜歡訂製裝備、追求符合自己喜好的設計，看見這些獨一無二的珍奇武器都會忍不住停下目光打量。利瑟爾從最外側開始，踏著小小的腳步一個個看過去。

「（剪刀。）」

他看見了一把巨大的剪刀。

這是武器嗎？或者只是一般的剪刀呢？利瑟爾不可能知道，恐怕來到這間店裡的所有人都不知道吧。做出這把剪刀的匠人也只是想試做看看而已，所以他自己也不知道。

「（劍、劍、弓，還有……大菜刀。）」

順帶一提，利瑟爾說是大菜刀的那把可是不折不扣的武器。

所有冒險者看了都會覺得那是把威武的單刃大劍，此刻卻揭露了殘酷的事實：它在幼兒眼中看起來只是一把菜刀。裝備著類似武器的冒險者們要是知道了一定很絕望。

利瑟爾把店裡的其中一面牆壁從這一端看到另一端，接著回過頭打算欣賞對面牆上的武器——

「啊。」

這時，剛才顧店的匠人拿在手上打磨的那把劍映入他眼中。

那是相當不可思議又美麗的情景，黑色的劍刃隨著每一次打磨，逐漸散發出白銀的光輝。為什麼會這樣呢？小利瑟爾非常好奇。

他走近去看，唯有經過打磨的部分閃耀著光輝。雖然很想伸手摸摸看，不過利瑟爾是個乖乖遵守叮嚀的好孩子，所以只是湊過去目不轉睛地打量而已。

「是魔術嗎？」

他在那把劍前方晃過來又晃過去，想著這到底是什麼原理。

事實上只是用拋光粉把附著在劍刃上的煤灰除去而已，但小利瑟爾當然不可能知道。他不經意看見掛在劍柄上的那條布，該不會這塊布上有什麼秘密吧？他忍不住想伸手去拿也是沒辦法的事。

因為伊雷文只交代他不能碰危險的東西，而這只是一條布而已。

「嗯……」

他抬頭看著比自己身高位於更高處的劍柄，稍微踮起腳尖抓住那塊布。

伸手一拉，他稍微感受到了一點阻力，是因為勾到什麼東西了吧。咦？在小利瑟爾還弄不清狀況的時候，那把劍已經朝著他倒了下來。

一時間他無法避開，也來不及伸手去擋，只是愣愣地看著。

「不乖喔。」

原本朝他直逼而來的劍刃，在他眼前倏地停止。

小利瑟爾緩緩抬起視線，看見一隻大手支撐著劍，再往上看，他看見了長瀏海遮著眼睛的熟悉男人身影。

「首領不是叫你不要碰嗎？」

「精銳先生……」

店裡只有利瑟爾一個人才對，他是什麼時候進來的？

精銳盜賊把他接住的劍放到桌上，同時抓住飄然落下的布料，遞給了利瑟爾。

「來，小貴族。」

小利瑟爾的目光在那塊布和那個曾經是盜賊的男人之間來回游移，沒有伸出手。怎麼了？對方的視線透過瀏海打量著他，小利瑟爾終於倒退了一步。

精銳盜賊默默看著這一幕，過了幾秒，他像在喊貓咪似地嘖嘖彈著舌頭，勾了勾指頭

招呼他過來。

「你為什麼怕我咧？」

這實在讓精銳盜賊感到非常不可思議。

他回想起利瑟爾平時沉穩高貴的雙眼。他知道這人極為擅長隱藏自己的情緒，但原本沒有變小的利瑟爾也從來不曾對他們這群精銳盜賊感到恐懼才對。

畢竟他可是理解了精銳盜賊是什麼樣的存在，又懂得運用他們去辦事的人。不同於本來就是盜賊同類、等同於他們上位種的伊雷文，利瑟爾與他們活在截然不同的兩個世界，卻能夠差遣他們，這本來是不可能發生的事情。

「你不怕首領卻怕我，太奇怪了吧。」

精銳盜賊蹲在地上，手肘撐在自己大腿上支著臉頰，伸直了剛才招呼小朋友的那根指頭，在指甲即將碰觸到稚嫩鼻尖之前停了下來。

假如現在的利瑟爾感到害怕，那一定是因為他的年紀變小了吧。從小就這麼聰明，精銳盜賊心想。小利瑟爾的眼睛越過他指尖，筆直朝他掩在瀏海底下的雙眼望來，他打量著那幼小的身影說：

「不過，懂得保持戒心很棒喔。」

要是天真無邪地跟他撒嬌，他還覺得無趣呢。精銳盜賊加深了笑意，指尖在利瑟爾鼻尖咻地一揮。

「精銳、先生……？」

利瑟爾反射性閉上眼睛，再睜開雙眼時，眼前已經沒有任何人影。

他環顧四周，整間店裡只有利瑟爾自己一個人。他緊緊握住前面的衣服，沉吟著東想西想了一陣，最後還是決定算了，他鬆了一口氣似地放鬆了緊繃的肩膀。

「伊雷文……」

如果可以依靠的人不在身邊，小利瑟爾會我行我素地重新開始觀察起那些武器，但現在他可以撒嬌的人就在不遠處。或許是稍微放鬆下來的關係，他下意識出聲叫了伊雷文，而那人馬上就回應了。

伊雷文從工房裡現身，看起來並不焦急，這是因為他知道利瑟爾剛才和誰待在一起吧。

「隊長怎麼啦，他對你做了什麼嗎？」

「他救了我。」

「咦——不是叫你不要碰危險的東西嗎？」

「可是，那只是一塊布……」

小利瑟爾嘴上雖然為自己辯解，但心裡也知道自己做了不好的事，於是稍微垂下了眉。

伊雷文將利瑟爾一把抱起，低頭看了看橫在桌上那把打磨到一半的劍和擦拭布。光憑這些線索，他已經大致猜到發生了什麼事，深切體認到了要讓利瑟爾聽話有多麼困難。這孩子會精準地往規定裡的漏洞鑽。

「我們走吧。」

「好的。」

但是……伊雷文邊往店外走，邊低頭看向懷裡的人。

他一點也不信任不久前還待在利瑟爾身邊的那個男人，於是一邊穿過店門一邊問：

「他真的沒對你做什麼？」
「那個……有一點點可怕。沒有做什麼，可是有點害怕。」
「是喔……因為那些傢伙腦袋都有問題嘛。」
感覺利瑟爾對這方面滿敏感的，伊雷文邊想邊把臉頰往他柔軟的髮絲上蹭。
總之先把那傢伙毒打一頓吧，伊雷文暗自決定。精銳盜賊應該是真的救了利瑟爾沒錯，不過伊雷文考量這點之後還是下了這個結論。要不是有功在先，伊雷文至少會把他弄到半死不活。
在他們倆離開之後，精銳盜賊待在武器店的屋頂上，不曉得是否察覺了伊雷文對利瑟爾露出的寵溺笑容底下有什麼危險想法，他獨自露出嘴角抽搐的笑容心想：他說出去了啦。

那是在阿斯塔尼亞引以為傲的白牆王宮門口所發生的事。
伊雷文就這麼大步走了過去，門衛目送著那道背影心想，這還真少見。他們平常見到的都是利瑟爾帶著另一個人進王宮的情景，利瑟爾以外的那兩人一次也不曾單獨造訪王宮。
如果來的是那個溫和沉穩的人，至少還會跟他們打個招呼呢，門衛在內心想著，目送來人進門……但下一秒立刻多看了他一眼。那人懷裡好像抱著什麼不得了的小東西。
眼看伊雷文踏著輕快的腳步往書庫走，門衛猶豫著到底該不該把他攔下。要把他攔下沒有正當的理由，但如果問他們就這樣毫無作為地放他進去是否真的沒問題，他們也很難斷言。苦惱了一陣之後，兩個門衛最後做出同樣的結論，相視點頭。
「先跟納赫斯先生說一聲好了。」

「跟那些人有關的事情通通丟給那傢伙就對了。」

最近只要出了什麼跟利瑟爾有關的事，納赫斯馬上就會被叫來。所有人都知道納赫斯本人摸不著頭緒地納悶這到底是為什麼……但他們還是會去叫他。

在寂靜籠罩的書庫當中，亞林姆盤腿坐在地板上，默默望著眼前的情景。

「你看隊長，這邊有好多書喔！」

伊雷文沒打招呼就進來已經司空見慣，亞林姆並不介意。

但從他臂彎裡放下地面，小步走向書架的嬌小身影究竟是怎麼回事？五官相貌相當眼熟，再加上伊雷文的「隊長」發言，亞林姆優秀的頭腦立刻演算出正確解答，就連原因他也一清二楚。

亞林姆一邊左思右想，雙眼一邊追隨著那孩子的身影。這時，小利瑟爾注意到了那個看著他的布團，於是拿著自己看中的書本走了過來。

「……老師？」

「殿下，您好。我是來看書的。」

利瑟爾緊緊抱著書本，露出軟綿綿的微笑這麼說。亞林姆沒有任何回應。

奇妙的沉默持續了數秒。看見小利瑟爾為此納悶地眨了眨眼睛，布團當中終於響起低沉甘美的笑聲。

「唔呵、呵……」

褐色的手臂從布料當中緩緩伸了出來。

擁有纖長手指的大手摸了摸利瑟爾的頭，撫過臉頰，來到肩膀。動作不像劫爾和伊雷文那樣笨拙不確定，而是力道稍微強一些，足以傳遞體溫的撫摸方式。

眼見小利瑟爾舒服地瞇起眼睛，亞林姆再度笑了。

「是哪一座、迷宮、呀？」

「『支付代價之路』。這邊有隊長看得懂的書嗎？」

「有、呀。」

伊雷文說著，擅自坐到椅子上望著利瑟爾。亞林姆一聽，只是點點頭說了句「這樣啊」，便接納了自己變成了幼童的古代語言老師。從過去的迷宮紀錄看來，變成小孩這段期間的記憶應該會在恢復原狀的同時消失不會錯。

亞林姆摸著幼兒細軟的頭髮，微微點了兩、三次頭。

接著，隨著金飾搖曳的細微沙沙聲，另一隻手臂也伸到了布料之外。他以雙手溫柔地裹住利瑟爾的臉頰，隨後摟著那孩子的肩膀輕輕將他拉近。

用的是孩童若想拒絕可以輕易抵抗的力道，但利瑟爾沒有反抗，依著走過他們之間寥寥數步的距離，小小的身體就像被吸進去似地消失在布團裡。

「（隊長被布團吃掉了……）」

那看起來簡直像新種的魔物，事後伊雷文這麼說。

伊雷文不太想讓別人觸碰利瑟爾，但利瑟爾本人對於布團內部的情景恐怕相當好奇，利瑟爾還沒變小的時候也說過他想進到布團裡看看。

正因如此，利瑟爾才會接受這個邀約走進去吧。這麼想來伊雷文也不好阻止，於是他百無聊賴地撐著臉頰，低頭看向稍微變鼓了些的布團。

「隊長，裡面怎麼樣啊？很暗嗎？」

「和外面一樣，或是暗一點點而已。好厲害喔，看得到外面！」

「是喔──」

透過刺繡和絲線的效果，發揮出各式各樣魔法效力的布料是阿斯塔尼亞的特產。這應該是其中一種吧。該說不愧是王族嗎，看來亞林姆把這種從來沒聽過的魔力效果拿來大肆浪費在無謂的地方。

「唔呵、呵，好可愛、喲。」

在布幔環繞的空間當中，利瑟爾站在亞林姆盤起的雙腿中間，亞林姆邊說邊伸手環住那孩子，十指交叉在利瑟爾單薄的背後。不曉得什麼事引起了他的注意，眼見小利瑟爾目不轉睛地盯著自己瞧，亞林姆朝他瞇起眼睛笑了。

畢竟亞林姆一直在書庫繭居，他所接觸過的幼兒就只有自己的弟妹、甥姪而已。那些小子大抵都是一看見亞林姆就想來掀掉他身上布幔、像龍捲風一樣的小鬼，個個活潑好動，從來沒見過他們乖乖待在原地，丟著不管他們也會自己跑到別處玩耍，鬧夠了就自己回來，全是些動不動就把隨從氣哭的小孩。

和他們比起來，眼前這幼童是多麼刺激他的保護欲啊。利瑟爾興味盎然地環顧著布料，伸手摸了摸，滿足了就一屁股坐在亞林姆盤起的雙腿之間，開始讀起書來。

「老師，你看這個、就好了嗎？」

亞林姆低頭看著利瑟爾手上的《阿斯塔尼亞原生食蟲植物圖鑑》，喃喃問道。猙獰駭人的毒花實在難以和綿軟可愛的利瑟爾產生連結，兩相對照之下醞釀出一股難以言喻的突兀感。

「其他的書太難了，我看不懂。」

「啊，原來、是這樣。」

這座書庫的書本配置，皆以亞林姆的偏好和獨斷來決定。

放置在附近的是他時常閱讀的書，對於現在的利瑟爾來說必然都太過艱澀了……不過《阿斯塔尼亞原生食蟲植物圖鑑》只是他最近需要所以剛好讀過，並不是他偏好的作品就是了。

亞林姆從利瑟爾手中抽走了那本圖鑑。這雖然是利瑟爾自己挑選的書，但只是因為圖畫比較多，感覺看得懂而已，並不是他真正想閱讀的書籍吧。他抱起利瑟爾，緩緩站起身來。

「老師，我們去看、你會喜歡的書、吧。」

「好的！」

「不要把他弄掉啦。」在伊雷文這句話送行之下，他們倆踏入了林立的書架之中。

鑽過書櫃縫隙之間，每走一步，滑過亞林姆肩膀的金髮就搔過他臉頰。利瑟爾甩甩頭說著好癢，亞林姆聽了微微露出笑容，將頭髮撥向後頸。

接著，他掃視過塞滿書架的眾多書本想著，該挑什麼樣的書才好呢？就算拿辭典之類的工具書給利瑟爾，感覺這孩子也會不以為意地讀起來——大家都對利瑟爾抱持著這種印象，而亞林姆也不例外。不過……

「你想看、剛剛那種、圖鑑嗎？也有故事書、喔。」

「那個……我想要看那種，講這邊的事情的書。」

這邊，也就是阿斯塔尼亞吧。

亞林姆朝著書庫入口附近走去，教育類的書籍應該統一放在那一區才對。

「你想看什麼、呢？」

亞林姆在其中一個書架前方停下腳步，重新把利瑟爾換個姿勢抱好，讓他也能清楚看見架上的書。

《阿斯塔尼亞的歷史》、《阿斯塔尼亞特產全集》、《漁夫的生活》，這些為小朋友寫得淺顯易懂的書籍，對於現在的小利瑟爾來說也還太早了，不過利瑟爾應該會開心地閱讀起來吧。

找到感興趣的書，利瑟爾伸出了小手。亞林姆的手越過了他的，先一步替他取下他想要的書，交到利瑟爾手中。就在這時……

「又是你們啊！」

砰的一聲，書庫大門發出巨響打開。

同時一道霸氣的聲音劃破寂靜，利瑟爾嚇了一跳似地眨了眨眼睛。亞林姆一邊拍著孩童的背加以安撫，一邊緩緩看向門口。

敞開的門扉之前那道逆光的人影正是納赫斯，他一臉隨時都要說出「真拿你們沒辦法」的樣子，看來沒注意到藏在布幔當中的利瑟爾。

「納赫斯，你太吵、了。」

「殿、殿下，請恕罪。但屬下聽說那些傢伙又出了怪事……」

納赫斯從門衛那裡得知的情報只有一項。

那就是——利瑟爾生孩子了。生了還得了啊，納赫斯聽了忍不住吐槽，不過在腦中一片混亂的狀況下，他還是盡忠職守地來到書庫確認現況。

「出了怪事、啊……」

亞林姆低頭看向懷中的利瑟爾，發出了缺乏抑揚頓挫的笑聲。

他就這麼邁開腳步，準備回到擺放著桌椅的書庫中心，納赫斯見狀也跟在他身後，應該是覺得利瑟爾他們像平常一樣坐在桌邊吧。

「……嗯？只有你一個人啊？」

「我跟隊長一起來的啊。」

「是去找書了嗎？話說回來，你在殿下面前就不能端正一下坐姿嗎，真沒規矩。」

低頭看著伊雷文那副手肘撐在桌上、笑得奸詐狡猾的模樣，納赫斯嘆了口氣。

在他身後，布團在地板上坐了下來，而小利瑟爾從布團當中摸索著走了出來。利瑟爾緊緊抱著書，尋找什麼似地轉動著小腦袋四處張望，接著目不轉睛地盯著眼前那個名為亞林姆的布團看了一陣之後，一屁股坐到了亞林姆盤坐的大腿上，坐在布團上開始讀起了書來。

「高級座椅好適合我們家隊長喔。」

「什麼，你說那位貴客嗎？確實是很適合吧……但你現在一直用鞋跟去踢的那張椅子也相當高級啊！快住手！」

王族被人理所當然地當作椅子使用，不過亞林姆毫不介意地接受了這件事。察覺利瑟爾扭動著身子尋找坐起來舒適的地方，亞林姆配合他調整了坐姿，從布料當中伸出手，環著小利瑟爾的腰把他摟近。

背後咚地傳來觸感，靠起來就像椅背一樣舒適，小利瑟爾一臉滿足地露出了軟綿綿的笑容。

「你家的王族變成沙發欸，笑死我啦。」

「不准說這種對王族不敬的話，什麼沙發……」

伊雷文哈哈大笑，納赫斯追隨著他的視線回過頭去。

眼前衝擊的景象讓他僵住了數秒，緊接著他發現自己冷靜到不可思議，應該是震驚到了極點已經什麼感覺也沒有了吧。

從他口中率先流洩的話語，毫無疑問是他的肺腑之言。

「原來如此，沙發啊……」

他只能贊同，這怎麼看都是張沙發。

接下來納赫斯簡直開啟了無雙模式。雖然不知道是他腦中一片混亂，還是他本性就是如此，但總之他非常熱心地開始照顧起了小利瑟爾。

「不可以在這麼暗的地方看書，快點移動到亮一點的地方。啊，不可以拉著殿下走！你把人家當椅子啊！」

「來，點心時間到了，不好好吃東西會弄壞身體喔，這是綜合水果盤……喂，書放下來，你耍賴我也不會答應喔。」

「差不多到該睡午覺的時間囉，好好睡覺才能快快長大。殿下的床鋪已經整理好了，你就到那邊睡吧。書不可以帶去，什麼不要，來我幫你保管……喂，放手……你真的完全沒變啊！」

「這是情操教育，要不要摸摸看魔鳥啊？你看，我美麗的搭檔擁有一顆慈愛的心，所以你可以摸摸牠沒問題喔。要輕輕地摸……怎麼樣啊，其他魔鳥可沒有這種貼過來蹭你臉頰的絕讚服務精神喔！……刺刺的？羽毛對小朋友的細皮嫩肉來說可能太硬了啊，來讓我看看……」

比平常更誇張了兩成。

到了他們要回去的時候，納赫斯擔心危險，說要送他們一程，甚至還搬出了能在陸地上使用的小型魔鳥車。順帶一提，納赫斯對利瑟爾他們這種百般照顧的心思到底是哪來的，在騎兵團當中已經屢次引起熱議。

於是小利瑟爾被魔鳥牽著車送到旅店，越過伊雷文的肩膀揮揮手跟納赫斯說拜拜，而納赫斯一邊揮手回應，一邊喃喃自語：

「那些傢伙不管是大人還是變成小孩，都沒什麼變啊。」

說不定這其實是最切中核心的一句話。

接下來幾天，變小的利瑟爾在與各式各樣的人物接觸當中優閒度過。

晚上他大致都是跟伊雷文一起睡，不過其中一天是跟劫爾睡的。劫爾原本想在平常的時間起床，卻注意到小利瑟爾抓著他的衣服，他因此睡了數年來第一次的回籠覺。

有一天，伊雷文帶著小利瑟爾到服飾店，利瑟爾被套上各式各樣的衣服，到最後累壞了，就像在說「我不管了」似地直接窩在試衣間裡睡著了。

旅店主人興高采烈地變成了小利瑟爾的奴隸；再次去借書的時候，亞林姆再度成了小利瑟爾的沙發；在街上碰面的時候，納赫斯則是變成了他老媽。最後一項硬要說起來，和平常好像也相差無幾。

然後，來到了利瑟爾變小之後的第五天，也就是今天。小利瑟爾在劫爾房間午睡的時候，就在規律的呼吸聲當中砰的一聲，非常平凡無奇地恢復了原狀。

「啊，恢復了。大哥，你有沒有看到，砰一下就變回去了欸。」

「看到了。」

剛才那次沒看到，他說的是上次。

完全沒有道理，砰的一聲不曉得從哪裡發出白色煙霧和閃亮亮的某種東西，然後人就恢復原狀了，不愧是迷宮出品。利瑟爾現在仍然像什麼事也沒發生似地繼續酣睡。

伊雷文在他身邊躺下，伸出前一刻還在撫摸他頭髮的那隻手，再次觸碰利瑟爾的頭髮。果然和變成小孩子的時候觸感不同，伊雷文雖然覺得這點很有趣，但他現在果然無法再搓著利瑟爾的頭說好乖了，於是指尖數度梳過髮絲之後，伊雷文便抽開了手。

「我還以為你會捨不得他變回來。」

「開什麼玩笑，我超討厭小孩的欸。要是隊長打一開始就長那樣，我才沒興趣。」

當然，他對於小利瑟爾的疼愛都是出自真心。

但那是因為那孩子是利瑟爾。他對於利瑟爾的各種感情一點也沒有改變，依然維持著同樣的本質，只是配合對方幼小的年紀而改變了應對方式。

這方面劫爾也一樣，因此他沒有否定伊雷文說的話。他們倆本來就對小孩子不感興趣，從頭到尾存在的就只有對利瑟爾的興趣而已。

「變回來之後真的不會記得這段時間的事情喔？」

「嗯。」

「大哥，你為什麼會知道啊？」

因為他體驗過了——但劫爾往後也完全不打算告訴他原因。

利瑟爾在睡醒之後聽說了來龍去脈。原來也有這種事情啊，他點點頭。畢竟是迷宮嘛，這也沒辦法。這段時間給大家添了麻煩，得去致上歉意和表達感謝才行。利瑟爾一邊這麼想一邊尋思，小時候的自己究竟是什麼樣子？

從描述聽起來，那是他自己也完全沒有記憶的年紀。父親從來沒說過他驕縱囂張，他希望自己像同年齡普通的小朋友一樣，雖然需要照顧，但沒有給大家造成額外的困擾。

不過，至少大家看起來沒有因此討厭他。利瑟爾觀察周遭的反應得出這個結論，鬆了一口氣。

為什麼？因為伊雷文是這麼說的：

「來隊長，這個給你吃。嘴巴打開，啊——」

總之利瑟爾乖乖張開了嘴巴。

旅店主人也這麼說：

「啊，小客啊啊啊差點說溜嘴啦啊啊啊啊！小、小客冰淇淋吃完以後我想去瀑布下打坐請問你有沒有推薦的好地點啊貴族客人！」

總之利瑟爾把先前在森林中發現的瀑布潭告訴了他。

團長這麼說：

「要是你生了小孩一定要認真考慮讓他走上演戲的道路啊臭小子！」

他如果有了小孩應該會繼承公爵爵位吧，因此利瑟爾鄭重婉拒了。

亞林姆則是這麼說：

「老師，來，請、坐吧。」

坐在地上的亞林姆邊說邊拍著自己的大腿，利瑟爾回絕說這樣實在太僭越了。

納赫斯也說：

「午餐時間不要窩在書庫裡，你今天從一大早就一直待在這吧，我請人準備了餐點，快吃吧，不可以挑食喔。」

和平常沒兩樣，因此利瑟爾點點頭繼續讀書，結果納赫斯罵他說一套做一套。

劫爾不知為何這麼說：

「……我去泡澡。」

「去吧。」

利瑟爾也有點好奇那段時間到底怎麼了。

沒有記憶實在有點可惜，他這麼想道，忽然回想起變回原樣那天晚上所發生的事。

那一晚他鑽進自己房間的被窩，卻一直沒有睡意。是睡了午覺的關係嗎？他在床上翻來覆去地想。劫爾他們一段時間沒有到迷宮或城外去了，為他們著想，明天利瑟爾打算接個可以盡情活動身體的委託，所以本來想早點睡的。

「（也不是不想睡吧。）」

不知為何總覺得不對勁。

進入夢鄉的感覺是這樣的嗎？應該是被更溫暖的東西包裹著，更安心的感覺才對吧？他沒來由地這麼想。

他呼出一小口氣，將臉埋進枕頭當中，但果然還是沒有睡意。利瑟爾睜開剛才閉著的眼睛，思索了幾秒，接著緩緩起身走出房間。

他逕直走向隔壁房間，打開房門，與正好準備就寢的劫爾四目相對。

「劫爾，一起睡吧。」

「……來啊。」

利瑟爾光明正大地這麼說，而劫爾聽了沒說什麼，直接掀起被子招呼他進了被窩。當時劫爾臉上那副「雖然內心有各種意見但這也沒辦法」的表情讓他印象深刻。

101

一踏進公會，眾人投來的視線和對話內容使得利瑟爾眨了眨眼睛。

「喔，好大。」

「長大啦。」

「還是一樣瘦得像竹竿，一定是因為還小的時候沒給他吃肉啦。」

看來自己變小的時候也到過公會來露臉。

居然跑到充滿粗壯男人的公會來，自己真是個好奇心旺盛又有膽量的小孩呢，利瑟爾點點頭。他並不知道伊雷文當時太過興奮，帶著他突然跑到公會來找劫爾的事實。

他們瀏覽了一下警告看板，發現今天颳著強風，因此通往海洋迷宮的渡船不開。他們本來就不打算選擇海洋迷宮，不構成妨礙，一行人於是轉往了委託告示板。

「我那段時間真的沒吃什麼肉類料理嗎？」

「不會啊，隊長吃滿多的欸。」

「也不只吃肉，但量也吃了不少吧。」劫爾說。

「這樣呀。」

利瑟爾介意地一問，結果得到了出乎意料的答案。

吃鎧王鮫的時候利瑟爾也吃了一定的分量，不過他平時並不算是大胃王。如果說小時候的飯量不少，那應該長成更有冒險者樣子的體格才對呀，他低頭打量自己的身體。

他決定想成是自己時常動腦思考，因此營養都跑到頭腦去了。多虧如此，他才能為自己應該效命的國王效勞，就在利瑟爾這麼說服自己的時候，他們來到了擁擠的委託告示板前方。

「你們最近運動量不足吧？要挑戰鬥類的委託比較好嗎？」

「啊——的確是戰鬥比較好欸。」

「隨你高興。」

那就是迷宮或城外的委託囉，劫爾他們應該比較偏好高階的委託吧。

他們走過冒險者人數較多的C階、D階委託，開始瀏覽他們目前可以接取的委託當中最高階的A階委託單。

「嗯……啊，有取得不死族素材的委託呢。我還沒有看過不死族，這個如何？」

「別吧。」劫爾說。

「咦？」

「這附近有不死族出沒的就只有『腐敗墓地』而已欸，地上都是爛泥巴，臭得要死，而且還黏黏滑滑的，隊長這樣你可以接受喔？我是不行啦。」

那確實是滿不舒服的，利瑟爾也放棄了。

不死族以人形居多，運氣好的話可以取得牠們身上穿戴的裝備等等作為素材，但這類魔物還是不太受冒險者歡迎的原因就在於此。就算是平常工作就對弄髒身體習以為常的冒險者，也不太想碰那些黏著肉片殘渣的裝備。

話雖如此，打不死族賺到的報酬也相對較多，因此還是有不少冒險者心不甘情不願地選擇相關委託。但利瑟爾他們可不願意，鞋底踩到濕濕爛爛的東西就一步也不想再走了。

「那麼，打個久違的石巨人之類的也不錯呢，『取得綠石巨人核心』。」

「不錯啊。」

「沒有異議！」

那就挑這個囉，利瑟爾接過劫爾替他取下的委託單，低頭細看。

【取得綠石巨人核心】

階級：B～A

委託人：圖洛茲魔道具工房・阿斯塔尼亞分店

報酬：每個核心八～十二枚銀幣

委託內容：請取得綠石巨人核心。

須用於製作魔道具，因此只收完整無損傷的核心。

報酬隨核心大小與形狀改變（標準請見背面詳細資訊）。

石巨人非常堅硬，刀劍之類的武器幾乎無法傷牠分毫。

牠們每個個體都帶有各式各樣的魔力屬性，綠石巨人渾身充滿了風之魔力，這是因為核心裡寄宿著風之魔力的關係。正因如此，不僅風屬性的魔力會被牠吸收，火、水等其他屬性也和物理攻擊一樣幾乎會遭到無效化。

有效的只有相剋屬性，以這次的綠石巨人來說就是土屬性。

本來得使用該屬性的魔法，或是賦予屬性的武器與牠作戰才是冒險者的基本常識，但劫爾和伊雷文就連物理與魔法攻擊都幾乎無效的白石巨人都能自行打倒，面對綠石巨人想必不可能陷入苦戰。

「是說這個啊，跟之前的白石巨人委託階級一樣欸，為啥？」

伊雷文一面往櫃檯走，一面湊過去看利瑟爾手上的委託單。

和帶有顏色的石巨人比起來，白石巨人的難度明顯高出許多。綠石巨人的委託報酬果然比較低，不過階級相同這點讓他摸不著頭緒。

「這一定是不同國家的差異吧。」利瑟爾說。

「同一種魔物在每個國家還會不一樣？」

「不是，我說的是冒險者的差異。」

聽見劫爾詫異地問，利瑟爾先說了句「這只是我的猜測」，才繼續說下去：

「阿斯塔尼亞的魔法師比王都更少，所以我想，這個委託階級應該是以冒險者拿著屬性武器作戰的前提去劃分的。」

「喔——」

「所以才會這樣啊。」劫爾說。

原來如此，劫爾和伊雷文點點頭。

魔法和屬性武器比起來，前者的火力壓倒性地高出許多。不同於來到阿斯塔尼亞之後和其他魔法師聊過幾次的利瑟爾，劫爾和伊雷文對此沒什麼興趣，所以才沒想到這層因素吧。

就在他們排到櫃檯前方的隊伍當中的時候，發現熟悉的那位肌肉壯碩的公會職員難得沒有坐在委託受理窗口前，他面前和船上祭之前一樣豎著一面「迷宮品展覽窗口」的牌子。

「這麼說來，我們還沒去領回迷宮品呢。」

「說起來還有這麼回事。」

「我完全忘了欸。」

迷宮品對於冒險者來說本來是貴重的收入來源才對。

根本不可能隨便忘掉，但利瑟爾他們忘得一乾二淨。不，劫爾和伊雷文可能是真的忘記了，但平常鮮少遺忘事情的利瑟爾或許是潛意識當中有點想當作沒這回事吧。

話雖如此，既然想起來了，他們也不打算把迷宮品無償捐給公會。而且他們還有戰利品呢，利瑟爾探詢似地仰頭望向劫爾。

「窗口剛好空著，可以先過去一趟嗎？」

「嗯。」

也徵求過伊雷文的同意之後，利瑟爾於是暫且摺起委託單，改變了前進方向。

「喏。」劫爾說著伸出手，利瑟爾便將委託單交給他保管。這時職員對上了利瑟爾的視線，他放下環在胸前的雙臂，朝著櫃檯內側高聲喊道：

「喂，下一個是那三人組！裡面有個王冠對吧，先準備好啊！」

「原來這樣講就知道是誰了呀。」利瑟爾說。

「明明還有其他三人組的說。」伊雷文說。

利瑟爾有趣地笑著，站到了職員面前。

剛才回頭看向後方的職員，正面色凝重地瞪著手中的單子猛瞧。

「早安，職員先生。」

「早啊。你們是來領回迷宮品的沒錯吧？」

「是的。」

利瑟爾點頭答道，職員於是把幾張單子放在桌上，拿筆畫上橫線。

利瑟爾不著痕跡地看了一下，那是列出了迷宮品和持有冒險者的清單。整張單子幾乎都已經塗黑，看來大多數人都已經來領回自己的迷宮品了。

冒險者依靠每天的報酬勉強過活，能賣錢的東西越早拿到手上越好。

「你們的迷宮品是這個吧。」

職員接過了其他職員拿來的盒子，將它擺在桌上。

盒子似乎不能帶走，利瑟爾於是取出內容物，大致確認過後便直接把它收進腰包。這是因為公會不可能把迷宮品掉包，迷宮品各自擁有獨特的效果，並不是輕易可以掉包的東西。

「對了，我們應該還有一項迷宮品可以領取才對。」

「嗯？啊，原來是這麼回事。」

職員沙沙撫過自己下巴上的鬍髭，一臉瞭然的神情。

船上祭隔天，某隊伍要求他「把我們隊伍展出的迷宮品交給利瑟爾他們」的時候，職員已經大致知道發生什麼事了。看起來不熟悉賭博的利瑟爾姑且不提，為什麼那些冒險者就沒有注意到陪在利瑟爾兩側的人物不好惹呢？在緊要關頭這樣掉以輕心，他都想調降那些傢伙的冒險者階級了。

「你們等一下，我現在叫人準備。」

「高階冒險者果然不會耍賴，給得很乾脆呢。」

「賭輸了還找一堆藉口就算不上男人啦！」

職員說著哈哈大笑。不愧是阿斯塔尼亞的男人，利瑟爾也露出微笑。

雖然職員說得理所當然，但在其他國家即使是高階冒險者，恐怕還是有不願交出賭注的人吧。阿斯塔尼亞的冒險者們大多直來直往，不太擅長謀略，但思考方式無論好壞卻也都非常直爽坦蕩。

所以利瑟爾在這邊又顯得更加格格不入了，劫爾和伊雷文不約而同看向利瑟爾。

「不過還是讓我確認一下吧，請你們說出對方隊伍的名字。」

那確實是高價的迷宮品，公會總不能隨便把它交出去。

話雖如此，這次沒有任何起疑的空間，這真的只是型式上的確認而已。明明應該核對過雙方隊伍無誤就能了事，但職員等了多久都沒聽到答案，這是怎麼回事？他看向那三人。

「劫爾？」

「不知道。你呢？」

「我也不知道，不好意思。伊雷文呢？」

「我也不知欸。」

三人偏了偏頭、搖了搖頭、聳聳肩膀彼此確認，利瑟爾將手放在下顎，缺乏自信地開了口。

「應該是A階的隊伍。」

「是你們不知道隊伍名稱的意思嗎？」

職員一邊接過送來的賭注，一邊頭疼地想這到底該如何是好。

他壓根沒想過確認流程會在這麼基本的地方踢到鐵板。反正就是他們沒錯，不如直接交出去算了，但以職員的立場他還是想做個型式上的確認比較好。

「呃……隊伍成員的名字也可以喔，其中一個人的名字總講得出來吧。」

「我完全不知道他們的名字……啊，他們是五人隊伍，隊長的年紀大約是三十歲前半。」

「是一群超級自以為了不起的雜魚。」

「三人拿劍，一人拿弓，一人拿短劍。」

「這方面劫爾一看就知道了呢。」

當時明明沒有人把武器佩在腰間才對，利瑟爾佩服地說道。職員在一旁兀自苦惱，A階隊伍在整個公會裡也不多，而且連使用的武器都講出來了，這應該可以直接確定了吧？

就在這時，伊雷文忽然以指尖輕敲了敲利瑟爾的肩膀。

「？」

「喏。」

利瑟爾看向他，伊雷文以眼神示意他快看後面。

按著他的敦促，利瑟爾回過頭，看見冒險者們急急忙忙討論著什麼，還說「好了啦快點」，接著其中一人唰地舉起了一張板子：

『正解是「鄧克爾」！』

利瑟爾重新轉向職員，自信滿滿地說：

「是鄧克爾。」

不用說，從職員的角度也看得一清二楚。

倒不如說他從頭到尾看見了整個過程。隨著利瑟爾他們舉出該隊伍的各項特徵，冒險者們彷彿領會了什麼似地發出「啊……」的聲音，看他們三人一直說不出正解，那些冒險者在後頭急得坐立難安。

看見人家出事總想湊熱鬧就是阿斯塔尼亞國民的性格，但他們平常有這麼善良嗎？還懂得幫人解圍？職員見過冒險者們的素行，對此實在不由得感到疑惑，不過他也不是不懂他們的心情。

「這樣啊……」

他沒來由地覺得還想多看一點，這種心情驅使他再次提出問題，也可以說他輸給了自己的好奇心。

「……那是隊伍名稱嗎？還是你剛才說的那個隊長？」

利瑟爾再度回頭，看見冒險者們一同擺出閃閃發亮的「P」手勢。

職員心想，明明自己全都看見了，為什麼這些冒險者還是醞釀出那種偷偷打暗號告訴他答案的氣氛？而這時轉向他的，果然還是利瑟爾自信滿滿的表情：

「是隊伍名稱。」

「好啦，怎樣都好，拿去吧。」

職員放棄似地說道，利瑟爾於是露出微笑接過了那項迷宮品。

他朝著背後默默擊掌的冒險者們揮了揮手，重新低頭看著手上的瓶子。雖然是賭博贏得的戰利品，但廣義來說也可以算是他們自力取得的迷宮品吧。

換言之，這是利瑟爾第一次獲得符合冒險者風格的迷宮品。

「這是……酒嗎？」

他定睛端詳著瓶子上的標籤，看來是酒。

既然是迷宮品，應該不可能只是普通的酒才對，上頭貼的標籤卻顯示它是隨便走進哪一家店都會看到的、非常普及的麥酒。

知道這是酒，劫爾和伊雷文也興味盎然地打量那個瓶子。

「那個瓶子可以源源不絕倒出標籤上的那種酒，是每晚都要喝酒的冒險者夢寐以求的好貨啊。」

「嗄——這種酒就是便宜貨而已嘛，又沒多好喝。不過只想喝醉的話是很夠了啦。」

「總比派不上用場的裝備好吧。」

利瑟爾不能喝酒。

綠石巨人在迷宮「礦石樹森林」裡比較容易遇到。

迷宮裡的景色正如其名是一座森林，但仔細一看會發現，這裡的樹木、花草、岩石全都是由礦石構成的。葉片透薄而堅硬，樹幹有著樹皮的凹凸紋理，摸起來卻觸感光滑。

一彎上弦月高掛夜空，林木反射著月光，如此不可思議的光景，有人會說它夢幻，也有人會說它陰森吧。

「一大早就進入夜晚的迷宮，感覺有點奇妙呢。」

「這裡整天都是夜晚啊。」劫爾說。

前不久才看著即將升起的太陽，身體的時間感好像要亂掉了。

魔法陣散發著朦朧的光暈，證明劫爾已經攻略了這座迷宮，不用問也知道他肯定已經突破最深層了。三人一站上魔法陣，光芒便隨之增強，光點輕輕向上飄散。

「感覺會想睡覺欸。」

「睡啊？」

「我才不會睡咧。」

雖然不會在這裡睡著，不過今晚感覺會在奇怪的時間產生睡意呢。利瑟爾聽著劫爾他們的對話，一邊將飄浮半空的頭髮撥到耳後，一邊這麼想。

眨眼間，他們就來到了迷宮中層最中央的階層，也就是第十五層。森林型迷宮單一階層的面積較為寬廣，大多都是階層數較少的迷宮；這座迷宮的層數也偏少，總共三十層。

「那麼，我們出發吧。」

「隊長，那邊有陷阱喔。」

「嗯？謝謝你。」

沒想到踏出第一步就差點踩到陷阱，利瑟爾低頭往腳邊一看。

乍看之下沒有異狀，但仔細看會發現散落在地上的礦石之中有一塊顏色比較深。萬一踢到或踩到它應該會觸動什麼機關吧，以中層來說這陷阱有點陰險。

千萬不能大意。利瑟爾跨過那塊礦石，重新開始尋找石巨人。

「我還以為自己有辦法注意到大部分的陷阱了，但看來還差得遠呢。」

「沒差吧，大規模的陷阱你看得出來。」劫爾說。

「你是說，像之前隱藏房間的那個地洞之類的？」利瑟爾問。

「大侵襲。」

確實如此，利瑟爾點點頭。在他身邊，伊雷文毫不掩飾那一臉「咦——」的表情。

魔法大國撒路思的天才所引起的那場商業國重大危機，居然被他們囊括在陷阱裡面，沙德要是聽到了肯定會擺出厭惡到極點的表情使勁咋舌。

「那種我還有辦法注意到，但是，嗯……」

利瑟爾沉吟道，回想起至今在迷宮裡見過的陷阱。

若是與某人的意圖深切相關的陷阱，線索要多少就有多少。但是迷宮設下的陷阱沒有惡意也沒有目的，就這麼沒頭沒尾地設置在那裡，對他來說非常難以察覺，看來只有腳踏實地累積經驗一途了。

「喔，是礦石蜥蜴欸。」

「這種類型的魔物在這裡果然很多呢。」

他們漫無目的地在迷宮裡前進。

就在這時，幾隻巨大蜥蜴撥開礦石構成的草叢現身，牠們體表覆蓋著礦石，約有成人張開雙臂那麼大。那些魔物迅速往他們腳邊爬過來，三人於是架起武器。

他們面對中層的魔物鮮少陷入苦戰，順順利利地就擊敗了襲來的礦石蜥蜴，再度邁開腳步。

「感覺劍會變鈍欸……雖然也不是砍不下去啦。」

「你的劍刃特別薄，使ㄩ方式不對會變形啊。」劫爾說。
「我不會犯那種低級錯誤啦。」
劫爾和伊雷文的劍都是迷宮品，附有不壞和免研磨等等的加護。
既然如此，應該不用擔心損壞才對，對於刀劍武器完全是個門外漢的利瑟爾這麼想。不過兩個行家都這麼說了，肯定是有什麼損傷的可能性吧，而且平常劫爾他們也一向勤於保養武器——雖然他們之所以能夠長期使用同一把武器，除了那些加護以外，更重要的原因是他們本領夠精湛的關係。
利瑟爾讓一直飄浮在身邊的魔銃轉了一圈，興味盎然地聽著他們兩人的對話，不過在劫爾他們看來，魔銃才是完全教人摸不著頭緒的武器。
「啊，隊長，那邊！」
「是石巨人嗎？」
「感覺體型很大，應該是喔。」伊雷文回答。
現在他們從一開始用魔法陣傳送抵達的第十五層，來到了第十七層。
一路上一直沒遇到這次要找的石巨人，他們一邊與遭遇的其他魔物作戰一邊前進，這時伊雷文忽然轉向旁邊，伸手指向幽暗的森林深處。
一行人轉而往那個方向前進，隨著步伐啪嚓啪嚓地踏碎腳下礦石構成的草葉。
「體型應該和白石巨人差不多吧……聽起來有幾隻呢？」
「大概兩隻吧。」
「應該沒錯。」劫爾也說。

只聽聲音，還真虧他們分辨得出來。利瑟爾微微一笑，也跟著往聲音的方向側耳傾聽。

樹木的沙沙聲比迷宮外的森林更加響亮，礦石構成的葉片彼此碰撞的聲響不絕於耳。這聲音越來越大聲，如實傳達出有某種巨大的東西正在移動。

再加上冷不防傳來的、撼動內臟的重低音，轟隆、轟隆以一定的間隔逐漸逼近，其他魔物似乎也因此躲藏了起來。

「好大哦。」

「希望核心也一樣大啦。」

推開礦石構成的樹木、出現在一行人眼前的，是灰暗的翡翠色巨軀。

牠的體表宛如岩脈，混雜著未經冶煉的原石，身體並未反射月光，就像要將暗影籠罩在利瑟爾他們身上一般直逼而來。面對那必須抬頭仰望才看得見全貌的巨大魔物，利瑟爾他們卻一點也不慌張。

「高度大約是一隻四公尺、一隻五公尺吧。洞窟裡的石巨人也相當震撼，不過在沒有天花板的地方看起來又有不同的壓迫感呢。」

「你不是見過十公尺高的了？」

「那時候我站在城牆上呀，而且太大了反而缺乏實感。」

「我懂欸——」

利瑟爾讓魔銃飄浮在半空，露出微笑；劫爾邊嘆了口氣邊晃動劍尖，伊雷文則是旋轉著手中的雙劍。或許是將他們三人判斷為敵對者了，石巨人停下腳步，空洞的眼睛牢牢鎖定利瑟爾他們。

牠緩緩舉起拳頭，高得像要把月亮砸向他們一般，這是力量的化身，強大得彷彿足以破壞大地。三人並未因此慌了手腳，只是淡然向後退。
「所以咧，要怎麼辦？隊長你要用土魔法打嗎？」
「用魔法也不錯，不過我有點想試試魔銃呢。」
拳頭在他們眼前揮下，打碎了掉在地面的礦石，飛散的碎片反射月光，隱隱閃爍著細碎光芒。
「你不是說那是隨機的，你不太想用？」
「我想試試看它在實戰能發揮多少效用。石巨人夠堅硬，速度又慢，感覺是不錯的練習。」
兩隻石巨人搖撼著地面朝他們接近。
想試就試吧，劫爾舉劍邁步，逼近了其中一隻石巨人。如果想慢慢練習，一口氣留著兩隻想必會礙事，於是他揮劍往那石巨人的一隻腳上砍去。
砍在礦石上本來不可能見效的一閃成功造成傷害，石巨人失去了一隻腳，巨大的身軀往一邊傾斜。牠逐漸往地面倒下，依然不死心地伸出雙手想捏碎敵人，劫爾只是瞥了一眼便將牠的雙臂也一併斬斷。
接著，石巨人的頭顱終於來到了觸手可及的距離，劫爾高舉大劍往牠頭部砍下。
「真是精采。」
「就像在砍普通的東西欸。」
石巨人的身體往地面崩落，發出巨大岩塊接連砸落地面的聲響。

「劫爾，核心呢？」

「在這裡面某個地方吧。」

一方面也是因為從外表無法判斷核心位置的關係，先前劫爾華麗地把核心砍成了兩半，不過這次他應該會注意不傷到核心吧。利瑟爾就這麼把解體工作交給劫爾處理，重新面對剩下的那隻石巨人。

「隨機是啥意思啊，實際上會怎樣？」

「這個嘛……比方說地面隆起，或是把對方埋沒之類的……」

嗯嗯，站在他身邊的伊雷文架起雙劍，邊聽邊點頭。

這和他聽說過的土屬性魔法差不多，伊雷文也見過地面長出岩刺進行攻擊，或是用土壤埋沒對方、封住動作的魔法，雖然不是隨機的就是了。

「或是突然引發爆炸，把對方拖進地面之類的……」

這些比較少見，不過也不是不可能。魔法師在冒險者當中只佔少數，因此伊雷文沒有實際看過這類魔法，但只要是擁有土屬性資質的魔法師，這些應該都是可以辦到的範疇。

「或是出現奇怪的雕像之類的。」

「還會跑出奇怪的雕像喔?!」

突然冒出一個莫名其妙的效果，伊雷文忍不住大叫。

在一旁踩碎石巨人殘骸的劫爾，聽著他們的對話也一臉無奈。

「欸，是什麼樣的雕像啊？」

「這也是隨機的……啊，不過野營的時候我試了一下，結果出現了魔物的雕像，還有你們的雕像哦。」

「咦……那現在我的雕像也站在世界的某個地方喔？」

「這你不用擔心，我已經好好把它們破壞掉了。」

這好像還是讓伊雷文感到心情複雜。

眼見伊雷文露出一言難盡的表情，利瑟爾有趣地笑了，隨後將槍口轉向迫近到眼前的石巨人腳邊，準備開始應戰。土屬性的魔彈並非作用在對方身上，而是在土壤或岩石上引發反應，因此不適合直接朝著敵人攻擊。

他以魔力操縱扣下扳機，砰的一聲銳響在夜晚的森林中迴盪。

「牠轟隆一下突然就掉下去了欸。」

「地洞好像滿常出現的呢。」

結果，石巨人就保持著高舉手臂正要攻擊他們的姿勢消失在正下方的地洞裡。

利瑟爾和伊雷文緩緩探頭往那個工整的地洞裡看，發現洞是恰好能容納石巨人的大小，因此石巨人舉起的手臂也被卡在原位放不下來。

「這樣我們也沒辦法處理欸。」

「再擊出一發不知道有沒有辦法解決，像是正巧刺穿牠之類的……」

「啊——你是說地上長出岩爪之類的東西攻擊喔？」

「沒錯，類似那種東西。」

封住對方的動作，緊接著給予致命一擊，這不是很理想嗎？

利瑟爾讓魔銃飄浮到石巨人的正上方，瞄準幾乎被石巨人巨大的身軀擋住的地洞底部，然後擊發。地面轟隆隆地小幅搖動，說不定真的能順利解決牠呢，就在利瑟爾這麼期待的時候……

石巨人就這麼咻地回到了地面上。

「太危險啦！」

「哇……」

石巨人一直高舉著的手臂猛力朝他們揮下。

利瑟爾匆忙想避開，不過在他還來不及行動之前就被伊雷文拉著手臂躲開了攻擊。總覺得這一擊帶有恨意。

「結果根本不是攻擊啊！呃，雖然聽你說會跑出奇怪雕像的時候我就知道了啦！」

伊雷文深深理解了利瑟爾為什麼不在實戰中使用土屬性魔彈，他已經不知道該爆笑還是該嫌棄才好了。

「不，有時候它也是會打出正經效果的……啊，你看吧。」

「啊，真的欸。」

利瑟爾瞄準石巨人剛才砸下的拳頭周遭，地面便出現了銳利的岩石巨牙，穿刺了牠巨大的拳頭。眼見石巨人無法移動，利瑟爾趁著這個好機會將槍口轉向石巨人本體。

石巨人本身就像是巨大的岩石或土塊，土屬性魔彈打在牠身上可望造成直接傷害，無論出現什麼樣的效果應該都不會有差錯才對，於是利瑟爾灌注了數倍的魔力朝牠擊發。

「怎麼長出了超大的城堡啊？」

「啊，是我那邊的王城呢。很漂亮吧？」

「這要是出現在畫作裡感覺會競標出天價。」

長出了一個像是奇怪藝術作品的東西。

另一隻石巨人的核心似乎已經回收完畢，利瑟爾一面從走近的劫爾手中接過核心，一面望著石巨人背上凸出的精巧迷你城堡。在這裡度過的時光，已經漫長到足以對這座城堡感到懷念了嗎？正當利瑟爾感慨地這麼想的時候，石巨人背上的重量使得牠失去平衡倒了下來。

他看著劫爾毫不留情地踩碎牠的頭部，深深點頭。

「果然還是放棄在實戰使用土屬性魔彈好了。」

「明智的決定。」

在那之後，利瑟爾在側眼看著劫爾和伊雷文隨心所欲作戰的同時，非常正經又有效率地使出土屬性魔法打倒了石巨人。

不過偷偷告訴你，利瑟爾還是無法完全死心，因此趁著解體的時候悄悄把土屬性魔彈打到石巨人殘骸上，量產了好多個「超精細面癱比耶的劫爾雕像」和「超精細面癱雙手比耶的伊雷文雕像」……當然，核心都好好撿起來了。

他們順利繳交了一定數量的核心，這次的量沒有多到公會必須額外確認。

隨後他們三人回到旅店，各自度過這段自由時間之後，在晚餐時一同聚集在旅店的餐廳。桌上擺著他們剛拿到的迷宮品，也就是那個能夠無限倒出麥酒的酒瓶，事不宜遲，劫爾和伊雷文已經往自己的玻璃杯中倒了酒，又乾過好幾杯了。

不能喝酒的利瑟爾吃著煸炒菜餚配水，望著眼前這幅光景。

「好喝嗎？」

「普通吧。」

「味道也不算很差，感覺這東西留著沒啥損失啦。」

以劫爾他們的標準來說，這已經是不錯的讚美了。

無論倒了多少杯，瓶中的酒都沒有減少。酒瓶上貼的這種標籤，是利瑟爾每次造訪酒館時都看見漁夫和作業員一坐下來就先點的酒，聽說冰過才好喝，回溫之後味道就不好了。

利瑟爾試著摸了摸瓶子，確實冰得透涼，多虧他們一回到旅店就立刻跟旅店主人說了一聲，把酒瓶放進冰室裡。他們還告訴旅店主人，他想喝也可以隨時拿出來喝，但旅店主人聽了卻說「倒出來不會變少是怎樣，好恐怖……」所以他碰也沒碰。

「（大家都喝得這麼理所當然，我也——）」

所有人都理所當然地喝著這種酒，利瑟爾看了也沒來由地覺得自己也可以喝了。

在原本的世界他身處於貴族社會，口頭約定也不能當作兒戲，酒後失憶是要不得的大忌，因此他才克制自己不得碰酒；但是在這裡，稍微失去一小段記憶也不成問題吧。

他在常去的酒館碰見的那些作業員，也經常說他們一回神就發現自己躺在家裡了。

「我開始覺得自己好像能喝了。」

「咦，那隊長，來一口吧——」

「不行。」

劫爾理所當然地否決道，把酒瓶拿遠。宿醉確實也非常不舒服，利瑟爾於是乖乖放棄了。他又起一塊菜餚，遞給一臉惋惜的伊雷文，後者便開心地張開嘴巴一口吃了下去。

「人家都說味覺會突然轉變，如果我哪天也變得能喝酒就好了。」
大概不太可能吧，劫爾他們這麼想，不過沒說出口。

102

這裡是阿斯塔尼亞引以為傲的白牆王宮。

這座書庫位於王宮當中僅有少數人能夠涉足的深處，而直到最近，書庫裡才設置了桌椅。這是大多數人都無從得知的細微變化，卻重要得足以牽涉到許多阿斯塔尼亞人民。

利瑟爾坐在書庫裡的其中一張椅子上，以堪稱楷模的姿勢讀著書。

劫爾坐在他身邊，翻閱著利瑟爾替他挑好拿過來的書籍。在他們對面，亞林姆正專心致志地閱讀古代語言書籍，時不時動筆書寫些什麼。

每當亞林姆的筆尖偶爾苦惱地停頓下來，利瑟爾總會移開視線去確認。等到亞林姆翻譯到一個段落，利瑟爾忽然從書頁上抬起臉來，尋思般悠然偏了偏頭。劫爾見狀瞥了他一眼，隨後又興趣缺缺地將視線轉回手上的書本。

「差不多沒有問題了呢。」

沉穩的嗓音忽然在一片寂靜中響起，劫爾對此漠無反應。

亞林姆一聽卻停下了筆，緩緩抬起臉來，布料隨之發出窸窸窣窣的摩擦聲。

「是、嗎……？」

他喃喃說道，很清楚利瑟爾這句突如其來的話語意味著什麼。

利瑟爾為他開設的古代語言課程即將結束了。確實，他的古代語言程度要對話還有困難，不過文字方面除非內容特別艱澀，否則他都能讀懂，換言之已經足以打開「人魚公主洞窟」的那扇門，當初這門課的目的已經達成了。

既然如此，利瑟爾也就沒有義務繼續指導他了，不過亞林姆是否能夠二話不說接受這件事、坦然送走利瑟爾，那又是另一回事。

「老師，你想看的書、已經全部、讀完了嗎？」

「不，其實還沒有。」

眼見利瑟爾苦笑著這麼說，亞林姆緩緩放鬆了緊繃的肩膀。

想看的書就擺在眼前，絕沒有不讀它就直接離開的選項。談起書本他們是同類，這點兩人有所共識；這樣的話，亞林姆該做的事就只有一件。

他只要替利瑟爾準備接下來繼續造訪書庫的正當理由就行了。

「那麼，你可以繼續、自由使用這間書庫、喲。」

「可以嗎？」

「唔呵、呵……」

利瑟爾這麼問一定是故意的，亞林姆聽了不禁笑出聲來。

他該準備的「正當理由」唾手可得，利瑟爾已經自己準備好了。與其說是不勞煩亞林姆費心的那種謙虛，這反而更像一種溫和的命令，要求亞林姆在該用的時候使用這藉口。

不，使用與否仍然是亞林姆的自由。如果想要，那我要你主動求取——從中感受到這種意圖，也可能只是他優先考慮自己的願望、一廂情願的想像而已吧。

「因為我、不能把知道機密的人、隨便野放出去、呀。」

對方聽了露出褒獎般的微笑，他肯定沒有看錯。

亞林姆緩緩交握起安放在桌上的雙手，十指交叉，像是單純的習慣動作，同時又像是獻上某種事物的手勢。至於獻上的是什麼，他自己也不甚清楚。

生為王族，這本來是他註定一生不會懷抱的感受，他卻對此絲毫不抱疑問，這就已經是最好的解答了吧。

「沒想到您會說得這麼明白。」

「就算、說得再隱晦，老師也會、注意到呀。」

看見利瑟爾一臉意外，亞林姆加深了笑意。

機密，也就是這個國家的核心，構成魔鳥騎兵團的根本魔法。亞林姆本來就覺得奇怪，即使利瑟爾解明了這個魔法，特地把這件事告訴他的益處實在太少了……雖然利瑟爾這個人難以捉摸，如果說他這麼做只是為了對個答案，那也沒什麼好奇怪。

這應該也是一部分原因，不過最主要還是為了現在這一刻吧。利瑟爾料到他會在讀完想讀的書之前結束古代語言課程，因此為自己營造了名正言順到訪書庫的理由。

「啊，對了……」

利瑟爾一邊說著，忽然將手伸向一旁。

他按住劫爾正要翻動的頁面，一口氣往後翻了十幾頁，正好跳過一整個章節。應該是自己讀了也不會感興趣的部分吧，劫爾正確理解了利瑟爾的用意，從他翻過的頁面開始繼續讀下去。

「課程結束之後，終於可以拿到報酬了呢。」

「？老師，你如果、有什麼想要的東西，我可以、叫人準備哦。」

聽見利瑟爾毫不遮掩地這麼說，亞林姆在布幔當中不可思議地眨了一下眼睛。

因為利瑟爾雖然不像是願意無償行動的人，但也不像是刻意要求回報的那種人。看見亞林姆的反應，利瑟爾有趣地笑著闔上手邊的書本。

「不是的，我是說公會的報酬。」

「公會……啊，你指的是，提供情報的、報酬？」

這麼說來，冒險者確實有這樣的制度，亞林姆也點了點頭。

由於利瑟爾看起來不像冒險者的關係，他完全忘了這回事，不過冒險者提供情報的確可以從公會那邊拿到與情報重要程度相應的報酬。雖然事到如今他才想起來，不過應該是因為授課花費的時間和心力也屬於計算報酬的考量之一，所以才暫時沒有發放吧。

這次公會想必會支付利瑟爾相當可觀的報酬。亞林姆這麼想著，露出淺淺的笑容，而在他面前，利瑟爾忽然看向劫爾問：

「劫爾，報酬應該都是金錢對吧？」

「除此之外沒聽過其他的。」

「我想也是。該怎麼辦呢……這次畢竟是特殊案例，不知道公會願不願意給予金錢以外的報酬呢？」

依舊面向著劫爾，利瑟爾惡作劇般的眼神望進亞林姆掩蓋在布料之下的眼睛：

「比方說，這座書庫的使用權之類的。」

「……嗯，咦？」

畢竟也已經獲得殿下許可了，利瑟爾高興地這麼說著，亞林姆見狀偏了偏頭。

這件事剛才已經解決了才對。有亞林姆的許可就夠了，還有什麼必要把公會也捲進來呢？彷彿看穿了他的疑問，利瑟爾輕描淡寫地說：

「若是有什麼麻煩事可以交給公會處理，所以我才想和公會交涉，看能不能把書庫的使用權當作報酬。」

原來如此，亞林姆點點頭。

對於亞林姆來說，只要利瑟爾還會造訪這座書庫，麻煩事也不會落在利瑟爾身上，其他的他都無所謂。對於公會而言，這提案也不壞吧。

「而且……」

就在亞林姆這麼想的時候，利瑟爾轉向他的眼神讓他不禁微微瞠大雙眼。

那對紫水晶般的眼睛甚至令人感到甜美，高貴的色澤在其中若隱若現，眼眸勾勒出笑意的過程看在他眼裡顯得格外緩慢。

「要是輕易讓冒險者進入王宮，會對殿下您的立場不利的。」

亞林姆靜靜深吸了一口氣，然後緩緩呼了出來。

利瑟爾要想使用王宮的書庫，方法恐怕是要多少就有多少，大可不必揭露那項機密……但他卻選擇了這個方法。利瑟爾準備的正當理由不是為了他自己。

「唔、呵呵。老師，你真、溫柔。」

「很少有人這麼說我呢。」

利瑟爾苦笑著說道。亞林姆解開自己交握的雙手，收回布料當中。

我知道，亞林姆在內心低喃。他很清楚利瑟爾不只是個無條件展現溫柔的人，正因如此，利瑟爾給予的溫柔才如此撼動他的內心。

他低頭看著收進布幔當中的雙手，緩緩握拳再張開，重複幾次之後，差點起了波瀾的情緒便輕易恢復了平靜。他一面對此感到有點惋惜，一面露出了笑容。

「你願意覺得、這間書庫有解明機密的價值，我很高興、喲。」

其他人總是不明白這間書庫的價值，亞林姆聳聳肩這麼說。利瑟爾聽了有趣地笑了，看見他那種極有同感的笑法，事不關己的劫爾也忍不住在內心碎念「這裡有兩個書痴」。

「雖說解明了那個魔法，但也不能說完全是我自力解開的。」

「老師就算自力解開它，我也不意外、喲。」

「是真的。」

利瑟爾總說自己「常常受到過高的評價而感到困擾」，說得好像真的深感困擾的樣子，但亞林姆和劫爾都完全不覺得這評價言過其實，有什麼辦法呢。

「您看，魔鳥騎兵團廣義上來說，也算是一種魔物使吧？」

「是、呀。」

「見識過了享有『魔物使最高峰』盛名的人的傑作，在解明魔法的時候還是相當有參考價值的。」

利瑟爾帶著溫煦的微笑這麼說，亞林姆聽了稍微思考了一下，隨後點點頭。

根據納赫斯的報告，國家高層已經掌握了商業國大侵襲背後有幕後主使者一事。雖然不知道利瑟爾與這件事有什麼樣的牽連，不過想必是相當接近這場騷動的核心，以至於他能夠接觸到魔物使的神髓吧。

「啊，你是說、那個人呀。他寫的研究書籍，很有趣、呢。」

「很難閱讀呢。」

「真的、很難讀。」

雖然快活地笑著這麼說，不過他們倆都準確無誤地明白那人是個天才。

魔法大國撒路思最有名的魔法師，魔法技術的開拓者……他的這些別稱絕非虛有其名，若非如此，他也不可能開發出如此大規模操縱魔物的技術。

「老師，你見到他了、吧？是什麼樣、的人？」

「這個嘛……和他的研究書給人的印象一致。」

「那我、大概、沒興趣。」

亞林姆也是個重度書痴，只要說是與著作的印象一致，那某種程度他也能想像作者是什麼樣的人。

亞林姆靜靜撥開布料，褐色的手腕探過去拿筆。本來想那是和利瑟爾有所關聯的人，他才會問問看，不過他果然還是對那人缺乏興趣……雖然那些研究書籍的內容確實相當有意思。

然而，他的手還沒握起筆，就因為利瑟爾下一秒的發言而停下了動作。

「最後看見他是血肉模糊的樣子，所以還是這方面的印象比較強烈……」

「……血肉模糊？」

「是的，伊雷文不小心做得太過火了。」

這發言從利瑟爾那張高潔沉穩的臉龐說出來顯得有點太過血腥，不過亞林姆聽了倒是意會過來。
伊雷文在利瑟爾面前應該會克制過分殘暴的行為才對，如果他把對方蹂躪到那個程度，那一定是發生了什麼讓他相當不悅的事，不難想像大概是對方對利瑟爾出了手。若是這樣，那事情演變至此也沒有辦法，亞林姆很自然地這麼想。
但是，他很好奇究竟發生了什麼事。就算對方再怎麼享有天才的盛名，他也無法想像利瑟爾跟對方對峙的時候會陷入苦戰。
「老師，他對你、做了什麼嗎？」
「該說是做了什麼嗎……」
利瑟爾往身邊瞥了一眼，看見劫爾揶揄似地瞇細雙眼，他於是露出苦笑。
「我稍微被他操縱了一下子。」
亞林姆臉上頓時沒了表情。

冒險者公會裡彌漫著午後悠閒的氣氛，資歷老到、肌肉壯碩的職員正面對著那位沉穩男子，忍不住望向遠方。
這人渾身上下毫無保留地帶著高潔的氛圍，舉手投足氣質優雅，但跟他互動過會發現他出乎意料地容易親近。受到這種氣質影響，許多冒險者在跟他說話的時候也會變得比較有規矩。
但是為什麼呢？他給公會帶來的衝擊，卻遠比那些在外面大鬧的問題人物更大。
「事情就是這樣，所以我想要王宮書庫的使用權。」

而且他帶來的衝擊不僅不會造成危害，反而還對公會有益。與國家之間的這項交涉不可能決裂，是釋出善意的絕佳機會；不至於過度干涉，同時還附帶了不必支付高額情報獎金的好處，職員只能望向遠方了。

「你做事意外的不留情面啊……」

「剛剛才有人說我溫柔呢。」

真失禮，利瑟爾一臉遺憾，職員則是苦惱地摸了摸自己的光頭。

該怎麼說呢，利瑟爾的體貼是非常不留情面的。他將「對方懂得善用自己給予的好機會」視為理所當然的前提，以考驗般的方式給人機會；如果有人說利瑟爾溫柔，那一定是在這種條件下還有辦法輕易活用這些機會的人吧。

看見人家送到眼前的好機會，還無法坦率地感到高興，是自己太不知足了嗎？不，想到接下來整間公會上上下下都會忙得雞飛狗跳，職員想要主張這是自己正當的權利。

「那就麻煩你們了，我很期待這次的報酬哦。」

那人粲然一笑，想必壓根沒想過遭到拒絕的可能性。

事實上，從公會的角度來看，這也不是拒不拒絕的問題，而是他們沒有權力拒絕，所以利瑟爾這種態度也是當然的吧。第二親王本人都已經同意了，公會是不可能拒絕的，而且他們也沒有拒絕的打算。

公會對此並不覺得麻煩；假如公會嫌麻煩，想必利瑟爾打從一開始就不會跟他們這麼提議了。每一次這位不像冒險者的冒險者又做出什麼不得了的大事，樂在其中的可是職員自己啊。

當初不擅長應付利瑟爾的感覺早已消失無蹤，職員邊說著「哎呀哎呀」邊環起雙臂，看著那男子與等在一旁的黑色背影一道離開，提高音量朝他說：

「你要幹什麼至少提前講一聲吧，不然我們沒辦法幫你的忙啊！」

利瑟爾回過頭來，高興地朝他笑了笑，接著消失在大門的另一側。

好了，得立刻把這件事告訴公會長才行。職員目送利瑟爾離去之後，把櫃檯工作交給附近的其他職員處理，便朝著公會深處走去。

「劫爾，你接下來有什麼計畫嗎？」

「想去採買需要的東西。」

「我可以跟你一起去嗎？」

「嗯。」

冒險者就是個需要採買、販賣各種東西的職業。

利瑟爾他們已經算是不太會缺乏物資的冒險者了，不過還是有些必須的消耗品。他們三人都持有空間魔法腰包，算是相當特殊的例外，不過既然都組成了隊伍，每個人各自準備不同的道具也就可以互相幫助了吧。利瑟爾會把消耗品交給冒險者資歷比較豐富的劫爾他們準備，自己則時常負責張羅不同狀況所需的道具，例如採集元素精靈水的瓶子。

「最近又變得有點熱了呢。」

「你穿成那樣，看起來滿熱的啊。」

「穿得一身黑的劫爾沒有資格說我。這件衣服的布料已經偏薄了。」

與其說利瑟爾不喜歡裸露肌膚，應該說他不習慣，他連短袖的衣服都不穿。因此在氣候溫暖的阿斯塔尼亞不容易買到他想穿的衣服，現在身上這件休閒服也是先前在王都買的，剪裁雖然寬鬆，不過只有頸部和手腕多裸露了一些而已。穿成這樣看起來還不熱，或許是利瑟爾的氣質使然吧。

「如果有像裝備一樣舒適的衣服……啊，也可以準備素材去找匠人訂做呢。」

「別吧。」

用最上級素材製作的普通襯衫。

確實是質料輕盈，不悶熱又抗寒，但這和裝備有什麼不一樣？匠人要是接到這種訂製要求，一定也不曉得該高興有人願意把最上級素材託付給自己，還是該生氣對方只叫他做件休閒服才好了吧。

「這樣你也會比較涼快，我還覺得是個好點子呢。」

利瑟爾惋惜地這麼說道，隨後以自然的動作眨了一下眼睛。

下一秒，一陣風挾帶著細小的水沫吹過他們兩人行走的街道，恰好冷卻了日照曝曬下的身體，舒適怡人，路上的行人們紛紛歡呼，好奇地問這是怎麼回事。

眾人愉快地討論著這一瞬間發生的事情，劫爾一面走過他們身邊，一面無奈地開了口。

「別把魔法用在奇怪的地方。」

「會嗎？我覺得用在這裡非常有意義呀。」

利瑟爾有趣地瞇細眼睛笑著說道，看見劫爾朝自己眼前伸出一隻手掌。

預期那隻手會拍上自己的額頭，利瑟爾垂下視線，卻沒有遭遇預料之中的攻擊，那隻手只是撩起了他的瀏海。指甲搔過額頭的觸感有點癢，就在利瑟爾眨著眼睛的時候，在水沫之中稍微貼在肌膚上的瀏海便被撥到視野之外了。

是剛才為他減輕暑氣的謝禮吧。眼見劫爾把手移開，利瑟爾於是道了謝，然後問他：

「你決定好要去哪一家店了嗎？」

「隨便找一家就行了吧。」

「那我有間想去的店。」

隨你高興，劫爾點了頭。利瑟爾確認過他的回應，於是開始沿著記憶中的路線走。

先來到港口，沿著海岸走一小段路，然後再轉進市區。劫爾應該也有印象，先前因薩伊來訪阿斯塔尼亞，用爺爺疼孫子的心情滿足了利瑟爾他們不懂自重的要求的時候，曾經帶著他們一起來過這一帶。

在阿斯塔尼亞，充滿開放感的木造建築物佔了大半，這一帶卻林立著厚重沉穩的石砌建築。這裡就是商會大街，雖然沒有王都中心街那種令人難以涉足的高級感，卻有著蓬勃的朝氣。

「先前我聽商人小姐說，這裡也有販賣冒險者用品的商店。她說這裡的商品很齊全，但消耗品是她賣的比較便宜，所以叫我不要來。」

「你這不是來了嗎。」

「我的主要目標不是那家店呀。」

意思是他打算等劫爾買完東西，再轉往主要的目的地。

劫爾只要買得到需要的東西，在哪一家商店購買都無所謂，他們二人於是看著各式各樣的熱鬧商店，並肩走在街上。

「先前和因薩伊爺爺一起來的時候很驚人呢，店家的代表一個接一個出來接待我們。」

「他再怎麼說也是貿易霸主啊。」

商業國首屈一指的貿易巨擘可不是虛有其名。

到了最後，旁人甚至給了利瑟爾「富商也要親自為他導覽的上流貴族」的頭銜，再加上他們三人想要什麼因薩伊都買給他們，更是加重了大家的誤會，誤解一連持續了好幾天，不過他們本人並不知情。

「啊，大概就是這裡了。」

看見店門口懸掛的招牌，利瑟爾停下了腳步。

那間商店位於從港口走來立刻就能到達的地方，生意非常興隆。既然優質商品齊全，這裡的價格勢必也比較高，原以為來店的應該是高階冒險者比較多，沒想到也不完全是這樣。品質優良的道具對於自身安全有直接影響，想必有不少冒險者覺得其他錢可以省，但道具一定要用好貨吧。

「你沒有東西要買？」

「如果看到想買的東西再說吧。」

一走進店內，以顧客身分來店的眾多冒險者紛紛朝他們看了過來。

這傢伙來做什麼的？不對，他是冒險者喔。利瑟爾毫不介意這些目光，逕自走向附近的貨架，看了看用途不明的面具，接著忽然回頭看向正在環顧店內的劫爾。

「對了，你是來買什麼的？」

「驅逐魔物的東西。」

冒險者用來驅逐魔物的道具，即使用了也無法保證絕對不會遇上魔物。不過還是有一定程度的效果，至少能讓魔物不想靠近。先不提四處走動的時候，休息和野營的時候這些道具可是相當實用。劫爾有時連夜晚也照樣繼續攻略迷宮，小睡的時候希望不受打擾，也常常使用驅逐魔物的道具。

當然，他在野營的時候也會使用，因此利瑟爾也見過。不知道放在哪裡呢？在附近的貨架沒看見類似的道具，於是利瑟爾也跟著一起尋找。

「劫爾使用的，是那種像薰香蠟燭一樣的道具吧？」

「不要用那種娘娘腔的方式形容。」

劫爾皺起臉這麼說，看得利瑟爾有趣地笑了，他一面避開站著瀏覽商品的冒險者們，一面走過貨架前方。

劫爾所使用的是瓶子裡灌注了蠟的道具，點火之後蠟會一點一點融解，並釋放出驅逐魔物的香氣，因此利瑟爾所說的薰香蠟燭也絕沒有錯。

「伊雷文使用的那種比較特別呢，木條編成的球裡面塞了草，往裡面放入火種，散發出煙霧的那種……啊，不過他的老家是不是也掛著同樣的道具，只是尺寸特別大？」

「真虧你還記得。」

找到排列著驅逐魔物用道具的貨架，二人停下了腳步。

雖然一言以蔽之都是用來驅逐魔物，道具的種類卻是五花八門，有劫爾使用的蠟燭型、線香型，還有依靠魔力或聲音讓魔物遠離的魔道具。基本上魔道具的效果比較好，不過價格高昂，加上必須耗費許多魔力，因此少有冒險者使用。
「啊，劫爾用的是這種對吧。」
「嗯。」
劫爾平常使用的，是貨架上擺了最多、最典型的那種驅逐道具。
除此之外明明還有各種不同種類，劫爾卻毫不遲疑地拿起三個那種道具，直接走去結帳。與其說是試過各種道具的結果，他應該是認為挑最普遍的款式絕對不會錯的那種類型。
偶爾試試看不一樣的也不錯呀，利瑟爾邊想邊將頭髮撥到耳後，低頭看起其他的驅逐道具來。雖然劫爾他們不在身邊的時候，他也不打算在可能遭遇魔物襲擊的危險區域休息，不過買一個備用也不錯吧。
「（這個……是什麼味道呢？）」
利瑟爾拿起細棒狀像線香一樣的驅逐道具，聞了聞它的味道。
不曉得是沒有點燃的關係，還是人類聞不到這種香味，只有一點點淡薄的藥味傳入鼻腔。看來這種道具並不是用偏好哪一種香氣來挑選。
「嗯？」
掛在牆上的驅逐魔物道具不經意映入眼簾。
利瑟爾的反應，是因為這種道具很眼熟。用細木條編成有網目的球狀容器，裡面塞著乾燥的某種香草或藥草，容器上綁著繩子，吊在掛鉤底下。
利瑟爾將它拿在手中低頭端詳，果然很像伊雷文用來驅逐魔物的那種道具。
「（是阿斯塔尼亞特有的道具嗎……但是在其他店裡從來沒有……）」

「喂，走了。」

「啊，好的。」

劫爾結完帳回來，喊了他一聲，中斷了他的思緒。

這方面感覺伊雷文很清楚，之後再問他就好了吧。利瑟爾一邊想著，正要轉過腳跟折返，這時正好有新的顧客上門。聽見店門打開的聲響，利瑟爾漫不經心地朝那裡看了一眼，出現在門口的人物卻讓他眨了眨眼睛。

「久久來一次這種熱鬧的地方真好，都到了這種年紀，還是好多東西看了都想買……哎呀？」

那是位妙齡女子，在販賣冒險者用品的商店裡可是稀客。

明亮的栗色頭髮，眼尾略往上吊，眼神強勢好勝。年紀看上去二十幾歲，與其說她可愛倒不如說是美人，具有阿斯塔尼亞女性典型的活潑爽朗。唯一與外貌不符的是她有著女人經過歲月洗鍊的穩重氣質，使得她看上去又更添魅力。

冒險者們見獵心喜地騷動起來，紛紛露出別有用心的笑容，交頭接耳地討論要不要去跟這美女搭話。她就在眾人眼前擦了擦汗，耳環隨之搖晃，額頭上的鱗片反射出霧啞的光。

這時候，她對上了利瑟爾的視線。

「哎呀哎呀哎呀這是怎麼啦？好久不見了，你們都好嗎？有沒有好好吃飯呀？你長得這麼高卻看起來很瘦啊，上次食物也幾乎都被我們家那孩子吃光了，你沒吃到什麼東西對吧？阿姨好擔心啊！」

她驚訝地張開嘴，接著氣勢洶洶地靠了過來，看得利瑟爾瞇起眼睛，笑著張開雙唇說：

「好久不見了，伊雷文的母親。」

「我們家孩子沒有給你們添麻煩吧？」

「沒有的，他很乖巧，現在也過得很好哦。」

周遭的冒險者聽了目瞪口呆。

無論是美女連珠炮似地跟利瑟爾搭話，還是利瑟爾口中說出的「母親」一詞都讓他們傻在原地。在場幾乎所有人都想起某位蛇族獸人，在腦海中把他跟眼前這位女性並排在一起，但怎麼看都只像姊弟。原本想跟美女搭話的年輕冒險者們紛紛見識到世道有多無情而癱倒在地。

在這種狀況下，利瑟爾他們的對話氣氛仍然無比和煦。

「總覺得最近常常有人說起我的體格呢。」

「畢竟你變瘦了一點啊。」劫爾說。

「咦？」

「從國外來到阿斯塔尼亞的人好像經常有這種情況呢，不用擔心，只要三餐都好好吃飯自然就會恢復了！你有沒有好好吃肉呀？只吃魚是不行的喲，要不要阿姨煮點什麼料理給你吃呀？」

原來是這樣，利瑟爾摸了摸自己的腹部。

由於氣候溫暖，自己的食欲好像也確實稍微降低了一點。三餐還是有吃到一定的量，事實上他的身體並沒有出狀況，也不曾感受到體力下降，因此從來沒有注意到這件事。

一方面也是因為來到阿斯塔尼亞之後，就像伊雷文的母親所說，他魚吃得比肉更多的關係吧。森林裡狩獵取得的肉也非常美味，不過這裡新鮮的海產在其他地方吃不到，因此總是忍不住想吃魚。

「這樣的話，劫爾應該也……」

話說到一半，利瑟爾立刻撤回前言。

「你無論走到哪裡都只吃肉類料理，沒有改變呢。」

「這麼熱，不吃怎麼活動？」

「男孩子這樣正好喲。嘿咻……」

伊雷文的母親快活地笑了，然後把肩膀上扛著的大包行李放到地板上。

「不好意思，讓您這樣拿著東西說話……」

「沒關係呀，裡面也沒裝什麼大不了的東西。」

聽見利瑟爾道歉，她不以為意地將布包打開給他看。

包包裡裝得滿滿的，能夠輕鬆背著它走上半天來到這裡，不愧是蛇族獸人。

「你看，我是要把這些東西帶來。」

包包裡塞滿了剛才掛在牆上的那種驅逐魔物用的道具。

「我會把自己做的這種驅逐魔物用的香賣給這家店。很感謝的是賣得好像還算不錯，我到這裡來玩還可以順便賺點零用錢，算是我的興趣啦。」

利瑟爾點點頭說「原來如此」，同時明白了這是怎麼回事。

先前帶著利瑟爾他們回老家的時候，伊雷文是循著驅逐魔物的香氣走，完全排除了其他人使用這種焚香的可能性。獨一無二的香氣，一方面也是為了替頻繁迷路的丈夫指路吧。

「製作用了什麼樣的材料，果然是不能透露的機密嗎？」

「哎呀，涅魯弗應該知道才對，你去問他吧。那孩子要離家的時候我告訴過他的，如果他沒忘記的話……」

那孩子應該沒忘吧，真是的，她嘟著嘴這麼說。

她一定不知道伊雷文現在還在使用同一種焚香吧。這種焚香是消耗品，能夠一直使用到現在，背後的意思不言而喻，利瑟爾露出微笑想道。劫爾的反應和他相反，覺得「那傢伙在這種地方總會裝乖」，平時素行太惡劣就會招致這種風評。

「對了，先前我遇到了伊雷文的父親，但那時不確定是不是他本人，因此沒有打到招呼……」

「哎呀真是的，不用介意這種事情呀。」

伊雷文的母親揮揮手，接著忽然想起什麼似地將手扠在腰上說：

「這麼說來，之前他也說過有個氣質很高雅的孩子替他指了路，不如說我們才應該跟你道謝呢。」

沒有失了禮數就好，利瑟爾也露出微笑。

就在這時候，店長過來叫她了，聊太久也不好，雙方於是結束了對話。伊雷文的母親重新把東西扛到肩膀上，這次果然也發出了「嘿咻」一聲。

「我把旅店的位置告訴您吧，雖然不知道伊雷文今天在不在旅店，不過您願意的話可以到那邊去看看。」

「哎呀，回程我一定要過去一趟，謝謝你。」

看來她進城果然不是特別為了見兒子一面，但有機會見到面還是很開心吧。她臉上綻放的笑容十分溫柔，完全是位母親的神情，讓人忘卻了她外貌看起來有多麼年輕。

劫爾買完了東西，接下來他們前往利瑟爾的目的地。

他們兩人來到一間餐廳，那是先前利瑟爾在酒館聽同桌作業員提到的，「吃得到去除毒素後的毒魚」的餐廳。

二人在位子上坐下，品嘗服務生端來的魚肉料理。並不算特別美味，不過還滿好吃的。

「我應該也點些肉類比較好嗎？」

「你想吃什麼就吃什麼啊。」

劫爾無奈地咬上魚肉。

雖然在伊雷文的母親面前沒有多提這件事，不過利瑟爾還是有點介意吧。利瑟爾想必是希望成為看起來像個冒險者的人，但在劫爾看來，只要不要孱弱到奄奄一息就好了。

哎，同為男人他也不是不懂這種心情，可是利瑟爾這張臉要是練出壯碩的肌肉，看起來未免太突兀了吧。劫爾邊把炸毒魚塊拋進口中，一邊打量利瑟爾。

注意到他的視線，利瑟爾忽然看向劫爾喝乾的玻璃杯，接著拿起了擺在桌上的酒瓶。這是當地出產的清酒，辛辣的酒配上鮮魚料理非常對味。

「劫爾。」

「嗯。」

劫爾覺得自己斟酒就夠了，不過還是什麼也沒說，直接將自己的玻璃杯遞了過去。

這男人不可能知道如何替人服務才對，不曉得是從哪裡學到這種知識的。劫爾第一次讓利瑟爾幫他斟酒是在王都的旅店，利瑟爾自己不能喝酒，但時不時會陪他晚酌，那次也一樣，利瑟爾以非常生澀的動作替他倒了酒。

當時劫爾不禁僵在原地，不過既然利瑟爾本人想倒，劫爾就隨他去，後來也就慢慢習慣了。儘管他現在還是發自內心覺得利瑟爾不適合做這種事，不過並不討厭。

「話說回來，真虧你有辦法為了書做到那種地步。」

「你是說書庫的事情嗎？那麼有魅力的地方可不多見呢。」

「你老家不是也有書庫？」

「那邊的書我幾乎都讀完了呀。」

那座位於原本的世界，擁有「大圖書館」別稱的公爵家書庫。

它的建築物本身就如同一座美麗的高塔，光看外型已經相當壯觀，再加上地下還排列著數量龐大的書架，藏書量多得無法估算。

劫爾也聽他提過幾次，從小開始到底該怎麼廢寢忘食地讀，才有辦法把那些書讀完？附帶一提，利瑟爾認真起來，閱讀速度算是相當快的。

「阿斯塔尼亞的書本以故事居多，不過王宮的書庫裡收藏著從群島引進的書籍，非常有意思哦。」

「這樣啊。」

「我以前也說過吧？有一本書講的是從古代語言還被廣泛使用的時代就已經存在的，以戰鬥為核心的民族。可能是把口頭流傳的故事收集成書的關係，算是比較新的書籍……」

透明的酒液在玻璃杯中晃蕩，劫爾喝了一口，點頭表示他在聽。

進入這種狀態的利瑟爾，除非旁人主動打斷他，否則話匣子是關不起來的。不過看見他說得興高采烈的模樣，劫爾也無意打岔，於是揚起一笑，聽著利瑟爾沉穩的聲嗓給予同意的回應。

順帶一提，同一時間……

不知該說運氣好還是不好，伊雷文正在旅店遭受母親突襲。

「媽，妳怎麼在這？啊，來賣東西喔？」

「涅魯弗！旅店的人一定很照顧你吧？我買了伴手禮來，先幫你送給老闆哦。真是的，你食量這麼大，幫你準備吃的一定很辛苦……哎呀，你就是旅店的老闆呀，這孩子這麼讓人費心，一定給你們店裡添了很多麻煩吧？」

「咦，怎麼了，這啥？啊，謝謝……不對這是怎麼回事?!您哪位?!」

「今天媽媽煮晚餐給你吃，我還去買了一堆食材準備做你喜歡的料理……啊，你要記得拿給你們隊長吃！媽媽會煮很多起來放，你不可以一口氣吃光哦。」

「啊，原來妳遇到隊長了喔。」

「不好意思啦老闆，稍微跟你借一下廚房哦。」

「啊，好的，廚房在那邊…………媽媽?!不是姊姊?!」

103

在來到另一個世界之前，利瑟爾從來沒有自己修過指甲。

畢竟他身分高貴，整裝打扮全部都交由周遭的隨從負責。一邊看書的時候就有人一邊替他打磨指甲，他從來沒有在發現指甲長長之後才去找銼刀的經驗。

因此，來到這一邊之後初次感覺到有必要修剪指甲的時候，他還跑去問劫爾到底該去買銼刀就好，還是有其他修剪方法。一方面也是因為當初他們締結的契約當中包含了這類知識的傳授，劫爾儘管一臉無奈，還是會告訴他各式各樣的事情。

劫爾只要接下一項工作就會好好盡到職責，不過有時候他還是會在一旁看好戲，或是嫌麻煩放任不管，結果也就造就了現在的利瑟爾。

『劫爾，現在方便打擾嗎？』

『怎樣？』

去問劫爾的時候，利瑟爾正好看見他在修指甲。

劫爾坐在椅子上，地上有個木製的垃圾桶夾在他雙腿之間。他一隻手隨意擺在垃圾桶上方，另一手握著一把小刀，看也不看手邊的動作就能持續順暢地削下指甲。

原來如此，利瑟爾點點頭，改變了他原本準備好的提問內容：

『這種小刀在哪裡買得到？』

『慢著。』

多虧劫爾一瞬間就領略了一切，利瑟爾順利取得了磨指甲用的銼刀。

當時他的貴族氣質尚未淡化，去到店裡的時候店員以隨時都要對他下跪的氣勢為他奉上了一把玻璃製的銼刀，至今它仍然是利瑟爾的愛用銼刀……先不提現在他是不是真的沒有貴族氣質了。

剛開始使用的時候他會嘎沙嘎沙地用力去磨，也曾經磨到指甲缺角或削磨得太短，不過現在已經能夠修整得非常美觀了。在原本的世界，修整指甲之前、之後都還有各式各樣的步驟，不過自己修指甲不會想做到那個地步。

「嗯。」

利瑟爾低頭審視修整完畢的指甲，帶著成就感點點頭。

伊雷文喜歡幫他修指甲，所以最近這方面他常常交給伊雷文打點，看來他自己磨指甲的功力沒有因此退步。伊雷文手巧，總是替他修整出完美的甲形，他只要順著原本的形狀打磨就可以了。

雖然不知道伊雷文為什麼想幫他修指甲，不過這樣樂得輕鬆，利瑟爾也不曾特別拒絕。

「接下來是……」

利瑟爾將指甲銼刀放在桌上，目光轉向攤開的書本。

他一臉認真地仔細讀著那本《寫給超菜初學者的料理讀本～煮咖哩想失敗還比較難～》，現在正在進行第一頁的「開始烹調之前的準備」。

「先把指甲剪短」這一項已經達成了，接下來是下個步驟。

「『把頭髮綁起來』……」

嗯，利瑟爾掏了掏腰包，取出一條繩子。

他撩起覆在後頸的頭髮，以熟練的動作將之紮成一束。這麼一來頸部比較涼快，因此他在阿斯塔尼亞時常綁成這種髮型。

「好了。」

這本書他已經大致讀過一遍，此刻把為了確認而翻開的書本闔上。

利瑟爾把書和銼刀一起收進腰包，站起身將包包繫上腰間。接下來就只要買齊實際上烹調需要的東西而已了，畢竟他身上根本沒有半樣食材。

最重要的是，他還沒有準備做料理最不可或缺的那樣東西。

「（圍裙在哪裡買得到呢……）」

利瑟爾總是想從形式上開始著手。

那間商店開在距離港口不遠的地方。

經過商店前方總會聞到一股獨特的香味，勾起人們的食欲，有時候也會讓人打噴嚏。假如路過的是家庭主婦，說不定會立刻決定今天晚餐的菜色。

這是一間販售各式各樣香料的商店，在整個阿斯塔尼亞做這種生意的店鋪也為數不多，此刻利瑟爾踏入了那家店門。

「納赫斯先生。」

「嗯？」

下一秒就在店裡見到了熟面孔，利瑟爾意外地眨了眨眼睛。

雖然不覺得納赫斯不可能來到這種商店，但利瑟爾沒想到會在這裡遇見他；納赫斯大概也這麼想，轉向利瑟爾的臉上滿是驚訝。他今天穿便服，看來沒在值勤。

「是貴客啊，真巧。」

「你好。來買東西嗎？」

「是啊，有一些非買不可的東西。」

看見利瑟爾面帶微笑走近，納赫斯舉起手上的花朵給他看。

就在納赫斯身邊擺著同樣的花，像花店那樣插在瓶裡，看來不是裝飾用，而是店裡的商品吧。低頭往花瓶一看，上頭用繩子綁著價格標籤。

利瑟爾只聽說這裡是販賣香料的商店，因此看見這種商品感到有點意外。回想起來，這種花似乎在哪裡見過，他將手放在唇邊稍事思考。

「這是什麼花，以前好像在書上……啊，是月下花嗎？」

「你竟然知道，這種花在這個國家也算是滿少見的。」

納赫斯佩服地說道，又從瓶中接連抽出一、兩朵花。

正如他所說，這種花確實罕見，標籤上的價格比普通花朵高了一大截。考量到它在月光下開花，並且將魔力蓄積在花瓣當中的稀有特性，這價格或許也算合理吧。

「我還是第一次親眼看到。」

聽說這是阿斯塔尼亞特有的花朵，利瑟爾先前從沒見過。

他稀罕地湊過去打量納赫斯拿在手中的花朵，伸手摸了摸。花瓣厚實，拈在指間手指會稍微陷進去。

「啊，真的寄宿著魔力呢，雖然只有一點點。」

「哦，魔法師果然感覺得到嗎，我完全感覺不出來。」

利瑟爾從來不曾這麼自稱，納赫斯卻直覺認為他是魔法師了。用冒險者在隊伍當中的職責把他歸類，他也只能歸為魔法師，因此他不會否認……雖然也不會肯定就是了。

「這是觀賞用的花吧？」

書上寫著，「月下花長出花苞之後，積存在內部的魔力會發光，觀賞用」。

但是這麼一來，他就想不通納赫斯購買月下花的原因了。納赫斯看起來沒有欣賞花朵的興趣，來套一下他的話好了，利瑟爾於是揶揄似地瞇細雙眼問道：

「你打算拿來送禮嗎？」

「是啊，送給我親愛的搭檔，那傢伙最喜歡這種花了！」

納赫斯臉上，浮現了因薩伊對他最愛的金孫露出的那種溺愛表情。

雖然大致猜到了，利瑟爾也露出苦笑。他不清楚魔鳥偏好這種花的理由，因此沒有確切的論據，不過這確實是最合理的答案。

「該不會是拿來食用的吧？」

「沒錯。不知道是不是因為含有魔力的關係，牠對其他的花完全不感興趣，卻只吃這種花。」

「哦……」

「這東西我們不能吃喔，你可別嘗試。」

眼見利瑟爾一臉佩服地戳了戳那些花朵，納赫斯立刻出言忠告。只能說他太懂得明察秋毫，利瑟爾差點就開始思考能不能拿它來當秘方了。

「我去結帳。」接著納赫斯這麼說完，往店內深處走去。利瑟爾目送他離開，然後也環顧了周遭一圈。像月下花一樣，擁有各種效果的植物有的插在水缸裡、有的吊在籃子裡，有的裝在瓶子裡，當中也有許多利瑟爾沒見過的植物，光是看著就很有意思。

「（啊。）」

雖然想繼續看下去，不過這次的目的是採購用在料理當中的香料。一方面也是因為店舖並不大的關係，利瑟爾稍微找一下立刻就看見了目標。

「（我看看……）」

裝著各式各樣香料的瓶子排列在貨架上。

有些還保留著原料本來的形狀，有些已經磨碎成粉狀，種類五花八門。其實烹調中頻繁使用的香料根本用不著到這種專門販售香料的店家也能買齊，不過利瑟爾無從得知。

「（啊，有用來煮咖哩的香料。）」

利瑟爾回想著書上記載的香料種類，這時看見架上有稍大的玻璃瓶，掛著「咖哩香料」的牌子。想必是將所需的香料全都調配在裡面了，瓶中地層般的漸層色彩非常美麗。

正要朝那個瓶子伸出手，利瑟爾忽然又停下動作，稍微苦惱了一陣子。這時候，付完帳的納赫斯一手拿著花束走了過來。

「怎麼了，有什麼不清楚的地方嗎？」

「不，我只是想從現在開始試著煮咖哩……」

納赫斯聽了挑起一邊眉毛。

從王都到阿斯塔尼亞的旅途當中，他一次也沒見過利瑟爾煮東西，而且利瑟爾給人的印象豈止完全沒有料理技術，甚至感覺他根本沒有任何烹飪經驗。

是自己的朋友，也就是那位旅店主人說了什麼嗎？但房客在旅店裡應該沒有下廚的機會才對……不，現在站在他眼前的利瑟爾是正準備挑戰下廚沒錯。但納赫斯只聽旅店主人說過房客很挑食，所以他每天都為了菜色絞盡腦汁，至於利瑟爾的烹飪技術則完全是未知數。

「……你在煩惱什麼？」

「我找到了煮咖哩用的香料。」

「喔，你說這個啊。」

納赫斯從架上拿起一個瓶子。

這是阿斯塔尼亞的主婦們都愛用的香料，究竟有什麼好苦惱的？就在他納悶的時候，利瑟爾非常乾脆地解答了他的疑問。

「難得要動手做了，我在想是不是自己調製香料比較有手作的感覺……」

「好我知道了，你直接買這個吧。」

完全不下廚的人才會這麼說。

會刻意在烹調上費工夫的人，要不是對於料理相當講究的大廚，就是毫無根據地相信只要費事就會變好吃的外行人。納赫斯把已經調配完畢的咖哩香料用力塞進利瑟爾手中。

「可是……」

「這是專家計算過配方調製好的，絕對好吃。」

這麼說也是。看見納赫斯一臉認真地這麼勸道，利瑟爾乖乖點了頭。

「那就這麼辦吧，畢竟這次還有各種事情要做嘛。」

「各種事情……」

納赫斯目送利瑟爾走去結帳，總覺得那道背影看起來充滿期待。他環起雙臂，露出苦惱的神情。

從利瑟爾的說法就聽得出他完全是料理門外漢，卻說要煮咖哩，還一個人跑來買東西。該不會……他這麼想著，慎重地詢問心滿意足地回到他身旁的利瑟爾：

「你要一個人煮嗎？」

「咦？是的，今天旅店主人好像要到傍晚才會回來，所以我想借一下廚房……雖然先前沒有徵求過他的同意，只能事後再跟他報告了。」

說什麼事後再報告，可見利瑟爾完全是一時興起。

「一刀他們呢？」

「劫爾早上出去了，伊雷文從昨天晚上就沒看見。」

而且還完全只有他一個人。

納赫斯在心裡喃喃自語，壓下湧上心頭的某種莫名的衝動。既然利瑟爾說想一個人做料理，說不定有著相當的自信，外表看起來再怎麼不像他好歹也是個冒險者，野營應該有烹煮東西的經驗吧。只要懂得把食材切塊、烤熟，就足以完成咖哩了。

納赫斯這麼想著讓自己冷靜，然後露出柔和的笑容。

「這樣啊，那你加油喔。如果還有其他需要的東西，我可以告訴你到哪間商店買比較好。」

「是嗎？那太好了。」

眼見利瑟爾露出安心的微笑，納赫斯也點點頭。果然凡事都需要練習嘛。什麼事情都勇於挑戰是很好的，要是因為擔心就加以阻止，等於讓當事人錯失了成長機會，現在應該為這個努力提升烹飪技術的男人加油吧。

納赫斯下了這個結論，在一旁默默看著利瑟爾把手伸進腰包掏了一陣，拿出那本食譜。

「書上寫說需要準備圍裙，請問在哪裡有賣？」

「我們宿舍的圍裙可以借你，廚房也可以借你，你過來。」

根本不是替他加油的時候。

沒有自己的圍裙，是這麼令人震驚的事情嗎？

利瑟爾這麼想道，窺探著走在身邊的納赫斯的臉色。不過有人在旁邊看著比較安心，雖然對於休假的納赫斯感到抱歉，利瑟爾還是決定不客氣地依靠他幫忙了。倒不如說，他本來想跟納赫斯客氣的時候還被拒絕了。

「你說的宿舍，是騎兵團的宿舍吧？」

「嗯，是啊。」

並肩走在前往王宮的路上，他們二人一邊閒聊。

「我進去沒關係嗎？」

「沒關係，那只是普通的生活空間而已。就是先前我跟你介紹過的訓練場隔壁那棟建築物。」

「印象中的確是有一棟像塔一樣的建築。」

「就是它，真虧你還記得。」

納赫斯佩服道，眼中浮現了些許警戒色彩。

利瑟爾注意到了這點，但並沒有什麼特別的想法。身為守護國家的騎兵團一員，這是納赫斯理所當然該有的反應，而且利瑟爾也知道納赫斯並不會因此不信任他。

他回想起先前只瞥見一眼的那棟宿舍建築，和王宮一樣以白牆砌成，是座圓柱狀的小型高塔。

「裡面只有騎兵團的成員嗎？」

「是啊，步兵團和船兵團也有他們各自的宿舍。」

由於性質特殊，騎兵團的規模比其他兵團都來得小。

即使如此，國家還是比照其他兵團給予他們一棟獨立的宿舍，可說是隸屬於足以象徵阿斯塔尼亞的騎兵團所享有的榮譽之一吧。突顯階級差異也是很重要的，利瑟爾點點頭，看向路邊的攤販。

「納赫斯先生，那裡有蘋果呢，書上說加入蘋果會更好吃。」

「要做變化對你來說還太早了，忍耐一下吧。」

納赫斯否決了，就像在說門外漢更動食譜只會給他不好的預感一樣。

但是書上都這麼寫了，應該沒問題吧？利瑟爾對蘋果念念不忘，一隻手掌於是放上他的背，催促他繼續往前走。不過也是，基本功的確很重要……眼見利瑟爾聽話放棄，納赫斯也笑著放開了手。

「哎，反正不用值勤的傢伙大多都出門了，你儘管用廚房不必客氣。」

「平常大家都在宿舍自己煮飯嗎？」

「不，王宮有個大餐廳，我們會到那邊吃飯。」

附帶一提，餐廳基本上是為了在王宮工作的人們而設置，但據說有時候王族也會理所當然地在那裡登場，他們就像一般人一樣走進來、像一般人一樣吃飯，吃完就跟一般人一樣離開，所以誰也不介意。

餐廳在半夜或清晨也會關閉，因此在巡邏完畢或訓練到太晚這種尷尬的時間，萬一想吃點什麼東西，騎兵們就會使用宿舍的廚房，因此廚房裡放有最基本的用具。

「納赫斯先生，感覺你很擅長烹飪呢。」

「是嗎？我的手藝普普通通啦。」

儘管納赫斯這麼否認，但利瑟爾幾乎確信他很會做菜。

畢竟在這段路上，利瑟爾採買所需食材的時候他一定會給予建議，像是挑選這種蔬菜該看哪裡、這一顆比較好、那家店賣的比較便宜等等，一針見血的建言非常受用。

利瑟爾也算是事先研究過挑選各種食材的方法了，但理論和實踐果然是兩回事。看見納赫斯一手拿一個掂了掂，說「這顆比較重……」，利瑟爾也有樣學樣做了一次，卻感覺不出差別在哪。

「大家一起煮咖哩，煮完之後輪流試吃比較，感覺也很有趣呢。」

「煮那麼多咖哩要做什麼……」

看見利瑟爾開心雀躍的模樣，納赫斯也無奈地笑著重新把懷裡的花束抱好。

利瑟爾和不需值勤的納赫斯一同來到王宮，由於手上抱著食材而被門衛多看了一眼，穿越了和他毫不相關的訓練場而被騎兵們多看了一眼，又被宿舍裡的騎兵們帶著非常不敢置信的表情多看了一眼，不過最後還是順利抵達了廚房。

他穿上納赫斯交給他的圍裙，面向流理檯準備開工。

流理檯上擺著他們一路上採買的食材，菜刀和鍋子等用具也準備好了。順帶一提，納赫斯在他身後稍微隔著一段距離的地方看著。在利瑟爾順利自己穿上圍裙的時候他就已經大感安心，顯然是搞錯了什麼。

「首先是……」

利瑟爾取出了那本他已經完全背起來的料理書籍。

雖然記得內容，但詳細的圖解就不是那麼回事了。不愧是為了「超菜初學者」而寫的書，書上大大刊載著清楚易懂的圖片，當然要邊看著這些圖解邊烹調。

看見那本書的納赫斯一副欲言又止的樣子，不過利瑟爾沒注意到，繼續下一個步驟。

「『把手洗乾淨』。」

「（從這開始嗎……！）」

看見利瑟爾仔細洗淨雙手，納赫斯心裡只有不安。

看來以為他懂得把食材切塊烤熟還是太樂觀了。納赫斯原本就把利瑟爾的廚藝估算得相當低下，現在更是跌落到無法肯定他到底有沒有廚藝可言的地步了。

納赫斯因此完全不敢移開目光，而利瑟爾不顧他的反應，逕自捲起袖子、鼓足幹勁。指甲磨短了、頭髮綁好了、圍裙圍好了、手也洗過了，現在終於可以開始烹調。

「剝去洋蔥皮……啊，要先切掉尖端。」

這本食譜從洋蔥皮的剝法開始講解，看來利瑟爾取得了理想的烹飪書籍。

利瑟爾拿起大顆洋蔥，放在砧板上，握緊了納赫斯準備好的菜刀，低頭凝神打量著它。圓滾滾的洋蔥無法用貓手切菜法應付，利瑟爾於是慎重地將它握緊，看準了下刀處把菜刀抵上去。

「（勉強切得下去……但好恐怖。）」

利瑟爾像鋸木頭一樣一點一點切下洋蔥頭，納赫斯稍微走近了一些，盯著他手邊看。既然打算一個人做料理，表示利瑟爾應該不是第一次下廚，但這究竟是他第幾次煮東西啊？納赫斯看得顏面抽搐。

不知該說是幸運還是不幸，他根本不知道利瑟爾居然只是第二次下廚，而且第一次下廚還只切了兩顆芋薯。假如被納赫斯知道了，這次的煮咖哩挑戰一定會被他阻止。

「然後剝皮……」

現在洋蔥皮比剛才更好剝了，利瑟爾順利地把皮一層層剝下。

剝去茶色的表皮，接下來那層也剝掉，然後因為不知道到哪層為止算是皮，所以他繼續剝了下去。書上寫說把茶色的皮全部剝掉，但只有一部分帶著淺棕色的地方到底該算是皮還是肉？

總之小心為上，利瑟爾還是多剝了幾層。納赫斯正暗自下定決心，只要是利瑟爾能夠獨自完成的工作他就只在一旁守望，這下硬是把自己張開到一半的嘴巴又閉了起來。利瑟爾完全已經剝到肉了。

「剝好之後對半切，然後切絲。」

先前利瑟爾挑戰切芋薯的時候，伊雷文再三叮嚀他「不要整顆還圓滾滾的就開始切」，先對半切之後確實比較容易固定。

利瑟爾一邊對於自己無所不知的隊友感到自豪，一邊效仿書上的示範將洋蔥切成兩半，把平整的那一面向下放在砧板上，接著緩緩舉起左手，目不轉睛地盯著自己的手看。

這是在做什麼？在納赫斯詫異的視線當中，利瑟爾握起那隻手，放鬆，折起指頭擺成理想的形狀，然後維持著這個姿勢固定住洋蔥。這就是貓手了，完美。

「喵——」

「?!」

叫利瑟爾變成貓咪，他就會徹底變成貓咪。

他沒有注意到背後納赫斯僵在原地的反應，兀自緩緩動著菜刀，切了一會兒之後⋯⋯

「⋯⋯咦？」

雖然下刀的節奏算不上俐落，他還算把洋蔥切得頗為工整。

可是利瑟爾並不知道，切洋蔥有個最大的障礙⋯⋯這障礙無法預防，無論對誰都一律平等地降臨，因此所有人都當它是常識，不會特別提及。

然後，這一刻終於來臨。隨著鼻腔深處傳來一股痛楚，他的雙眼同時開始發熱，感覺到視野變得模糊，利瑟爾這才終於發現自己快要掉眼淚了。

「納赫斯先生，這是……」

利瑟爾放下菜刀回過頭，眨了一下眼睛，積在眼眶的淚水因而滑落臉頰，劃出一道淚痕。

納赫斯還沒從剛才的各種衝擊當中走出來，他急忙踏出腳步，卻在看見這一幕的瞬間停下了所有動作。眼見利瑟爾抬手想去抹眼睛，他才趕緊跑了過去。

「喂，不要揉眼睛！」

「眼睛好痛……」

納赫斯抓住利瑟爾的手加以阻止，看見對方望過來的雙眸，他正要開始訓斥的嘴又再度閉上。

湊近眼睛的手指還帶著殘渣，散發出來的刺激物還在攻擊那雙眼睛吧，淚水緩緩盈滿了利瑟爾的眼眶，看得納赫斯瞠大雙眼。一方面覺得該做點什麼為他止住淚水，一方面又因為看見了不該看的景象而動搖，兩相拉扯之下使得他僵在原地，動彈不得。

「……」

利瑟爾吸了一下鼻子，那淚水同時滾落。

纖細的紫晶色眼眸靜靜閉上，滲出眼眶的淚水沾濕了色素淡薄的睫毛，不過他沒再掉下眼淚了。

「……稍微好一點了。」

看見利瑟爾穩穩睜開眼睛，納赫斯這才終於回過神來。

他放開利瑟爾的手臂，急忙把毛巾弄濕，然後往眼前那張沉穩的臉上按。不顧利瑟爾唔唔嗯嗯的呻吟，納赫斯懷著一股不可思議的安心感，往他臉上猛擦。

雖然氣勢洶洶，他手上的動作卻相當溫柔，最後利瑟爾也任憑他擺布了。過一會兒，毛巾終於從利瑟爾臉上離開。

「嗯，已經不痛了。」

「……太好了。」

雖然眼睛還有點紅，利瑟爾臉上已經看不見淚水，納赫斯見狀像疲倦似地垂下了肩膀。

「洋蔥真厲害，我從來不知道主婦們原來都忍著這種劇痛煮飯。」

「不過習慣之後就不會那麼介意了，要切之前先泡過冷水比較不容易刺激眼睛喔。」

「啊，那我試試看。」

接著，利瑟爾重新開始處理洋蔥。

納赫斯已經不站在他身後觀望，轉而站在他旁邊目不轉睛地監視著他手上的動作，讓利瑟爾有點在意。切洋蔥的過程中，淚水也再度浮上他的眼眶，不過既然知道原因，只要忍一下就過去了。

「來，現在先洗一下菜刀。」

「要是覺得切好的食材太佔空間，可以先放到篩子裡。」

「你袖子掉下來了，來讓我幫你捲好。」

納赫斯積極給予建議，利瑟爾聽話照做，順利把洋蔥切好了。

他將沾著洋蔥刺鼻香味的雙手徹底洗乾淨，接過納赫斯遞來的濕毛巾。正準備擦拭自己飽受折磨的眼睛的時候，聽見納赫斯擔心地問他是否還好，利瑟爾點點頭回應，不經意看向敞開的門口，恰好與路過的騎兵四目相對。

騎兵邊走邊哼著歌，同樣不經意看向這裡。下一秒，他露出天崩地裂的表情，頭也不回地走過去了。

「……明天，說不定會出現納赫斯先生是『欺負冒險者的魔鳥騎兵』的傳聞哦。」

「什麼?!」

為什麼？納赫斯一臉錯愕。利瑟爾見狀垂著眉對他笑了笑，著手確認接下來的步驟。

書上寫著接下來要開始處理芋薯，圖解詳細介紹了削皮的步驟。上次利瑟爾是連著皮一起切，烹飪這種事花起心思來果然是沒有極限的吧。

利瑟爾每次享用餐點的時候都不忘感謝，但此刻又重新意識到這一點。

「削皮的時候……像這樣，把菜刀……」

他回想起王都旅店的女主人在眼前幫他們削水果的情景。

手法熟練順暢，削下來的皮往下方越伸越長，順利的話就是這種感覺吧。「好。」利瑟爾也已經在想像中演練過了，因此鼓足了幹勁，往指尖使勁。

「削皮對你來說還太難了，來，這是削好的。」

納赫斯沒收了利瑟爾手上的芋薯，轉而遞給他一顆已經削好的。

什麼時候削的？利瑟爾默默盯著那顆芋薯瞧，最後有點賭氣似地望向納赫斯。

「我會削。」

「不行。」

「我想削。」

「對你還太早了。」

納赫斯也帶著嚴肅的眼神，毫不讓步。

他手上正迅速削著胡蘿蔔，這正是利瑟爾理想中的手勢，太棒了。利瑟爾鍥而不捨地盯著他的手看。

最後，納赫斯像是拗不過他似地抿緊雙唇，不甘願地把削到一半的胡蘿蔔遞給了他。

「……只讓你削一點喔。」

利瑟爾的勝利。

他在納赫斯的貼身指導下挑戰削皮，結果完全沒有發揮想像演練時的順暢刀法，削得非常卡。光看納赫斯手上的動作還以為很簡單呢，利瑟爾一邊佩服地想著，一邊勉強削完了一條胡蘿蔔。

「（多虧按照書上的步驟進行，還算是順利……）」

嗯，納赫斯點了個頭。

需要技術的部分雖然讓人各種不安，但過了這些步驟之後，咖哩這種料理只要放在鍋子裡熬煮就能順利完成了。利瑟爾沒放什麼奇怪的食材，雖然稍微費了些時間，但煮咖哩也不必講求俐落的動作。

而且無論發生什麼事利瑟爾都不會緊張，因此要是不看他手邊的動作，甚至還以為他很習於烹飪……儘管事實上他連撈取雜質的時候都撈掉太多湯汁，害得鍋中的水量急遽減少。

「加入香料的時候要暫時關火喔。」

「好的。」

這也沒有大礙，只是煮出來的咖哩比較濃稠而已，因此納赫斯沒有糾正他，只是開口提醒他關火。

利瑟爾關了火，毫不猶豫地把整個瓶子倒過來，無比豪邁地將香料倒進鍋裡。這動作看得納赫斯嘴角抽搐，不過利瑟爾也沒做錯，因此他繼續在一旁觀望。

接下來就只剩下熬煮了。太頻繁地攪拌也不好，於是他們中途就放著鍋子不管，悠閒地聊著天等了一會兒。

「是不是差不多了？」

「嗯，應該可以了，小心不要燙到喔。」

利瑟爾站起身，輕輕打開鍋蓋，香味隨之在整個廚房中擴散開來。

「這樣就完成了嗎？還是再煮一下比較好？」

「不用，你回到旅店還要重新加熱吧？再煮下去食材會熬爛，我看現在這樣差不多。」

利瑟爾拿起掛在鍋邊的湯杓，舀起鍋中的咖哩。

說到烹飪，當然要試吃了。應該很燙吧，他將湯杓送到嘴邊，小心地含入一口。完成的咖哩還算滿好吃的。

「很美味呢。」

「這樣啊。」

利瑟爾高興地說道，納赫斯也笑著回應。順利完成真是太好了。

「你打算怎麼帶走，要不要連著鍋子帶回去？」

「可以嗎？」

「嗯，這裡的鍋子也有好幾個，你想到的時候再拿回來還就好。」

應該有什麼袋子可以裝才對，納赫斯邊說邊走出廚房。利瑟爾目送他離開，又往鍋裡攪拌了一圈，不知道晚餐時間劫爾他們回到旅店了沒？假如到時他們還沒有回來，就把咖哩拿給旅店主人吃也不錯。

「（雖然書上寫說放一晚會更好吃……）」

利瑟爾拿著烹飪書，坐到旁邊的椅子上。

這時候，有人進到廚房裡來了。那位騎兵慵懶地搔著頭走了進來，一看到利瑟爾就「?!」地僵在原地。

「你好，打擾了。」

「怎、咦，啊，你好……咦?!」

騎兵在動搖當中拿起裝著水的瓶子，為了讓自己冷靜把它喝個精光，然後一邊忍不住多看利瑟爾好幾眼，一邊低頭行了個禮才離開廚房。

平常果然沒有騎兵以外的人在這裡出入吧，利瑟爾看著那道身影消失在門後。騎兵前腳剛走，納赫斯立刻就回來了。

「久等了，這裡有耐熱的魔力布，可以用這個……怎麼了？」

「沒事。今天真的很謝謝你，幫了我一個大忙。」

「是我主動提出的，你別放在心上。」

利瑟爾接過裹在魔力布當中、更方便搬運的鍋子，又向納赫斯道了一次謝。

只憑他自己一個人應該也能完成料理，但勢必得花費更多時間，而且納赫斯也教了他許多書上沒寫的知識。倒不如說，要是沒有納赫斯在，他說不定已經敗給洋蔥的謎之攻擊了。

最重要的是，有個能夠給予建議的人陪在身邊，實在令人非常安心。

「下次請讓我回報些什麼當作謝禮吧。」

「不是叫你不要放在心上了嗎……算了，那就期待你的謝禮啦。」

就這樣，利瑟爾一路上被經過的魔鳥嗅聞著鍋子，回到了自己的旅店。

一聽說他煮了咖哩，旅店主人不知為何忽然面無表情。利瑟爾把鍋子交給旅店主人，回到房間聚精會神地讀起書來。

到了地平線上只剩一點橙色晚霞殘留天際的時候，利瑟爾闔上了手中的書本，差不多是晚餐時間了。他伸了個懶腰望向窗外，可以看見點點繁星。

利瑟爾微微一笑，走出房間，敲響了隔壁房客的門。他知道對方已經回來了。

「劫爾，方便打擾嗎？」

「怎麼了？」

利瑟爾出聲之後過了幾秒，房門打了開來。

不久前才從某座迷宮回來的劫爾已經沖過澡，換上了居家服。

「晚餐一起吃吧。」

劫爾挑起一邊眉毛。

平常不必特別說好，只要察覺其中一個人去了餐廳，他們三人都會跟著下樓，因此不需要特地來叫人一起用餐……但當然也有例外。

比方說，打算一邊吃晚餐一邊討論隔天的委託的時候；最近則是像利瑟爾展示他初次釣魚的成果的時候。因此劫爾心想，利瑟爾應該是去公會看了一下，發現了什麼感興趣的委託吧？下個瞬間，他就知道自己想錯了。

「今天晚餐會有我做的咖哩哦。」

「啥?!」

砰！反方向的房門猛地打開，伊雷文衝了出來。

總而言之，劫爾先確認了利瑟爾的十隻指頭是否都還在。

「啥意思……你一個人煮?!」

「不，一開始我本來打算一個人煮的，但後來有納赫斯先生幫忙。」

「為什麼打算一個人煮?!之前不是叫你不准在我們不在的時候下廚嗎！」

「我沒有答應呀。」

利瑟爾會冷靜地評估哪些事自己做得到、哪些做不到。

只要他認為「應該辦得到」，往往會在不危及自身的範圍內付諸實行。時常也會發生意想不到的狀況，像這次的洋蔥，不過在原本的世界，他就連負擔這點程度的風險都不被允許。

是解放之後的反作用力嗎，劫爾半帶無奈地嘆了口氣。利瑟爾的指甲上沒有半點缺角，看就知道那名異常懂得照顧別人的男人有多麼努力。

「煮咖哩喔，那就表示隊長成功學會削皮了？」

「只削了一點點，幾乎都是納赫斯先生削的。」

在伊雷文名為質問的閒聊當中，一行人走下階梯，來到餐廳。

等在那裡的咖哩看起來是正常的好吃咖哩，味道嘗起來也是普通的咖哩，利瑟爾基本上果然是個手巧的男人啊。劫爾他們重新認識到這一點，把那些咖哩吃了個精光。

然後這一次，利瑟爾被他們逼著承諾了絕對不會自己一個人下廚。

順帶一提，同一時間的納赫斯……

「納赫斯，我聽說、你把老師、弄哭了？」

「不是的，殿下，那只是誤會……」

「怎樣？」

「（為什麼那傢伙只是切個洋蔥我就會被人要脅……！）」

他正在遭受布團的恐怖壁咚。

104

最近，利瑟爾終於學會如何搭乘擁擠的馬車了。

一開始他想，「感覺應該上不去了，還是等下一班馬車吧」，結果才剛這麼想就被排在後方的冒險者催促說還擠得下（事實上在利瑟爾他們三人搭上馬車之後，連催他的那群冒險者都擠上去了）。搭上馬車之後，有時候他的身體傾斜成微妙的角度一直站不直（劫爾一直替他支撐著身體），或是其他冒險者的武器一直頂到他肚子（伊雷文注意到，幫他撥開了）。

不過到了最近就不一樣了。他已經學會只要腳踩上馬車就有辦法擠上去，也發現到站在馬車邊緣可以讓上半身透氣，比較輕鬆，也慢慢知道該站成什麼角度才不會被武器頂到。

歸根究柢，冒險者的組隊人數以五人上下居多，只有三人的利瑟爾隊伍在擠馬車的時候顯得更容易變通，也常常站在馬車最後方，可以眺望流逝的風景，很輕鬆寫意。

「先前我試著一個人搭了馬車哦。」

今天，他們三人也站在搖晃的馬車上，並肩望著車輪在地面留下的轍痕。

馬車時不時大幅顛簸一下，震動從他們憑靠的後方門板傳導到骨盆，其實滿痛的。

「啥？隊長，你自己一個人跑進迷宮喔？」

「沒有，我沒下車，搭著馬車在森林裡繞了一圈。」

「你有時候會做出這種莫名其妙的事情啊。」

聽見劫爾這麼說，伊雷文也哈哈大笑。

冒險者搭上前往迷宮的馬車卻不打算進迷宮，反而兜了一圈回到最初的乘車處，這可說是破天荒史上第一位了吧。目擊他上車的冒險者們沒想到他是一個人單獨行動，紛紛坐立難安地想著「不阻止他沒問題嗎？」看到他下車的冒險者甚至還以為自己看錯了。

「搭到最後就像自己包下整輛馬車一樣，很有趣哦。我也跟馬車伕說到話了，聽說馬車上果然使用了效力比較強的道具來驅逐魔物。」

「嗯，隊長開心就好啦。是說用了那個道具，結果馬車還不是動不動就被魔物攻擊？」

「是因為車上載著一堆吵鬧的傢伙吧。」劫爾說。

「馬車伕也這麼說，據說他自己駕著馬車回去的時候幾乎不會遭遇襲擊。」

言下之意是，車上沒人的時候也曾經遭遇過襲擊吧。馬車伕沒有戰鬥能力，碰上這種事也是相當辛苦。

不過車廂空著沒載人的時候，駕馬全速狂奔大抵都能順利逃跑，就算遇到緊急狀況，也可以丟下馬車直接騎馬回去。跟利瑟爾談話的車伕習以為常地這麼笑著說道，不愧是在公會做了二十年的馬車伕，經驗老到。

「人擠人的時候你就只能站在原地而已吧。」劫爾說。

「是呀，大家都忙著討論待會要攻略的迷宮，也沒有人跟我說話。」

劫爾一副搞不懂那有什麼意思的神情，利瑟爾也點點頭表示贊同。

「啊，不過大家好心把外側讓給我站，所以路上我一直看著森林裡的風景。」

「那太好了。」

氣勢威猛的阿斯塔尼亞男人們做到這樣還真難得，劫爾帶著諷意笑了。

在周遭的冒險者看來，面對這三個人雖然不可能露骨地往他們身上擠過去，不過同為冒險者，平常他們也不會有什麼奇怪的顧慮。但是利瑟爾沒跟劫爾他們結伴同行的時候，「不像冒險者度」又比平常更高了四成。

之所以把馬車邊緣的位置讓給他站，雙方應該都是半帶著好玩的心態吧，不過……

「我跟那些下車前往迷宮的隊伍揮手，結果有一半以上的人都會揮手回應呢。」

「熱情程度跟王都就是不一樣欸。」伊雷文說。

看著利瑟爾邊說邊露出高興的神情，劫爾兀自尋思。

若只是個奇特的人物，阿斯塔尼亞的冒險者是不會輕易接納的。正因為利瑟爾擁有足以跟上一刀的實力，又擁有身為冒險者的自負，再加上他不只是個「乖孩子」，而是有著自由不羈的冒險者特質，所以眾人才會認同他這個冒險者。

也是由於注意到了這點，利瑟爾才看起來這麼高興吧，畢竟他本人現在仍為了變得更像冒險者而努力不懈。

「（看這傢伙比獲得王族的認同更高興，還真符合他的作風。）」

劫爾和伊雷文想起某個布團，不約而同在內心喃喃自語。不過當事人開心就好，他們於是再次放眼眺望馬車外一成不變的景色。

這裡沒有固定的停車處，因此他們跟馬車伕說了一聲，請他讓馬匹停下。

沒有其他隊伍打算進入同一座迷宮，在這裡下車的只有利瑟爾他們。三人從經過一定程度整備的道路，轉進被冒險者一步步踏得密實的山野小道，雖然不好走，但總是比直接走在野地裡好一些。

利瑟爾跨過突出地面的樹根，小心謹慎地看著地面前進。

「假如在這種森林當中出現新的迷宮，那就糟糕了呢。」

「啊——你是說會有大侵襲喔？」

「聽說迷宮出現在難以發現的地方，期限也會比較長。」劫爾說。

「是這樣呀？」

「只是傳聞。」

「不，我也聽說過，不過這種事情是公會該去想辦法嘛。」伊雷文說。

這種認知沒問題嗎？利瑟爾意外地想。

大侵襲可是弄個不好就會危及國家存亡的大事，伊雷文卻說得這麼隨便，或許為了謀生在各國之間奔走的冒險者差不多都這麼想吧。

「從紀錄上看來，阿斯塔尼亞只遇過一次大侵襲，想必都在出事之前巧妙發現了迷宮吧。」

「因為有森族在啊。隊長，那邊有洞。」

聽見走在前方的伊雷文提出忠告，利瑟爾避開了被樹根擋住的地洞。

這恐怕是森林鼠的巢穴。順帶一提，草原鼠和森林鼠都是同一種魔物，只是棲息在草原或森林裡造成牠們的名稱不同。

既然如此，為什麼不統一稱呼為巨鼠之類的就好了？利瑟爾對此一直相當疑惑。

「森族……指的是住在森林裡的民族吧？」

「對啊，雖然也沒有厲害到可以稱作『民族』啦。」

阿斯塔尼亞的人民當中，有些人在森林當中打造聚落生活。

其中有人在阿斯塔尼亞建城之前就已經居住於森林當中，有人是為了就近採擷森林的恩賜而築起據點，也有人並非定居於一處，而是在叢林中四處遷徙。

他們被統稱為「森族」，和生活在城裡的人們有著鄰人之間守望相助的友好關係。

「反正只要是住在森林裡的人，管他什麼人都算是森族嘛。」伊雷文說。

「你不也是森族？」劫爾說。

「真的欸，我本來也是森族！」

從伊雷文的反應看來，這並不是什麼具有特別意義的統稱。

伊雷文居然直到現在這一刻之前都沒發現自己是森族，劫爾一邊無奈地吐槽他，一邊避開頭上的藤蔓。

「總之森族就是一群對森林無所不知的傢伙，所以一發生什麼事馬上就會注意到啦，我爸也曾經發現在峭壁正中間冒出來的迷宮。」

感覺很難抵達那座迷宮呢，利瑟爾邊想邊鑽過伸出小徑的樹枝，然後為走在身後的劫爾拉起那條枝椏。劫爾略微蹙起眉頭，不過還是順從地鑽了過去。

話說回來，雖然發現迷宮算是立了大功，但伊雷文的父親為什麼會在峭壁上爬上爬下的？

「森族發現迷宮會通報公會對不對？」

「沒錯喔。發生大侵襲的話也會危及森族自己，而且另一方面也是為了拿獎金吧。」

同為阿斯塔尼亞的居民，互助合作是好事。

正當利瑟爾點頭這麼想的時候，走在前頭的伊雷文稍微加快了腳步。原來前方就是一小片開闊的空間，迷宮的大門鎮坐在正中央。迷宮門扉出現的時候通常會形成這樣的一片空間，因此森族也容易發現迷宮的存在。

到了到了，三人站在門扉前方，等待它打開。

「大哥，你說你攻略到第幾層啦？」

「啊……潛入兩天，到第三十五……不對，四十層就回去了。」

「那我們就從第四十層開始囉。今天的目的是頭目，所以迅速推進吧。」利瑟爾說。

他們聽說有座劫爾攻略到一半的迷宮，機會難得，一行人於是接了相關的委託前來。

利瑟爾雖然不喜歡詳細調查接下來準備攻略的迷宮，不過還是會留意各方傳聞。聽說這座迷宮是相當常見的基本類型，奇怪的機關應該很少吧。

有點令人惋惜，利瑟爾邊想邊踏進敞開的大門。

「這麼說來，旅店主人好像說他今天晚上要出去呢。」

「在外面吃過再回去吧。」劫爾說。

「啊，我找到了不錯的餐廳喔，一起去吧！」伊雷文說。

以一個正準備潛入迷宮的冒險者隊伍來說，這段對話實在太鬆懈了，他們三人就這麼聊著，消失在門扉的另一側。

喧嚷無比的空間當中，響起了玻璃杯相碰的聲音。

受到周遭的喧囂煽動，他們也握緊了剛送上桌的麥酒準備加入熱鬧的氣氛當中，氣勢豪邁地把玻璃杯往前一舉。

「來，今天也辛苦啦——！」

「耶——！」

玻璃杯相碰的觸感傳到手上，令人無比舒暢。

所有人一起仰頭一灌，冰涼的麥酒流下喉嚨，這種快感強烈得讓人頭腦酥麻。整桌一時間只聽得見吞嚥的咕嘟聲，這一瞬間的沉默立刻又被重重呼氣的聲音蓋過。

臉上自然露出笑容，所有人都更開心了，也有人攔住經過的店員趕緊點了下一份餐飲。

「船上祭結束之後，今天才第一次到外面喝酒喔，你們旅宿業也是很忙耶。」

「沒有沒有，其實沒那麼忙啦真的。現在的房客只有貴族客人他們而已，而且長期住宿的客人又比連續的短期房客更省事啊。」

旅店主人露出大無畏的笑容，拿著手上的玻璃杯仰頭灌酒。同桌夥伴們高聲歡呼起鬨要他喝乾，他於是把剩下的麥酒一飲而盡，把空杯砰地重重砸上桌子。

「來啊，接下來的酒快點送來啦——！」

「吵死啦！」

響起一陣喧鬧的笑聲，不過在酒館裡沒有人會介意這個。

自從船上祭那次以來，這還是旅店主人第一次和朋友們一起圍坐一桌喝酒。如果是一兩位朋友，倒還偶爾會見個面聊天、喝酒，但大家都有工作在身，很難一次約齊所有人。

今天就是他們把握時不時到來的聚會時機，順利約到所有朋友的日子。明明還沒喝醉，他們卻非常亢奮，就算整桌都是男人也一樣開心。附帶一提，所有人上半身都已經脫光了。
「是說你那邊除了那些人以外就沒有其他客人了嗎，還真寂寞……好像也不會喔。」
「真的完全不會啊，該怎麼說？他們給人的感覺該說華麗嗎，還是高調，反正存在感太強烈啦，我根本不會在意旅館裡有多少空房間。」
「你好歹是個生意人，也在意一下吧！小哥，隨便給我各來兩支串燒！」
「好、好——」
旅店主人漫不經心地看著其中一位朋友叫住店員，故意癟了癟嘴。雖然對方這麼說，但沒辦法，他真的完全不會在意。
利瑟爾他們剛來的時候還有另外一組房客，但他們早就已經離開了，最近這間旅店幾乎快變成了利瑟爾他們專用的住處，不過現在他不禁覺得這樣也很好。
在旅店經營上，客源不足確實是重大問題，但畢竟金錢方面他完全不必擔憂。
「單人房價格比較高嘛，三間全部住滿，完全沒虧本，生意人賺得很爽啦不好意思餒！」
「好煩！這傢伙好煩！」
「踹他！用力踹他！」
「好痛！喂到底多少人踹我啦，給我把手舉起來喔，居然所有人都踹了喔我就知道！」
旅店主人擋在桌子底下的腳遭受了毫不留情的全體猛攻。
他沒規矩地把雙腿盤到椅子上避難，卻在這時忽然想起利瑟爾優美的坐姿，於是又把腳放了下去。一種沒來由的罪惡感。

「啊——不過單人房長期住宿真的很賺耶，需要照顧的房客人數比較少，也不太會吵鬧吧？」

和他同樣經營旅店的男人一邊這麼說，一邊大口吃著店員送來的串燒。

這男人經營的旅店規模更大、收費更便宜，一樓設有三間大房間，每間都擠滿了雙層床鋪；二樓則是四間中型房間，同樣排列著雙層床鋪，不過居住空間比較寬裕一點。由於住宿費用便宜，房客當中冒險者佔了大半。

「我們可是很辛苦耶，住房的都是冒險者，真的有夠吵，有時候還會打起來。」

「啊，那就讓那三個人到你那邊去住幾天啊！大概就能解決這些問題了吧！」

「好主意！」

「好主意個屁！貴族客人他們會一直住在我的旅店啦——！怎麼可以讓他們去住那種只提供早餐的簡陋旅店——！」

「喂你剛剛說簡陋是吧，來我們到外面理論啊喂。」

利瑟爾他們住進去，確實可以讓那些冒險者變得更守規矩沒錯。

但這在各種意義上都令人無法忍受，兩個旅宿業者隔著桌子打來打去，結果就被店員罵了。所有人立刻道歉，反正那些提案本來也只是開玩笑而已。

在誠心誠意賠罪之後，大夥又氣氛熱絡地喝了起來，好像什麼事也沒發生一樣。

「不過是說我這邊房間本來就少，收費也偏高，老實說並不是冒險者會住的地方對吧？明明應該覺得他們眼睛眨也不眨就在這裡長期住房很厲害，但我一方面卻覺得這很理所當然……」

「那當然啊，看他們那個氣場，假如沒錢根本是詐欺吧……」

所有人都回想起利瑟爾他們的模樣。

首先想起的是在船上祭親眼看見的，利瑟爾他們極為高貴的打扮。但即使撇開那天不提，在同樣範圍活動總會時不時跟他們擦肩而過，或是撞見他們。總之那三人相當引人注目，所以也很容易回想起他們平時的模樣。

利瑟爾就不用說了。劫爾渾身帶著身經百戰的氣場，一看就知道是能夠輕易賺進大筆金幣、實力雄厚的戰士；伊雷文態度游刃有餘又乖僻，氣質這麼適合嘲諷別人，根本無法想像他為錢所困的樣子。

「啊，不過我先前看到那個很像貴族的人在跟攤販殺價喔！」

「貴族客人有辦法做這種事喔?!」

「他殺價技術超爛。」

「也是喔。」

「合理啦。」

「明明有錢，為什麼還要殺價啊……」

其中一個男人莫名其妙地說道，這時忽然有人從身後拍了拍他的肩膀。

他一回頭，只見一個冒險者正把手牢牢放在他肩膀上。糟糕被人找碴了好恐怖，他嚇得不禁嘴角抽動，而那個冒險者就在他眼前吊起唇角，露出冷血的笑容：

「那不是廢話嗎……當然是因為他想試試看啊。」

那名冒險者展現出他最得意洋洋的表情這麼說，然後就走掉了。

看來冒險者只是碰巧經過後方而已，位在酒館內側的桌邊還可以看見他的冒險者夥伴們。

「那誰？」

「不認識。」

旅店主人他們目送那道寬厚的背影離開，只說了這麼幾句。

只要沒被糾纏就好，他們對此也不以為意，接著扯開嗓門大聲追加點餐，忙得不可開交的店員給了他們一聲像怒吼一樣的答覆。

看來酒館生意興隆，真是太好了。旅店主人暫且端起先送來的第三杯麥酒送到嘴邊，舒爽地呼出一大口氣。

在這裡的所有成員酒量都不算特別好，也不算太差，是阿斯塔尼亞男人的標準酒量。不過他們全都是動不動就盡情狂歡的那種傢伙，不會思考喝酒的步調，喝醉了就等醉了之後再說。

「哎，不過這樣還真不錯耶，不拖欠住宿費的房客最棒了，好羨慕。」

朋友從麥酒換成了清酒這麼說。看來你很辛苦嘛，旅店主人得意地笑了。

房客當中低階的冒險者一多總是容易拖欠款項，其中也有人會提出近乎威脅的交涉，要求旅店降低已經相當低廉的住宿費用。

話雖如此，這也是隨處可見的現象。在阿斯塔尼亞，冒險者和旅店雙方的殺價、抬價之爭都非常激烈，冒險者以外的人們議價起來也一樣激烈。

「那些人不會吝嗇付錢嘛。」

「感覺他們也會把房間維持得很乾淨，而且又安靜。啊，滷菜來了。」

「耶我先吃！是沒錯，一刀客人不太會挪動東西，獸人客人只有睡覺的時候待在房間所以也不可能弄亂，不過貴族客人有點不擅長收拾房間。」

「真的假的。」

「我跟你們說，真的。」

朋友們一臉意想不到的樣子，旅店主人神情嚴肅地點頭肯定。

老實講，到處拿客人的事情出去亂說確實不太好，但利瑟爾他們的話題與其說是散佈別人的私生活，倒不如說比較像是街頭巷尾的傳聞。在喧鬧無比的酒館當中除非扯開嗓門大吼，不然就連隔壁桌也聽不清談話內容，既然是親朋好友之間閒聊，他的口風自然也比較鬆。

「雖然他亂擺的東西也只有書本而已，收起來是很輕鬆啦，但不覺得很意外嗎？不對好像也不太意外，這種事他留給下人去做就可以了……」

「你這傢伙……之前不是一直跟我們強調那個人是冒險者嗎……」

「啊，我一瞬間忘記了……！」

就連旅店主人也時不時會忘記利瑟爾是冒險者。

「不是，這真的很奇怪啊?!為何他不是貴族?!為何?!」

「這聽你講過好多次了。」

「冷靜、冷靜。」

「不過也不是不懂你的意思啦。」

看見旅店主人被利瑟爾耍得團團轉，朋友們紛紛指著他爆笑出聲。

他們不會直接與利瑟爾一行人扯上關係，對於他們而言這些都事不關己。不過如果問他們是否不想與那些人有所牽連，他們又無法肯定了，畢竟看見旅店主人天天親眼見證那些超脫日常的光景，他們也不是不感到羨慕。

「不過不擅長收拾房間的是貴族客人真的是太好啦，打掃其他兩人的房間的時候，我可是拚了命想要快點掃完啊，萬一在他們回來的時候碰個正著不是超級恐怖的嗎！」

「啊……那個穿黑衣的確實是會啦。不過他不是知名的冒險者嗎？實力到底多強啊？」

「前陣子大家都在討論的那個超大鯊魚……鎧王鮫？是嗎？既然能打贏那種東西，一定非常厲害吧。」

「那東西居然是真正的生物，太恐怖啦。」

「看了覺得冒險者真的太猛了。」

很多人都到港口參觀過鎧王鮫的解體過程。

必須抬頭才能看見全貌的巨大身軀，兇暴的長相，口腔裡密密麻麻的牙齒比自己的臉還大，不難想像牠要撕裂一個成年人肯定毫不費力。即使知道眼前的龐然大物已經不會動彈，還是教人不敢靠近，假如在水中遭遇這樣的生物襲擊該有多恐怖啊，簡直超脫現實到他們無法想像。

「話是這麼說，但我沒辦法想像那個很像貴族的人打鬥的樣子耶。」

「他是魔法師吧？那我勉強還可以想像。」

「啊……好想看看他使用魔法是什麼樣子喔。」

在阿斯塔尼亞，魔法師的人數本來就少。

即使在其他國家，也有些冒險者沒見過魔法師實際作戰的場面，不是冒險者的他們就連遇見魔法師的經驗都沒有。不，或許曾經在不知情的狀況下見過魔法師，但他們也無法辨別；就算認出對方是魔法師，總不能拜託對方「施個魔法讓我看看」吧。

說到底，他們在這之前也從來不曾對冒險者的攻擊手段產生興趣。

「你去拜託他的話，他應該願意放魔法給你看吧？」

「不我只是個區區的旅店主人，怎麼可能這麼厚臉皮去拜託他這種事情……我正想這樣講，但忽然想到我看過他用魔法欸。」

「嗄?!在哪裡看到的！」

「在庭院!!」

當時旅店主人正哼著歌，在旅店後側的庭院裡晾衣服。

曬乾淨潔白的床單讓人心情很好，或許是這種開心浮躁的心情也反應在他手邊的動作上，那條床單就這麼華麗地被風吹跑了。

前一天下雨，地面滿是泥濘，萬一掉到地上肯定要重洗了。這種拚命想拯救床單的心情衝口而出，他忍不住慘叫，這時忽然颳起一陣風，在床單即將落地的瞬間將它吹了起來。

床單就這麼回到了他手上，沒沾上半點污漬。旅店主人還沒意會過來發生了什麼事，正當他愣在原地的時候，二樓突然傳來一道沉穩又帶點笑意的聲音。

『你叫得好大聲哦。』

這時候，旅店主人才終於理解是利瑟爾施展魔法為他拯救了床單。

「事情大概是這樣。」

「魔法是在日常生活中可以這樣隨便用的東西喔？」

「咦——不知道耶，話說魔法原來也有這種臨機應變的用法？」

他們想像中的魔法師，總是透過固定的詠唱、使出固定的攻擊魔法。

這也沒錯，比方說引發大爆炸，或是射出水箭之類的。不過那次利瑟爾所施展的風魔法，所需的魔力構築其實比那些魔法還要複雜得多。

但旅店主人他們無從得知，反而覺得「沒想到魔法這麼沒看頭」。

「對了，那個叫一刀的人有時候不是會在外面抽菸嗎？他抽的菸超貴的喔，應該要好幾枚金幣吧？」

「真的假的，我還覺得抽那種菸的人都給我一種暴發戶的印象……」

「厲害的是他抽起來不會讓人家覺得做作，反而很適合。有一次我忘了在哪看到他靠在牆邊抽菸，該怎麼說，身為男人只能坦率地認輸啦，還有那腿也太長了吧。」

旅店主人自豪地露出洋洋得意的笑容，仰頭飲盡稍微有點回溫的麥酒。

他叫住了端著整疊髒盤子匆匆忙忙從他們身邊經過的店員，這次點了清酒，朋友們一聽也順便跟著點了下酒菜。

這時候，離他們稍微有段距離的桌子傳來一陣特別響亮的歡聲，原來是剛才一臉得意地走掉的冒險者和同桌的夥伴開始拚酒了，旅店主人他們也和周遭一起歡呼起鬨：「喝乾！喝乾！」

「是說冒險者還真能吃啊！不過他們活動量大，這好像也是當然的喔。」

「是啊，我們旅店採買和處理食材都是全家出動，雖然我們只提供早餐，但房客人數多，而且一大早食量就很大，準備起來很辛苦的咧。」
「這樣講的話我這也很辛苦啊，獸人客人吃超多的，他身上到底哪裡裝得下那麼多食物啊？」
聽見旅店主人這麼說，他的朋友們好像都有點困惑。
對於不知道實情的人來說，伊雷文看起來確實一點也不像大胃王。雖然經過鍛鍊，但他的體型精瘦，甚至給人一種生活不健康、懶得吃飯的印象。
旅店主人一開始也這麼想，因此至今仍然忘不掉伊雷文第一次用餐時連續要求「再來一碗」的衝擊。
「如果只是吃得多那還算輕鬆，但味道不好他就不吃，又超級偏食真的是很難搞！有夠挑食！就算你把蔬菜之類的磨碎混在裡面他也不吃！」
「喂，這傢伙好像打開了奇怪的開關……」
「客人挑食你不要管他就好了啊。」
「一刀客人只要有肉吃就好了！雖然煮什麼他都吃，但他絕對是只要吃到肉就好了！虧我那麼拚命在思考怎樣煮出營養豐富的三餐！」
「喂，原來只要吃肉就能長成那樣的身材！」
「好哇，喂小哥給我上個牛排啊，牛排！」
「只有貴族客人是我的同伴！飲食均衡，用餐的動作又漂亮優雅，會好好品嘗味道，還會告訴我感想！」
不知是不是喝醉了情緒開始越來越亢奮，旅店主人激動地說著，一把抓起裝著清酒的玻璃杯，在眾人起鬨下一口氣喝掉了半杯，然後把內容物減少的玻璃杯砰地重重叩上桌面。

「而且他也不挑食！」

「哦，原來那個人不挑食啊，該說是意外呢，還是合理呢……」

「對啊，他不……」

不挑食，旅店主人說到一半，動作忽然僵住了。

利瑟爾現在確實完全不挑食，無論煮什麼他都吃。

其中大概也有他比較不偏愛的食物吧，但沒有任何東西是他厭惡到無法入口的。利瑟爾從來沒抱怨過餐點如何，也不曾把任何食物剩下來，甚至沒見過他帶著一言難盡的表情吃飯。真是太優秀了。

但是，旅店主人意外得知了一件事——利瑟爾以前也有不敢吃的東西。

『……旅店主人，我不想吃。』

旅店主人癱倒在地。

「小客人不敢吃啊啊啊啊啊!!」

「他壞掉了！」

「快潑他水！」

被毫不留情地潑了水之後，旅店主人稍微冷靜了一點。

不過潑水也太過分了吧，旅店主人撲過去打算抓住對方，結果惹來店員一頓罵，於是所有人再度裝出一副無比冷靜的樣子道了歉。

「哎呀，是我最近剛好照顧過小孩子啦……」

他們就好像什麼事也沒發生似地繼續對話，沒有半點反省的意思。
「你說的小孩就是那個像貴族的人吧，我看到了！」
「我好像聽說他變小了，是真的變成小孩子喔？冒險者還真厲害……」
也有不少人見過變小的利瑟爾，畢竟當時他們理所當然地帶著小利瑟爾出門，這也不奇怪。既然大家都知道那就省事了，旅店主人喀滋喀滋嚼著醃菜，醉得發紅的臉上滿是寵溺的憨笑，正是他在那段奴隸時期對利瑟爾露出的表情。
「哎呀不是我在說真的是太棒了，貴族小客人超級可愛的啦，臉上一直帶著軟綿綿的笑容，只要做點心給他吃，他就會高興得臉頰微微泛紅，開心地跟我說『謝謝旅店主人』……」
「你這混蛋終於知道小孩子有多可愛了吧！小孩真的很可愛啊！」
這桌唯一有小孩（獨生女／二歲）的男人全力表示贊同。
他平常就溺愛女兒，老是動不動就一臉正經地說自家女兒好可愛。旅店主人發自內心覺得他這樣很煩，不過現在也明白了他的心情。可愛的小朋友就是可愛，讓人想到處炫耀。可愛到就算朋友們嫌棄他傻笑的表情很惱人，紛紛把擦手巾往他臉上丟，旅店主人也可以帶著笑臉接受……雖然被丟了第六條擦手巾的時候他有點生氣地丟了回去。
「小客人絕對都待在一刀客人或獸人客人的房間喔！像是午覺睡到一半，一刀客人稍微離開房間的時候啊，小客人中間醒來一下發現他不在，到處張望之後找到他的黑色外套，還會握著那件外套再繼續睡耶！」
「好可愛！」

「好可愛！」

「像他剛泡完澡的時候好像一定會想睡覺，那時候大部分都是那兩個人其中一個抱著他，他會想睡到撒嬌，把額頭往抱著他的人身上蹭欸！獸人客人在這時候跟小客人說『晚安的親親呢？』結果小客人就一邊瞇著眼睛打瞌睡，一邊抬起額頭等人家親親喔真的！」

「好可愛！」

「好可愛！」

「而且根本沒人問就一直爆料的你好噁心！」

總之旅店主人先揍了說他噁心的人一拳。

整桌的氣氛已經亢奮到停不下來，也沒有人能阻止他們，就在他們一邊爆笑一邊互毆的時候遭受到店員第三次的訓斥。一群人嚴肅地想跪在椅子上磕頭致歉，但因為大家已經喝得爛醉，有好幾個人從椅子上滾了下來。

下次再搗亂就把你們趕出去，店員這麼警告道，臉上的神情像魔物一樣肅殺。旅店主人他們乖乖點了頭，接著因為從訓話當中獲得解放而發出無意義的歡聲，端起根本搞不清是誰的酒杯繼續喝酒。到了這時候，已經有幾個人身上只剩一條內褲了。

「是說為什麼我們一直在講那些人的事情啊！」

「他們的話題聊不完！聊不完啊！」

「該怎麼說?!光是知道他們的情報就有種優越感?!」

「太誇張啦！」

一群人乾了今天不曉得第幾次的杯，所有人端著杯子的手都已經有點不穩，還是仰頭把酒灌下喉嚨。

今天和氣味相投的夥伴們一起喝酒，又能聊共通的話題聊得如此熱絡，旅店主人開心得不得了。

一開始納赫斯說想讓冒險者到他的旅店投宿的時候，老實說他有股不祥的預感……但是一看見那三人出現在眼前，他就驚訝到立刻把預感什麼的都忘個精光了。不過說歸說，他從來不曾後悔讓利瑟爾他們住進來；假如離開旅店之後他們說想再次投宿，旅店主人也有自信可以興高采烈地迎接他們入住。

因為那三人把他一成不變的日常生活，轉眼間變成了跳脫日常的陌生世界，即使他們看起來不像冒險者、有點恐怖、嚴重挑食，旅店主人還是很喜歡他們。

「好啦，我們差不多該去第二家店續攤啦！」

「耶——！」

「我超想吃醃菜，不管怎樣就想吃醃菜，想吃鹹的……」

「你不是從剛才就一直喀滋喀滋喀滋喀滋喀滋端著醃菜猛吃嗎！」

他們叫來了店員，所有人都拿出同樣枚數的銀幣，推說不用找零了。

這並不是他們愛面子，一小部分是因為拿出銅幣太麻煩了，主要原因則是付給店家的致歉費用。剛才店員像魔物一樣肅殺的神情實在教人難以忘懷，不過聽見他們說不用找錢，店員也換上了滿面的笑容，這樣就好。

外頭天色暗了，不過距離午夜還久，他們今天想必會接著喝到第三間、第四間吧。或許是剛才待在吵鬧環境下的關係，一走進寂靜的夜晚彷彿要耳鳴。

遠方傳來魔鳥的叫聲。聽見這阿斯塔尼亞國民都不會錯認的聲音，他們四人不約而同想起了一個交情已久的男性友人。

「這麼說來納赫斯沒來啊，雖然現在才講這個實在太晚了。」

「我有邀請他，但他不來。那個魔鳥笨蛋好像說，『今天是每周一次全身刷毛的日子』。」

「那傢伙真的很噁心耶。」

「就連貴族客人聽了感覺也會不予置評。」

在星空底下，旅店主人他們放聲大笑，邁開腳步開始尋找下一間酒館。

在那之後……

「耶——大家聽好了，我們接下來再去第三家啦！」

「耶——！我還可以喝很多！」

「啊，旅店主人，真巧呢。」

「等一下我還沒做好各種心理準備，我上半身為什麼沒穿啊衣服丟在哪裡了?!你們哪個人為我犧牲一下……喂大家怎麼又跪成一片了！今天的貴族客人穿的是冒險者的衣服啊！這算是冒險者打扮吧，你們為什麼還在拜啊?!雖然我懂啦！」

■IF：如果利瑟爾在王都變小了？

叩叩。聽見細小的敲門聲，賈吉偏了偏頭。

這裡是商店，進來不需要敲門呀，他邊想邊從鑑定檯的椅子上站起身來。偶爾來訪的郵務公會職員會從店門外喊他，或許是這種並不是來買東西的訪客吧。

賈吉一邊應聲，一邊握上門把開了門。門外一個人也沒有。

「惡作劇……？」

賈吉環顧四周一圈，稍微有一點點沮喪，沒想到是敲了門就跑的惡作劇。

這家店雖然不至於高級到讓人不敢進門，不過地段還算不錯，至今一次也沒有遇過這種惡作劇。不過，如果這裡對附近孩童來說已經成了有親近感的店家，那也不錯吧。

「啊……」

賈吉垂下眉笑了。最近這幾天天氣都不錯呢，他仰頭看了看天空，接著轉頭走回店裡。

「咦？」

就在這時響起一道聲音，好像在叫住賈吉似的。

那是幼小孩童的聲音，卻有著比一般小朋友更沉穩的感覺，確切無疑地從他腳邊傳來。任誰都看得出來，腳邊的位置對於高個子的賈吉來說完全是死角，這家店裡很少看到小孩光顧，但難道是有小朋友來買東西了嗎？他急忙低下頭。

「不是惡作劇。」

「……、……、…………?!」

看見那名長相無比眼熟的孩童，賈吉驚訝得發不出聲音。

賈吉僵在原地動也不動，幼小的利瑟爾就這麼不可思議地抬頭仰望著他，這情景在躲在一旁偷看的伊雷文大聲爆笑之下告終。伊雷文的這個整人計畫可說是大獲成功了。

怎麼會想這樣整人呢，賈吉簡直想花一小時好好質問伊雷文，不過他根本不可能做得出這種事。此刻他坐在伊雷文對面，邊想邊瞥了乖乖坐在伊雷文大腿上的利瑟爾一眼。

利瑟爾朝他露出軟綿綿的笑容，賈吉也忍不住軟綿綿地笑了。附帶一提，店門口已經掛上了休息中的牌子。

「就是這麼回事，你幫我們顧一下隊長吧。」

「事情經過我是知道了，不過……」

不愧是迷宮。看著被伊雷文搓揉臉頰的小利瑟爾，賈吉甚至有點欽佩。

身體和思維都是小孩子，不過保有理解範圍內的記憶。賈吉的工作和冒險者密切相關，因此能夠接受「迷宮就是這樣」的道理，但還是有點擔心是否會對利瑟爾造成奇怪的影響。

「我之前聽說過『蘑菇草原』的傳聞，這還真厲害……」

「感覺隊長就會喜歡這種迷宮對吧，我們也是因為這樣才去的啦。」

利瑟爾他們這次造訪的迷宮，名為「蘑菇草原」。

一言以蔽之，那座迷宮裡長著很多蘑菇。踩到那些蘑菇就會產生各式各樣的效果，至於產生什麼效果完全是隨機的，越往深層推進，蘑菇就長得越密集，想不踩到它還比較困難。

沒有一碰就足以造成生命危險的效果，而且丟著不管過幾天就會恢復原狀，不過只要吃下長在頭目身上的蘑菇，就可以立刻解除效果。

「所以伊雷文的頭髮才是金色的呀。」

「看見變小的隊長我分心了一下，結果就踩到啦。」

該說這造型非常不適合他呢，還是該說太適合他了？

順帶一提，賈吉看見金髮的伊雷文一邊大爆笑一邊現身的時候，馬上一把抱起利瑟爾躲進店裡去了。不知怎地總覺得他給人一種異樣的恐懼感。

「順便跟你說，大哥頭上長了角……那叫什麼啊，反正就是像山羊那種角。」

「感、感覺很恐怖……劫爾大哥還在迷宮裡嗎？」

「對啊。要跟頭目打的話隊長這樣太危險了，所以我來找人照顧他。這段時間大哥他會繼續往前推進，我打算待會就去跟他會合。」

「蘑菇草原」是劫爾嫌麻煩，所以一直沒有通關的迷宮。

劫爾在迷宮裡總是一股腦往前進，鋪滿地面的蘑菇可說和他的攻略風格相衝。今天由利瑟爾指出路線，伊雷文在絲毫沒有碰觸到的狀況下迴避了所有陷阱，所以攻略進行得非常順利……不過最後迷宮派出大批蘑菇，彷彿在說「你們也差不多該踩到了吧」，導致他們還是敗在了蘑菇大軍手上。

等到伊雷文回到迷宮裡的時候，劫爾應該也已經前進到下一個、或是下下個魔法陣了吧，如果他頭上的角沒有再增加四支就太好了。

「那個，你說要找人照顧，不過讓他待在我這裡真的好嗎……？」

「當然啊，最安全的地方是我們身邊，第二安全的不就是這家店了嗎？」

根據利瑟爾的猜測，要是賈吉真的懷有殺意，應該能跟劫爾打到不相上下。當然僅限於在這間商店裡面，不過「王座」這種樹木的守護就是如此強大。王座只會守護它的棲居者，但身為棲居者的賈吉會不惜一切保護利瑟爾，劫爾和伊雷文都理所當然地知道這一點，因此才選擇把利瑟爾送到這裡來。

「而且這裡還有人願意服侍隊長啊。」

老實說，這才是他的真心話。

這裡有好喝的茶、美味的點心，就連利瑟爾變小之後想看的那些書，在這裡大概也一應俱全。而且還有人樂意在最好的時機為利瑟爾提供這些東西，所以他們立刻就決定了。

賈吉本人愣愣地說「這不是當然的嗎」，這就是最好的證據了。

「好啦，那我差不多該回迷宮去了。隊長，我不在你會不會寂寞啊？」

「咦……」

聽見伊雷文的問題，小利瑟爾搖了搖頭。

伊雷文責備似地捏了捏他的臉頰，不過一點也不痛。小利瑟爾覺得很癢似地笑了，在他大腿上挪動身子，轉而面向自己剛才靠著的身體。

才剛離開的那雙手再度伸向利瑟爾臉頰。利瑟爾接受他的撫觸，小手緊緊抓住眼前的衣物，抬起頭回望低頭看著自己的伊雷文，露出了無比幸福的笑容。

「我好高興。」

這幼童正以全身的動作，表達出他很高興伊雷文願意為他努力，看得伊雷文一隻手啪地一聲掩住自己的嘴巴。他就這麼把後背抵在椅背上，邊哀嚎邊看向正上方，好像想逃離利瑟爾的雙眼。

「（好厲害，竟然能讓伊雷文這麼痛苦……不愧是利瑟爾大哥。）」

賈吉眨著眼睛，望著這難得一見的光景。

小利瑟爾對著走出店門的伊雷文揮著手說「路上小心」，然後目不轉睛地看著關上的門扇。賈吉見狀正想叫他，小腦袋就回過頭來，從上方看得到小小的髮旋。

小利瑟爾抬起頭大概也看不到他的臉，賈吉於是彎下腰來。

「賈吉。」

「嗯，怎麼了呀？」

即使蹲下身，利瑟爾的高度還是差了他一大截。真的好小哦，賈吉不禁露出軟綿綿的笑容。

雖然舉止很有氣質，感受得到利瑟爾良好的教養，但那雙大眼睛裡還看不見平常蘊藏的高貴色彩。取而代之的是稚嫩又惹人憐愛的眼神，令人忍不住想伸手幫助他。如果是現在的利瑟爾，平時有多受到利瑟爾寵愛，賈吉現在應該也能同樣寵回去吧。

他自然而然放慢了語調，並不是因為對方是小孩子，而是因為眼前是必須比任何事物都更加悉心呵護的人。

「那個……」

小利瑟爾稍微低下頭，只有那雙大眼睛抬起視線窺探著這裡，視覺上的殺傷力實在強大。賈吉強自固定住自己差點別開的視線，朝著對方露出微笑。

「會不會、害你不能開店？」

「利瑟爾大哥願意待在這裡，我很高興哦。」

聽見他這麼說，利瑟爾的小臉上一下子綻出燦爛的笑容。

小利瑟爾小步朝他走來，縮短了他們之間一步左右的距離，緊緊握住他的袖子，看得賈吉把臉埋在手臂當中，可愛到快要窒息。他現在真是太明白伊雷文剛才的心情了。

「賈吉？」

「沒、沒事，那個……啊，你身上還穿著裝備，要不要帶你去換衣服？」

「要。」

利瑟爾點點頭。小時候的舊衣服應該放在店裡的某處才對，賈吉開始在記憶中回想。說老實話，他現在就想去聯絡中心街的店家，請他們為利瑟爾量身訂製衣服。但以劫爾他們所展現的驚人攻略速度，狀況想必會在今天之內解決，來不及訂做了。

雖然不曉得還有沒有下次，但還是應該事先把童裝準備好嗎……賈吉認真地這麼想道，維持著蹲姿伸出手，將雙手伸進小利瑟爾胳肢窩底下，觀望過他的反應確認他沒有排斥，才小心翼翼地將他抱起。

「哇，好小……好可愛哦……」

尤其賈吉身材特別高䠷，在他看來幼年的利瑟爾又更嬌小了。

支撐著利瑟爾身體的雙手，此刻幾乎能碰到另一手的指頭；順從地被抱起的身體非常輕盈，把一隻手放到他背後就能感受到暖和的體溫，單用一隻手掌就能輕易抱住他。

看見小利瑟爾抬頭望過來，賈吉對著那雙眼睛露出陶醉到了極點的笑容，那孩子也回以一個軟綿綿的微笑，實在非常刺激他的保護欲。

「該讓你穿什麼才好呢？適合你的衣服……爺爺買給我的衣服說不定滿適合的哦。」

「因薩伊爺爺？」

「爺爺自己明明就不穿那種衣服，卻老是買乖寶寶的衣服給我穿。」

在和煦的對話當中，賈吉往店舖深處走去。

他前往的是需要時可以當作會客室的舒適空間，也就是利瑟爾以前待著悠哉讀書的那個地方。既然成年的利瑟爾喜歡這個空間，小時候的利瑟爾一定也會喜歡吧，賈吉邊想邊打開門扇。

下一秒，賈吉嚇得肩膀用力抖了一下——理應空無一人的房間裡有人在。

「嚇……我一大跳……」

「打擾了。」

「史塔德，你什麼時候來的？」

「剛才。」

明明沒看見他走進店內，史塔德此刻卻站在房間正中央，視線牢牢盯著利瑟爾一刻也不曾移開。

「我聽冒險者們說那個白癡帶著跟那位貴人很像的小孩。」

「原來是這樣，畢竟你也知道他們去了哪一座迷宮嘛。」

利瑟爾接取委託的時候總是由史塔德負責辦理，這已經是公會裡的日常光景了。

史塔德知道他們今天接了和「蘑菇草原」相關的委託，身為公會職員他也知道那座迷宮的特徵。雖然並沒有瞭解到能夠掌握每一個蘑菇的效果，但看見和小孩無緣的伊雷文珍若至寶地抱著一個神似利瑟爾的幼童，他可以輕易想像發生了什麼事。

然後史塔德馬上就過來了。反正今天本來就是他的休假日，沒問題。

「史塔德。」

「是。」

利瑟爾在賈吉懷中喊了他一聲，總覺得史塔德點頭回應的樣子看起來思慮深沉。

還以為他會馬上走過來把利瑟爾抱走呢，賈吉不可思議地想著，朝史塔德走近了一步……但對方反而往後退了一步。

「……史塔德？」

「有什麼事嗎蠢材。」

史塔德討厭小孩子嗎？賈吉偏了偏頭。

但如果討厭小孩，他應該不會來到這裡才對，也不會在此時此刻還緊盯著利瑟爾看吧。不過算了，賈吉蹲下修長的身子，小心翼翼地在地毯上把小利瑟爾放了下來。

賈吉替他理好衣服，溫柔地梳好亂掉的頭髮，接著滿意地點點頭站起身來。

「我去準備衣服，請你跟史塔德一起在這邊稍等一下吧。」

「好。」

「如果不嫌棄的話，可以看看這個哦。」

看見利瑟爾直率地點頭，賈吉露出了軟綿綿的笑容說「好乖好乖」，接著遞出了他剛才不著痕跡地從鑑定櫺上拿下來的東西。專門收購這些東西的業者今天要過來，因此他恰巧把鑑定時收購的迷宮書都整理好放在那裡了。

其中也有幾冊不知為何從寶箱裡開出來的迷宮品繪本，拿它們來鑑定的冒險者們全都嫌棄說開到了爛貨，但現在這些繪本發揮了非常有意義的功用，這不是很好嗎？看見小利瑟爾高興地接過繪本，賈吉如此確信。

「史塔德，那就拜託你囉。」

賈吉留下這麼一句話，便一邊喃喃念著「是收到櫃子深處去了嗎……」一邊消失在樓梯頂端，房間裡只剩下緊緊抱著繪本的利瑟爾，和一直盯著利瑟爾看的史塔德。

「……」

「……」

史塔德目不轉睛地俯視著那雙無比熟悉的紫晶色眼瞳。

他活到現在從來沒有這麼不知所措過，這種狀態人們稱之為混亂。

他並不是討厭小孩子，也不是對小孩沒興趣；只是他從以前就一直生活在大人的圍繞之下，而冒險者公會也不可能有小朋友來訪，換言之，至今為止問題根本不在於他對小孩有沒有興趣。不過確實，假如眼前這孩子不是利瑟爾，史塔德也不可能把任何注意力放在他身上。

「……史塔德？」

「是。」

聽見利瑟爾叫他，他點頭回應。

視線另一端，同樣目不轉睛地抬頭看著史塔德的利瑟爾稍微偏了偏頭，接著朝旁邊的雙人座沙發走去。小利瑟爾就這麼爬上沙發坐下，在大腿上攤開繪本讀了起來。

史塔德看了一會兒，然後緩緩走近沙發，稍微隔著一段距離在利瑟爾旁邊坐下，直盯著利瑟爾閱讀繪本時稚氣的側臉。

或許是注意到他的視線，利瑟爾忽然轉過來與他四目相對，眨了眨眼睛。接著利瑟爾啪答一聲闔上繪本，扭動身子在沙發上移動，然後摸索著越過史塔德的一側大腿，在他雙腿之間安頓下來。

「…………」

史塔德低頭看著利瑟爾心滿意足地再次開始讀書的模樣，無處安放的雙手在半空游移了一會兒，最後還是什麼也做不了，只能垂放在自己身體兩側。

說到底，史塔德根本連「可愛」的意思都不太明白，至今他一次也不曾覺得任何人可愛，也不曾說出「可愛」這個詞，自然不可能知道如何疼愛小孩子。

話雖如此，他並不想把這嬌小的身體從腿上移開，也絕不希望他離開。不知所措的史塔德陷入無法動彈的局面，直到賈吉回來之前都維持原本的姿勢動也不動，只是低頭凝視著坐在他雙腿之間的小利瑟爾。

賈吉順利找到了他小時候的衣服。

「嗯唔……」

「好了，可以把手放下來了喲。太好了，尺寸剛剛好。」

賈吉面對面蹲在利瑟爾身前，一邊替他撥好亂翹的頭髮，一邊露出軟綿綿的笑容。找到的衣服一直收在保存袋裡，而且袋子是迷宮品，因此仍然保持整潔，尺寸也沒有問題。

不過果然還是想為利瑟爾買新的衣服呢，賈吉在內心這麼想著，溫柔地抱起站著的利瑟爾，然後讓他坐在後方的沙發上。

賈吉抬起了利瑟爾的小腳，由於剛才為他換上長褲的時候脫下了鞋襪，因此利瑟爾的腳現在是赤裸的。史塔德還是目不轉睛地凝視著利瑟爾，實在有點恐怖，賈吉邊想邊替利瑟爾穿上襪子和鞋子，完成了更衣。看著利瑟爾乖乖坐在沙發上，賈吉笑逐顏開地直說好可愛、好可愛。

陶醉了一會兒之後，他站起身，打算去泡個茶。

「你想吃餅乾呢，還是想吃蛋糕捲？」

「嗯……想吃餅乾。」

「好，我知道了。」

賈吉對他粲然一笑，走向起居室一隅的小廚房。

他從嵌在牆壁的架子上拿出餅乾。這是人家送的，送禮人是位素有來往的店主，在中心街開店，因此盒子的工藝也非常精緻。

賈吉把餅乾盛到盤子裡，想著是否該順便泡個紅茶，不過認真考慮了一陣之後他還是決定換成熱可可。

「──、──」

「？」

突然聽見一道細小的聲音，賈吉停下了手邊準備茶點的動作回過頭。利瑟爾不知何時回到了史塔德大腿上，和剛才一樣低頭讀著繪本，看起來也沒跟史塔德說話，應該是自己聽錯了吧。水壺開始冒出蒸氣，賈吉於是關了火。

但一關上火爐，那聲音就清晰地傳入耳中。

「（他小聲唱著歌……！）」

哼——哼哼——輕飄飄的歌聲聽起來心情很好。

賈吉差點發出怪聲，急忙按住自己的嘴巴，當場搖搖晃晃地蹲了下去。還好有吧檯擋著，從利瑟爾的角度應該看不見才對。差點以為自己要腿軟了，賈吉邊想邊扶著牆壁想站起身來，這時史塔德那張面無表情俯視著利瑟爾的臉忽然映入他眼中。

「（還真虧他有辦法保持平常心……不過那樣該說是平常心嗎……）」

賈吉優異的觀察眼力得出了一個結論：那雙像玻璃珠一樣透明的眼眸已經超越了情緒的有無，到達「虛無」的境界了。史塔德現在正全心全力成為利瑟爾的椅子。

史塔德不介意的話就沒關係吧。賈吉點點頭端起了托盤，上面放著餅乾盤、可可，還有史塔德和自己喝的紅茶。看見利瑟爾全神貫注地讀著繪本，賈吉嘴角綻開了笑容，就在他把托盤放到桌上的時候……

「喂——今天休息啊？」

「啊。」

對了，有商人要來收購迷宮品，賈吉垂下眉頭。

有些商人會收購迷宮書和魔物模型這些乍看好像是下下籤的迷宮品，也不曉得他們是拿到哪裡轉賣。賈吉也握有各種迷宮品的轉賣管道，今天這位商人是來收購迷宮書本和繪畫的。

東西已經準備好了，迅速出去一趟把東西交給對方吧。賈吉這麼想著，正想走向店面，這時卻注意到小利瑟爾坐在史塔德大腿上，目不轉睛地看著這裡。

「利瑟爾大哥？」

看見利瑟爾爬下沙發，朝這裡走來，賈吉問他怎麼了。

「我想看。」

「咦？」

「想看客人，和賈吉。」

看著利瑟爾小步走近他腳邊，賈吉心想，這意思是想看他做生意的樣子嗎？

這次是商人之間的交易，跟利瑟爾想像的那種「商店買賣」並不一樣，不過如果利瑟爾不介意當然沒問題，賈吉於是點點頭。

「那我就把門開著囉，請從這邊看吧。」

這樣有點緊張呢，賈吉朝他笑了笑，利瑟爾也高興地抱緊了繪本。

接著，賈吉就這麼走出起居空間，沒有關上通往店內的門扉。「請進。」他邊對門外的客人說了一聲邊回過頭，看見利瑟爾躲在門後。應該是不想打擾到賈吉的關係吧，他只從門後的陰影處探出臉來，模樣可愛極了。

至於光明正大站在利瑟爾身後、根本無意躲藏的史塔德，他就覺得不太妥當了。史塔德只有直立不動的左半邊身體從門板後方露出來，看起來好恐怖。

「嗨。怎麼啦，很少看到你店裡休息。」

「這個嘛，臨時有點急事……」

「哦，那我們就快點結束吧。」

「迷宮品放在平常的老地方。」

這位商人是從前就跟他有來往的舊識了。

他熟門熟路地走近鑑定檯，仔細端詳賈吉準備好的書本和繪畫，接著拿起放在一起的鑑定金額一覽表，一一對照每一項的金額和迷宮品，頻頻點著頭。

看起來沒有問題。看見對方心服口服的反應，賈吉鬆了一口氣。

「你家的鑑定還是一樣精準啊，從來不灌水，這樣我也樂得輕鬆。」

「這畢竟也算是這家店的賣點嘛。」

賈吉的視線不好意思地四處游移，利瑟爾的身影自然也就映入了他的視野。

他在那裡看見的是利瑟爾自豪的燦爛笑容，明明受人誇獎的不是利瑟爾自己……賈吉以為自己要死了。

「那這東西的費用……唔喔，你臉好紅，身體不舒服嗎？」

「不，我沒事、沒……可能也不算沒事……」

賈吉一手按著臉，一手撐在鑑定檯上勉強穩住身體，商人懷疑地看著他想，這應該是真的身體不舒服吧？他看不見背後的利瑟爾。

「那個，我真的沒事……」

「哎，怎麼看都不像啊……那我快點處理完，你要好好休息啊。」

眼見賈吉奄奄一息地要他繼續，身為商人他也只能繼續談生意。

他也還得到其他店家拜訪，還是立刻把事情辦完吧，商人於是翻過一覽表說：

「那我就全部收購啦，金額總共是……嗯？書好像少了三本耶？」

「啊。」

都忘記了，賈吉一聽才終於抬起紅潮逐漸消退的臉。

他剛才從裡面抽出了三本繪本。賈吉不經意瞥向利瑟爾，看見小利瑟爾睜著愣怔的雙眼看著他。不過利瑟爾在這個年紀已經相當伶俐，大概知道他們說的就是自己手上的書吧。

小利瑟爾低頭看了看自己懷中抱得緊緊的繪本，再看了看堆放在鑑定檯上的書本，然後又看了看繪本。那雙大眼睛失落地閃動了一下，儘管露出失望的神色，他還是努力伸出雙手，作勢朝賈吉遞出繪本。這一次，賈吉真的癱倒在地上了。

「喂，你是不是真的不舒服……好白！你臉色好白！」

「不、不好意思，罪惡感之類的各種情緒一下子爆表了……那個，麻煩你把不在這邊的三本書刪掉吧。」

「這樣啊。嗯，你身體沒事就好……啊——總覺得我也開始發冷了。」

發寒的原因不用說，當然是站在利瑟爾身後的史塔德。

商人雙肩打了個顫，牢牢拉緊衣襟。只感受到一點寒氣算很好了吧，賈吉邊想邊在商人準備的文件上簽了名。似乎從對話當中察覺繪本不會被沒收，利瑟爾的神情看起來很開心，多虧如此商人才平安無事……雖然陷他於危機當中的也是利瑟爾就是了。

「那東西我就拿走啦，謝謝惠顧。」

「麻煩你了。」

商談進行得比平常更加俐落，沒有發生任何糾紛，買賣圓滿完成。

商人把收購的迷宮品塞進馬車便離開了，賈吉目送他走遠，放鬆肩膀呼出了一小口氣。身後響起細小的腳步聲，賈吉一回過頭，就看見利瑟爾小跑步朝著自己跑來。

他蹲下身迎接那幼小的身體，感覺到利瑟爾撲上來緊緊抱住他頸子。

「賈吉，謝謝你。」

「嗯，不客氣。」

利瑟爾抱緊了手上的繪本，紅著臉頰露出微笑，賈吉看了也回以一個軟綿綿的笑容，溫柔地摸了摸眼前的小腦袋。

過了一會兒……

「這是、鱗片。嗯……是龍的。」

「沒錯，答對了。那這個呢？」

「角……」

利瑟爾坐在史塔德的大腿上，看著排列在桌上的魔物素材。這是賈吉為他舉行的鑑定體驗。

到了這時候史塔德似乎也相當習慣了，開始可以在利瑟爾坐在他雙腿之間、身體前傾的時候支撐住他的腰。不過這時候一般人會將手臂環在小孩子腰部，史塔德卻以雙手抓著，而且還保持著這個姿勢紋絲不動，可以看出他照顧小孩的技能有多麼貧乏。

「獸型魔物的角上會有橫向的線條，來，你摸摸看就知道了。」
「有一點凹凹凸凸的。」
「尖尖的地方不要碰哦。還有……」
說明到一半，外頭忽然傳來敲門聲。
門口明明掛著休息中的牌子呀，賈吉略感不滿地站起身來。小利瑟爾追著他的動作抬頭仰望過來，他道了歉，說：「等我一下下哦。」然後走向店面。
利瑟爾點點頭，目送賈吉走出去之後，拿起擱在桌上的球體端詳了起來。
「…………」
「史塔德？」
忽然，史塔德抓著他腰部的手多使了點力道。
有點癢，利瑟爾邊想邊回過頭，看見那張漠無表情的臉隱隱散發出險惡的氣息。利瑟爾就這麼默默盯著他看，和那對沒有感情的眼睛對視了十幾秒。
接著，利瑟爾突然揉了揉眼睛，好像希望他鬆開手似地轉過身，跟他面對面，接著把臉埋進冒險者公會的制服裡。
「嗯……」
「怎麼了嗎？」
史塔德無處安放的手懸在原處，朝著狀態有異的利瑟爾這麼問。
幼小的孩童窩在他腿間，那個平時總是溫柔地為他帶來解答的人，此刻撒嬌似地將額頭蹭了過來。

是身體不舒服嗎？心情不好嗎？那個蠢材偏偏在這種時候跑到其他地方去了，還真不中用，史塔德僵在原地這麼想著。下一秒，史塔德儘管注意到房門打了開來，卻因為無暇分心而繼續盯著利瑟爾瞧。

「哎呀，真不走運，到午睡時間了嗎？」

對方聲音裡平時的快活沉潛了下來，低低的輕語帶著笑意。

史塔德沒有做出任何回應，打從賈吉走出起居室的時候，他就已經注意到訪客的身分了。

「怎麼變成了這麼可愛的模樣。」

那雙手臂伸了過來，溫柔地將利瑟爾抱離史塔德。

史塔德以目光追著遠離的利瑟爾。即使想要挽留，他也不敢輕易碰觸他，因此只能目送那嬌小的身體被大手裹住似地抱起。

訪客慈愛地湊近去打量懷中的幼童，拇指輕撫過孩子眼睛周圍柔軟的肌膚。他朝史塔德看了過來，沒有弦外之音的笑容好像在說他看見了有趣的東西。

「如果要這樣瞪我，你怎麼不哄哄他呢，能看見你這樣摸索的樣子還真是難得。」

「你怎麼沒把他趕回去，蠢材。」

「可、可是他是利瑟爾大哥的熟人呀……而且也不可能拒絕……」

賈吉不知所措地回到起居室裡來，要拒絕這位訪客對他來說負擔太重了吧。

畢竟對方可是王都知名的貴族之一。儘管那人現在正抱著小孩子、拍著背哄他睡覺，但這可是如假包換的貴族，賈吉不可能趕他回去。

「雷伊、子爵。」

「嗯？很想睡吧，就這樣睡著沒關係哦。」

身體被溫暖的體溫裹著，手掌以固定的節奏溫柔拍著背。

利瑟爾昏昏沉沉地垂下眼皮。對方的說話聲低沉平穩，他想揉眼睛的那隻手才剛抬起，就被大手完全裹進掌心。

「可惜這樣就看不到你的眼睛了。」

雷伊令人安心的微笑朝利瑟爾靠近，在他額頭上落下一個祝福般的吻。這種感覺沒來由地讓他好懷念，利瑟爾忍不住闔上了沉重的眼皮。

過幾秒，他已經開始發出規律的鼻息。

「萊納個性活潑，小時候總是不睡覺，看起來利瑟爾閣下相當文靜呢。」

不過也可以說他忠於自己的需求，雷伊笑著這麼說，輕手輕腳坐到史塔德旁邊，小心不吵醒利瑟爾。

「那個……我去泡個茶。」

「不用費心，我不會待太久的，突然過來打擾真不好意思啊。」

「不、不會。」

賈吉一副坐立難安的樣子，雷伊見狀笑了笑，替邊睡邊動著身子的利瑟爾調整了一下姿勢。似乎找到了安定的姿勢，他再度沉沉睡去，史塔德目不轉睛地看著小利瑟爾說：

「您怎麼知道的？」

「我今天到憲兵團的值勤據點去了一趟，某位憲兵長說他目擊了某種情景，一臉嚴肅地說不知道是不是兒童誘拐，我聽了就很好奇囉。」

伊雷文抱著幼童的情景，果然任誰看來都非常突兀吧。

某憲兵長就這麼帶著兒童誘拐的疑慮回到據點，跟前來巡視的憲兵總長討論這件事的時候被雷伊碰個正著，於是造成了現在的局面。雷伊也是迷宮品的狂熱收藏家，一聽就看破了那個「神似利瑟爾的小孩」的真面目，立刻帶著那位憲兵長來到這家店。

順帶一提，那位憲兵長正站在門外等候。感覺會造成這家店出現奇怪的傳聞，賈吉希望他不要這樣。

「真想讓沙德也看看，那傢伙一定會很寵他的。」

「我倒是連讓您看見都不太樂意。」

「如果要這樣說，你就好好照顧他吧。」

雷伊瞇細了金色的眼眸，站起身來。

如同方才所說，他不能久留，要是讓店門口那個正經過頭的男人等太久，他可是會闖進店裡的，吵鬧起來假如驚醒了利瑟爾，小朋友就太可憐了。賈吉正好拿著毛毯回來了，雷伊於是將懷裡抱著的嬌小身軀交給他。

賈吉連忙把毛毯披在手臂上，慎重地接過利瑟爾以免吵醒他，雷伊看了心滿意足地點點頭。

「你要是太欺負他，我會很傷腦筋的。」

幼童沒有被吵醒的跡象，雷伊摸著利瑟爾的額頭，給了史塔德一個惡作劇般的眼神。

「伸出手卻沒有被人握住，小孩子會感到非常不安哦。」

史塔德不禁緊抿起雙唇，一時忘了要回嘴。

他回想起剛才利瑟爾的模樣，那雙眼睛納悶地看著他，自在地坐在他腿上，目不轉睛地仰望過來。這種反應，該不會代表他感到不安吧？不，他看起來那麼神色自若，而且以利瑟爾的個性，怎麼可能……

該不會被利瑟爾討厭了吧，賈吉清清楚楚看見了史塔德背後轟地劈下一道雷電。

「史、史塔德，沒關係的，利瑟爾大哥他一點也不介意啊。」

「他本人又沒有這麼說你怎麼能這樣斷定啊蠢材。」

史塔德好激動，賈吉露出苦笑。

「哎呀，不過我也覺得你不必擔心哦。」

雷伊從容優雅地笑了，最後又將手掌輕輕滑過圓滾滾的額頭才抽開手。

史塔德臉上從來沒有表情，不知為何卻能露骨傳達出負面情緒。雷伊絲毫沒把史塔德此刻散發出的怨氣放在心上，反而像見到了珍奇的東西一樣愉快，優哉游哉往門口走去。

他扶上門把，在離去之際回過頭來，眨起一隻眼睛說：

「想要把屬於自己的東西安置在觸手可及的範圍，也是小孩子的習性哦。」

雖說年紀變小了，但利瑟爾不像是不論看見誰都會親近的人。

既然利瑟爾主動觸碰他，那一定是那個意思了吧。史塔德聽了微微瞠大眼睛，但雷伊已經走出起居室，賈吉慌忙跟出去送客，兩人都沒注意到他的反應。

到了太陽逐漸西沉，街道染上夕陽色彩的時候。

利瑟爾睡過午覺之後仍舊回到史塔德腿上繼續讀書，此刻他啪的一聲闔上書本。看來是讀完了，史塔德接過那本書，替他放到桌上。

這下子繪本全都讀完了。利瑟爾往後一靠，史塔德低頭看著靠在自己身上的小身影，緩緩鬆開依然抓著利瑟爾腰部的手。

「好癢哦。」

「不好意思。」

利瑟爾輕聲笑著，伸過小手想抓住他的手，史塔德硬是止住了自己下意識想要避開的動作。

他主動抓住了利瑟爾的指尖，輕輕握住短短的手指，裹住利瑟爾的整個手掌。像在回應他一步一步確認般的動作，利瑟爾的手也動了動，在他手心裡回握。

史塔德動也不動地享受著手掌被輕輕搔癢的感覺，開口問他：

「我是屬於你的東西嗎？」

利瑟爾偏了偏頭，像在說他聽不懂。

但史塔德不懂得換個小孩子容易明白的表達方式，只是默默等著利瑟爾答覆。

利瑟爾好像想了一會兒，注意到史塔德想要鬆開手的時候，他伸手追了過來，小手緊緊握住了他纖細卻骨節分明的食指和中指。

「史塔德……」

那雙紫水晶般的眼眸忽地映照出史塔德的身影。

臉上帶著柔軟的微笑，甜美的眼睛幸福地瞇細。親眼看見這副神情，史塔德自從利瑟爾變成孩子以來一直緊繃著的身體才終於逐漸放鬆下來。

「喜歡。」

那一瞬間，史塔德確實理解了「可愛」這個詞的意思。

利瑟爾的晚餐也是在賈吉店裡吃的。

吃飽飯之後，小利瑟爾一樣受到史塔德的凝視，坐在賈吉腿上讓他摸著肚子，就在差不多該沖澡的時候，傳來了店門打開的聲音。

沒打招呼就直接開門，毫不理會門口「休息中」的牌子。原本稍微打著瞌睡的利瑟爾聽了，一下子睜大眼睛清醒過來。

「啊，劫爾大哥他們回來了呢。一起去跟他們說歡迎回來吧？」

「好。」

利瑟爾點點頭，賈吉於是把他從腿上放下來，配合他的步伐慢慢往店面走。雖然想牽著他的手，但身高實在差太多了，有點困難。

一打開通往店面的門扇便看見那兩個人正在交談，身上理所當然沒半點傷，看起來卻頗為疲倦。

「啊……累死我了，隊長不在，攻略新迷宮實在有夠麻煩。」

「別學會偷懶。」

「大哥還不是一樣，在迷宮裡一直咋舌。」

「劫爾、伊雷文。」

「啊，隊長，我們回來了——有沒有乖乖的啊？」

「有。」

對於這問題，利瑟爾就是有辦法自信滿滿地點頭。

伊雷文把跑近的利瑟爾抱了起來。他的頭髮已經恢復了原本光潤的紅色，劫爾頭上也看不見先前說的角，想必已經取得蘑菇了吧，賈吉鬆了一口氣。

對於他們只花一天就通關整座迷宮，賈吉已經不會感到驚訝了，在他心目中劫爾他們就是這樣的人。在他身後默默跟來的史塔德，對那兩人的興趣也沒有深厚到會感到驚訝。

「啊？冰棒怎麼在這裡啊。」

「多虧你像白癡一樣什麼也沒想就抱著他在街上走我才能得知這件事，看來白癡也是有點用的。」

「果然還是想跟大家炫耀說我．的．隊長變小了啊。你要道謝也該拿出道謝應有的態度嘛。」

兩人接著在利瑟爾看不見的死角展開比平常更激烈的攻防。

利瑟爾還被伊雷文抱在懷裡，什麼也沒發現，也什麼都不介意。劫爾從旁把他抱走，稍微猶豫了一會兒，順著賈吉的招呼讓利瑟爾坐在旁邊的鑑定檯上。

接著劫爾翻了翻腰包，取出一朵鮮紅色漸層的蘑菇。

「喏。」

利瑟爾接過蘑菇，低頭目不轉睛地看著它。

「好紅哦。」

「我們試過毒了，你快吃。」

「好紅哦……」

「也不是不懂你的反應，不過它幾乎沒有味道，一口氣吃下去吧。」

順帶一提，劫爾在自己吃之前先讓伊雷文吃了。

「劫爾……」

「放棄吧。」

劫爾從不乾不脆的利瑟爾手中拿起蘑菇，按在他嘴邊。

利瑟爾放棄似地張開嘴，往菇傘上咬了一口。他並不特別討厭蘑菇，因此咀嚼了幾下之後直接吞了下去。

下一秒，隨著「砰」的一聲，利瑟爾的身體便被白色煙霧和某種閃亮亮的物質包圍起來。

「利瑟爾大哥?!」

「只是變回去而已。」

聽見賈吉驚叫出聲，劫爾瞥了他一眼這麼答道。

沒事吧，需要水嗎……賈吉急得不知所措。在他身後，史塔德和伊雷文剛才還反覆進行著殺氣騰騰的攻防，現在已經被天花板和牆壁長出的無數柵欄團團包圍，看起來像被關在牢裡的罪犯。

為什麼會變成這樣？就在劫爾默默打量這一幕的時候，煙霧也逐漸散開了。一如往常的利瑟爾就坐在鑑定檯上，賈吉忍不住跑了過去。

「利、利瑟爾大哥，太好了……！」

「咦，我記得我應該是在迷宮……是踩到蘑菇變小了嗎？」

「你應該不記得吧……」劫爾說。

利瑟爾明明一臉不可思議，不知為何卻精準說中了狀況。劫爾無奈地嘆了口氣，賈吉則替他端了水來，利瑟爾對他們兩人道了謝。

接著，被監禁的伊雷文和史塔德忽然映入他眼簾，利瑟爾露出沒轍的微笑。

「不可以鬧得太過火哦，伊雷文、史塔德。」

聽見那道溫柔責備的聲音，賈吉和史塔德知道剛才的孩子變回平常的利瑟爾了，意識到事情圓滿落幕，兩人鬆了一口氣。

這是後續幾天發生的事。

某天，賈吉害羞地這麼說：

「利瑟爾大哥，那個……我能不能稍微摸你一下……？」

利瑟爾露出微笑說，「請便。」賈吉摸摸他的頭，看起來幸福到了極點。

還有，史塔德在閒聊之餘這麼說：

「忘記說了，我覺得你非常可愛。」

儘管感到不可思議，利瑟爾還是道了謝。坐在史塔德隔壁的公會職員把嘴裡的水都噴了出來。

這件事造成的一點後遺症，果然還是在賈吉和史塔德身上殘留了幾天。

聽說某副隊長把某冒險者弄哭了

自從我進入魔鳥騎兵團，不知不覺已經過了好幾年，但我仍然是團裡最菜的新人。

畢竟在正式入團之前還有一段漫長的見習時期。我以準見習騎兵的身分，在騎兵團做了大約五年的雜務，順利和自己的搭檔完成命運的邂逅之後，又經歷過大約五年的正式見習。這還算在平均的範疇之內，可說是相當漫長的一條路。

雜務真的就是打雜，搭檔還連個影子都看不見。

除非我主動說「要不要我來幫忙？」，否則意外地幾乎不用幫騎兵團的前輩們跑腿，工作內容就是一直照顧魔鳥而已。不過準備餌料是重度勞動的工作，還得搬運、鋪整乾草，打掃廄舍，把各處打理整齊。不需要魔鳥搭檔的訓練我們當然也得參加，還要鍛鍊體力，學習用槍。慢慢習慣之後，就幫不用值勤的前輩們照顧魔鳥。

就算是不用值班的日子，幾乎所有騎兵們還是會親自照料自己的搭檔。不過有時候難免遇到排不開的要事，或是有些人在外還有家庭，或者是騎兵面色如土地跑來拜託：「我跟搭檔吵架，結果牠鬧脾氣了……大概過三天左右就沒事了，這幾天你先幫我照顧吧……」這時候就會由見習騎兵代為照顧。

其實，有些魔鳥平常明明不排斥由搭檔以外的人照料，卻會在這時拒絕特定的見習騎兵，據說內在有問題的傢伙一定會遭到魔鳥拒絕。不過在成為見習騎兵之前，我們這方面的適性都會經過檢視，幾乎沒有人到了這個階段才發現不適合就是了。

偶爾中的偶爾，也會出現那種個性明明好得沒話說，卻不知為何不適合當騎兵的人。幾年前也出現過一個，當時騎兵們全員出動，花了三天三夜安慰他。那傢伙一邊嚎啕大哭一邊被編入了步兵團，現在每天都活力充沛地執行勤務，我們到現在見了面還是聊得很開心。

我也算不上品行端正，不過希望自己能當個不愧對搭檔，也不愧對那些無法當上騎兵的傢伙的人。

過著這種被雜務和訓練追著跑的日子，有一天，隊長突然就批准讓我擁有搭檔了。

那時候我簡直高興到要瘋掉了。最近才看到從打雜升格成見習騎兵的傢伙一邊發出狂喜的怪叫一邊在王宮裡到處跑，騎兵團因此接到了一些投訴意見。

我？我開心到跑去糾纏別人，沒發現被我糾纏的是國王陛下，冷靜下來之後只能磕頭道歉。哎呀，但這種反應也是人之常情嘛，最好的證據就是沒有任何騎兵責備我，只用「真拿你沒辦法」的眼神看我而已。不過王宮侍衛兵倒是把我徹底教訓了一頓。

獲得擁有搭檔的許可之後，我們會被帶到一座只有騎兵團知道確切位置的島嶼，叫做「棲宿岩山」。那座島靠著船隻無法到達，魔鳥是唯一的交通手段，我們將那裡簡稱為「巢」。

顧名思義，那座島就是魔鳥們的巢穴。島上只有退休的魔鳥、魔鳥的雛鳥和蛋，還有從第一線引退之後，成為魔鳥照顧者的幾位魔鳥騎兵而已。僻靜的島上只聽得見魔鳥的叫聲和浪濤聲。

我們在那裡被雛鳥選中，向照顧者學習各式各樣的知識，同時和搭檔培養出羈絆，等到我們騎在長成成鳥的魔鳥背上飛回阿斯塔尼亞，就是正式入團了。和搭檔一起降落在懷念的訓練場上，那一瞬間的驕傲難以言喻，每一次回想起來我都好想見到搭檔。

我現在也想見搭檔，想得不得了。

此刻我一邊這麼想著，一邊感受到強烈的動搖。我今天不用值勤，應該跟自己的搭檔悠哉度過這一天才對，事情怎麼會變成這樣？

我走在騎兵團的宿舍當中……不對，我自然加快了步伐，現在的速度已經算是快走了。我沒注意到自己額角滲著冷汗，努力壓抑住狂跳的心臟。總而言之，得快點找誰傾吐這種動搖才行，我朝著外頭走去。

訓練場就在宿舍旁邊，那裡幾乎隨時都有人在。我急得已經跑了起來，以破門的氣勢打開宿舍大門，跑出戶外，衝向第一眼見到的人影。

「喔，怎麼啦？」

「不要撞到魔鳥喔。」

該說不愧是前輩嗎，我為了發洩心裡強烈的動搖朝他們使出了金勾臂，結果被他們輕易躲開了。我一時煞不住腳，差點栽到地上，但還是勉強穩住身體。

我一邊往地上蹲一邊回過頭，看見前輩們背著長槍不知道在討論什麼。打擾了，不好意思。

「我看到客人在廚房裡耶。」

「喔，這次是哪個傢伙的媽媽啊？」

「每次都不知道她們哪時候跑來的。」

「門衛也好好工作吧。」

不知為何時常有騎兵的母親跑到宿舍來，煮各種東西放著給我們吃，真是個謎。我家那個歐巴桑也來過，那其實很不好意思耶，要是其他傢伙的母親過來我倒是很開心，可以吃到餐廳沒有的好菜，但自己的媽媽過來就很受不了啊……不對。

「不是啦！我說的是那個怎麼看都是貴族的客人！和一刀一起的那個！」

一瞬間空氣彷彿凝結，應該不是我的錯覺。

魔鳥在上空盤旋，影子掠過地面。或許是訓練結束了，有同僚帶著自己的搭檔從我們旁邊經過，看也沒看我們一眼。一陣微妙的沉默。

我仍然蹲在地上，仰望著前輩們一臉目擊了魔鳥露出肚子睡覺的表情（也就是分不清現實與虛構的表情）。然後我垂下頭，雙手掩住臉，發出我竭盡全力的慟哭：

「而且他好像!!還在哭!!」

「……啊？」

「什麼……嗄？」

「啊？」

前輩們的表達能力瞬間死去。

我親眼看見的時候，思考力等等的各種能力也死了，真希望記憶力也一起死去。

「等，你先冷靜……你說啥？」

「對啊，講清楚、講清楚。」

「視狀況而定我們可能會沒命啊。」

儘管聽起來很誇張，卻讓人覺得這麼說並非誇飾，這就是貴客厲害的地方了。

一刀那麼恐怖，獸人大概也不好惹，而且我們都知道那兩個人有多小心翼翼地保護他。但貴族小哥應該會阻止他們吧……所以才會說雖然很誇張，但沒那麼誇張。

不對，倒不如說貴族小哥哭泣的原因只有可能是那兩個人……嗯，還是不太可能。不過……不可能，嗯，不可能。不可能。大概吧。

「喂，快點報告！」

「好痛，不要踢我啦！」

被前輩用腳尖戳了幾下，我拍拍屁股站起身來。

順帶一提，魔鳥騎兵團當中基本上沒有上下位階之分。因為在我們之間建立起上下關係，就等於強制魔鳥們也跟著區分位階，所以無論新人還是老手，除了隊長和副隊長以外的所有人都平起平坐。

隊長和副隊長……應該說隊長的魔鳥和副隊長的魔鳥，是群體當中的領袖和副手，所以只有他們有職銜。集體行動需要有首領帶頭，這點人和魔鳥都一樣。

「要我講清楚喔，但我只是路過而已，也沒有進廚房……」

「努力擠出來啊。」

「客人他一個人待在那嗎？」

看見他哭實在太讓我震驚了，什麼都想不起來。

哭泣的表情倒是，嗯，印象非常深刻。明明不是我把他弄哭的，我看了卻有種強烈的罪惡感。這就是所謂的悖德感嗎？歉疚感太強烈了，強烈到這件事分明跟我沒關係，我卻覺得必須為他做點什麼。

貴客要是個女人，大概掉一滴眼淚就能讓人捧上幾百枚金幣吧，太恐怖啦。離題了。

「……不，還有其他人。」

「其他人?!是誰！」

「一刀嗎！獸人嗎！」

「那些人要是一起待在我們宿舍的廚房也太恐怖了吧！」

「是納赫斯大哥。」

所有人瞬間沉默，紛紛帶著沉痛的表情垂下頭。

我也察覺了什麼似地看向遠方。在一段距離之外，悠閒曬著太陽的魔鳥用力點頭打著瞌睡，一次頭點得特別大力，把自己嚇了一跳，好可愛。我在逃避現實。

「也就是說……納赫斯要死了……？」

「等等……不，嗯……」

納赫斯大哥的實力也相當強大，但一刀跟我們根本不是同個等級，不可能抗衡。

「但也不一定是納赫斯大哥把貴客弄哭的啊!!」

我回過神來大叫道。叫得太大聲了，路過的侍衛兵多看了我一眼。

沒錯，罪魁禍首不一定是納赫斯大哥，畢竟他總是那麼照顧客人他們。而且他教訓我們的時候算是常常揍人，但對客人他們都只是訓話而已。

雖然訓話很長就是了。時不時會看見那個像貴族的客人認真聽訓到最後，一刀和獸人則是早早就當耳邊風，或不知跑到哪去了。

「這麼說也是……那傢伙很照顧他們啊。」

「納赫斯為什麼會變成那樣呢……」

「有時候會覺得他是不是把客人他們當成魔鳥的幼雛了。」

啊，我懂。

納赫斯大哥本來就是很可靠的人，不過並不是會去主動積極照顧別人的類型。話雖如此，有什麼煩惱的時候他會很真摯地陪我們商量，跟魔鳥合作不順利的時候他也會給我們建議，光是這樣，在粗枝大葉的傢伙居多的兵團當中，就已經算是比較會照顧大家的人了。

粗枝大葉卻有辦法照顧魔鳥？照顧魔鳥是騎兵團全員的基礎技能啊，那不算。

「呃，先假設他真的把貴客當成雛鳥……」

前輩們開始瘋掉了。

一臉正經地點頭的我也差不多瘋了，不過談話有所進展就好。

「那不就更不可能把他弄哭了嗎。」

「畢竟是納赫斯嘛。」

「就連我們看來，他都是滿誇張的魔鳥笨蛋嘛。」

「那傢伙絕對單身一輩子了吧。」

偷偷說，其實我曾經看過納赫斯大哥在街上收到女孩子送的點心。是個額頭寬寬的可愛女生，我也好想收到那種女孩子送的點心喔。

聞到點心包裝裡散發出難以言喻的焦臭味一定是我的錯覺，就算不是錯覺也沒關係，不太擅長做料理的女生很可愛啊。

順帶一提，騎兵團裡雖然也有女孩子，但那些傢伙談起入團的契機，大多都會一臉陶醉地說「因為非常嚮往隊長和搭檔凜然的身影」，入團之後又開始把所有的愛灌注到自己的魔鳥身上，一問她們喜歡的類型還會秒答「隊長」，我們根本沒勝算。

「倒不如說，納赫斯到底要做什麼才會把客人弄哭啊？」

「…………揍他。」

「他怎麼可能做出那種事！你是想打架嗎！」

「我也不想說這種話啊！」

納赫斯大哥把客人弄哭的說法果然完全不可信。

我把吵鬧的前輩們擺在一邊，挖掘自己的記憶，希望回想起更多細節。貴客在哭，納赫斯大哥站在他面前，抓著他的手腕……

「嗯？」

「怎麼啦？」

「我好像想起什麼事情了。」

沒錯，客人的手腕裸露在外。

在這氣候溫暖的阿斯塔尼亞，也從來沒見過那位貴客的衣服穿得有半點邋遢。從王都來到阿斯塔尼亞的路上，即使一刀他們熱得換上了短袖之類的服裝，那位貴客的穿著還是完全沒變。

襯衫的鈕釦全扣，不論領口還是袖口都扣得嚴嚴實實，還記得那時候我看了就想，這樣難道不覺得很悶嗎？不，他這麼穿確實很適合，不過剛才好像看到他把袖子捲起來……

「……?!」

注意到的事實讓我愕然。
我錯愕得說不出話，前輩們注意到我渾身顫抖，帶著「怎麼了嗎」的眼神看向這裡。
「怎麼了，你想起什麼了嗎！」
「圍裙……」
「啊？」
「客人他，穿著圍裙……！」
短暫的沉默。
「不你說啥？」
「他是太不熟悉庶民的衣服，所以穿錯了嗎？」
「因為穿錯衣服被納赫斯指正，所以就哭了？」
湊齊了廚房和圍裙這兩項條件，大家聽了卻還是無法把他跟烹飪聯想在一起，該說不愧是那位貴客嗎。
不，我要是只聽見這些條件也聯想不到，但圍裙這個契機讓我想起了其他細節。沒錯，從客人的所在處再往廚房裡側看，檯面上放著砧板，好像還有菜刀。再怎麼難以置信，想到這裡總該有了結論。
「他應該是在煮東西……？」
不，我果然還是有點沒信心。
「不可能吧！」
「不可能啦！不可能……」

「快告訴我不可能……」
響起一片笑聲之後，所有人都面無表情地消沉下去。
我懂這種心情，我也開始懷疑當時看到的是不是幻覺了，但這個推論解釋了許多疑點也是不爭的事實。
納赫斯大哥不可能特地把客人帶進宿舍，還強迫他做料理，也就是說……
「貴客不知為何想做料理，納赫斯大哥看到了實在沒辦法丟下他不管，所以就把他帶回宿舍……」
「啊——納赫斯很有可能做出這種事。」
「那位客人有時候也很讓人摸不著頭緒啊……」
「用菜刀之類的時候切到手指，所以哭了？」
「不，這也太弱了吧。」
「我說你啊，那個人好歹也算是冒險者耶。」
「那……啊！」
靈光一閃。
「洋蔥……？」
「──就是它了!!」」
我戰戰兢兢地小聲說，獲得了所有人異口同聲的同意。
終於抵達的這個結論，讓我們感受到一股不可思議的舒暢感，所有人互相擊肘，分享著這份成就感和團結感。路過的女騎兵用一種「這些傢伙在幹什麼」的眼神看著我們。

「洋蔥啊，洋蔥就沒辦法啦！」

「我切洋蔥也會哭嘛！」

「原因是洋蔥的話就沒辦法了嘛！」

這指的主要是一刀和獸人，看來沒有任何人的生命會遭受威脅，太好了。

「所以咧，那個人為什麼在煮東西啊？」

「誰知道。」

在那之後，我們不知為何一邊爆笑一邊拿起長槍，就這麼展開訓練，鏗鏗鏘鏘打了起來。我完全忘記自己今天放假，只能說是因為太興奮了。

後來我跑去糾纏搭檔，結果被搭檔討厭了，這完全是我自作自受，我會深自反省的。

在阿斯塔尼亞軍隊的步兵團當中，王宮侍衛兵也素有盛名，是菁英中的菁英。

而我在侍衛兵當中，也居於中堅地位。有一天我在王宮裡巡邏的時候，走過騎兵團訓練場旁邊的走廊，聚在一段距離之外的騎兵們所說的話傳入耳中。

「但……一定……納赫斯……把貴客弄哭……!!」

我只能多看他們一眼。

雖然內容斷斷續續，這傳言卻非常具有衝擊力。我忍不住凝視著那群騎兵，看見他們帶著沉痛的神情交談，換句話說這應該是事實了吧？

話雖如此，如果問我要不要特地跑過去問個仔細，那又有點難以肯定了。即使真的有個騎兵把一介冒險者弄哭了，無論以侍衛兵的立場、還是個人的立場來說，我都沒有理由干涉這件事。就算那個「一介冒險者」看上去根本不只是一介冒險者，而且還根本不像是冒險者，這種行為也只是瞎起鬨而已。

「（貴客……）」

我知道這是騎兵團對某群冒險者的稱呼。

我想起那三位冒險者，三個人看起來都不像會被誰弄哭……倒不如說冒險者被騎兵弄哭聽起來也太詭異了吧，是什麼意思？

先假設被弄哭的是一刀……不，光看字面就太嚇人了，先別想了吧。那假設是獸人……不行，這也很嚇人欸，他那張臉一看就是很擅長把人弄哭的樣子啊，要是有人能把他弄哭，魔鳥都要從天上掉下來了。

這麼一來，唯一的可能性就是悠哉先生了。

「………」

不會吧這怎麼可能。

他也差不多吧，按照我聽說的描述，硬要說起來，他把人弄哭的樣子還比較容易想像。是怎樣，那個隊伍是抖S集團嗎？不過，光是想像悠哉先生掉眼淚的樣子我就感受到強烈的罪惡感，真的看到了應該會擅自反省起自己有多麼罪孽深重吧，就像現在的我一樣。

不對，先冷靜下來吧。

「（……還是跟侍衛長報告一下，以防萬一吧。）」

我決定把所有事情丟給我們侍衛兵的頂頭上司，也就是侍衛長處理。

他們畢竟也算是冒險者公會派來的冒險者，萬一發生什麼狀況造成關係惡化之類的就不好了。不是啦，只是我想來想去覺得有這種可能性而已，報告上級最主要的理由還是這消息帶來的衝擊太大了，我沒辦法只把它留在自己一個人心裡，所以很想跟別人分享這情報。

侍衛長聽了我的報告，只是大笑著說「納赫斯也很不簡單嘛」就結束了。

但是在那之後，侍衛長在閒談中跟國王陛下提起這件事，接著又由國王陛下傳到亞林姆殿下耳中，聽說那位副隊長因此被殿下傳喚了。後來誤會好像和平解開了，不過我還是對他感到有點抱歉。

我坐在王宮的餐廳，邊吃著燉菜邊這麼想。就在這時……

「唉……」

隨著一聲嘆息，我對面的椅子被人拉了開來。

這時間餐廳裡還滿擁擠的，所以我沒特別多想，抬起臉正要打招呼：

「喲，辛苦了……啊……」

「嗯，你也辛苦啦。」

眼前的人就是正讓我感到抱歉的那位副隊長。

「你嘆了好大一口氣啊。」

「沒有啦，抱歉，只是有點事情。」

副隊長把冒著熱氣的燉菜擺在一邊，默默攪拌著混雜了肉、蔬菜和米飯的料理。在這間餐廳吃飯的很多都是士兵，所以重視飽足感的菜色也多。

「是那位貴客的事嗎？」

「是啊，不過也只是一點誤會而已，不曉得從哪裡傳出我把他弄哭了的謠言。」

罪魁禍首就是我，非常抱歉。

「消息傳到亞林姆殿下耳中，我就被叫去逼問了。」

「畢竟殿下很中意悠哉先生嘛。」

「是啊。真是的，為什麼只是做個料理就能把殿下牽連進來……」

而且這件事連國王陛下都知道了。

眼前的副隊長恐怕還不知道這件事吧。雖然他有一天可能會知道，不過為了他的心靈平靜，我決定現在還是先不提。

不對，比起這個……

「料理？」

「對啊，貴客他好像想煮咖哩。」

「那他為什麼哭了？」

「因為洋蔥。」

屢次誤會你真的非常不好意思。

不，一開始的起因應該是那些在訓練場吶喊假消息的騎兵吧？我決定這麼想了，我只是聽見什麼就怎麼跟侍衛長報告而已。

說得也是，悠哉先生也是個大男人了，怎麼可能隨便哭出來嘛，我感受到一股異樣的安心感。該怎麼說呢，就像是原本抱持著某種危機感，一顆心懸在那裡，現在才終於放下一塊大石的感覺。

「話說回來，為什麼要煮咖哩呀？」

「我才想問呢，反正一定是受到書本還是什麼東西的影響吧。」

副隊長一邊無可奈何地這麼說，一邊大口吃著米飯，只能說他真的好瞭解那位貴客啊。

「……後來完成了嗎？」

「哈哈，是啊。」

我不禁感到難以置信，這樣是不是對悠哉先生太失禮了？

他看起來完全不像會下廚的人，所以廚藝完全是未知數，就算煮咖哩應該也有可能在某些地方出錯吧……不，應該說問題最大的是烹煮之前的階段吧，悠哉先生知道菜刀的存在嗎？總覺得他會跟一刀借那把厲害的武器拿來切菜。

「那傢伙也是冒險者啊，總是在野營的時候幫過忙吧…………大概。我希望這不是他第一次煮東西……」

這麼說來他是冒險者啊，我時不時會忘記。

「那味道怎麼樣？」

「還算不錯吧？是普通的咖哩。」

「某種意義上滿令人意外的呢。」

「他們那種意想不到的特性要是連煮個東西都表現出來，那還得了啊。」

站在旁觀者的立場看貴客他們確實是滿有趣的。

副隊長不愧是整座王宮裡和他們關係最密切的人，說起話來就是不一樣。不過雖然這麼說，眼前這位吃光了整盤米飯料理的副隊長看起來仍舊沒有任何嫌惡他們的樣子。

「悠哉先生看起來也不像笨手笨腳的人嘛。」

「到了最後一定會拿出最低限度的成果，我倒覺得這很符合那傢伙的作風。」

我們就這樣邊閒聊邊吃飯，到了副隊長開始吃燉菜的時候，我吃完了自己的份，從座位上站起身來，稍微打個招呼便離開了餐廳。

我今天被分派到夜間巡邏，因此往王宮內部的待命所走去。天色微暗，我在魔道具照亮走廊的光芒中走了一會兒，忽然停下腳步回望來時的方向。

「（還好沒被發現。）」

那位副隊長被王族傳喚的一部分原因出在我身上。以一些無關痛癢的客套話順利隱瞞過去了，我安心地呼出一口氣。起初他在眼前坐下的時候我還提防了一下，以為被他發現了，不過看起來並非如此。

接著我繼續前往待命所，總覺得腳步也輕盈了些。

我在內心道過歉了，所以沒問題吧，大概。

後記

我明明這麼喜歡小孩和大人的組合，但利瑟爾他們一個個都不太喜歡小孩子……為了解決這個煩惱，小利瑟爾，愛稱「利瑟爾炭」[1]就這麼誕生了。第一次看見讀者取了這個愛稱的時候，我覺得真是太天才了。

把他變小過一次，第二次之後就再也感受不到任何抗拒，然後我又三番兩次地想寫小利瑟爾，忠於本能與癖好的結果於是造就了這一集。大約半本都是小利瑟爾，簡直是小利瑟爾大放送。我一瞬間覺得這樣好像不太好，但後來乾脆要做就全力做到底了。

網路連載時每一話都間隔了一段時間，所以當時從來沒有在意過這件事，但是一口氣讀了這麼多小利瑟爾的書籍版讀者會怎麼想呢？我是此刻正感到戰戰兢兢的作者岬，受各位關照了。

自從利瑟爾一行人造訪阿斯塔尼亞以來，到這一集已經是第三本了。

利瑟爾在王都也一向盡情享受假期，不過自從移動到另一個國家，總覺得度假氣氛又更加濃厚了。我不覺得利瑟爾他們有什麼改變，所以應該是阿斯塔尼亞這個國度的力量吧。

每一次看見さんど老師繪製的封面，我總是感動地覺得阿斯塔尼亞的陽光真是耀眼，仔細欣賞鮮艷又美麗的色彩，同時安心地發現全身黑的劫爾在這種景色當中並不會顯得格格不入。還有，這樣的風景和伊雷文真是太相稱了！

這樣的一個國家，王族竟然被我寫成了一個布團。雖然我一點也不後悔，但還是覺得滿超現實的。用雙腳走路的布團、時不時長出兩隻手臂的布團，一蹲下看起來就只像是布料堆在地板上的布團……目前這布團感覺有點偏向驚悚路線，如果各位在閱讀過程中可以慢慢喜歡上他就太好了。

只不過請容我事先宣告，我是不會讓那傢伙露臉給各位讀者看的！（我的癖好）

這一集也多虧了許多人的支持，我才能把這本書呈現在各位眼前。

感謝さんど老師畫出睜著水汪汪大眼睛的可愛小朋友，我在看到利瑟爾和小說家的兄妹感的時候興奮成那樣真是非常抱歉。謝謝我完美零缺點的編輯，無論在製作周邊商品或是官方導覽書的時候，都感受得到她優秀的品味在大肆爆發。感謝TO BOOKS出版社，貴公司究竟要把休假系列帶到哪裡去呢！

最後，謝謝拿起這本書的各位讀者。真的非常感謝你們！

二〇二〇年三月　岬

1. 譯註：原文對小利瑟爾的愛稱為「リゼルたん」，「たん」由「ちゃん」脫音而來，是用於可愛小朋友或角色的暱稱。

國家圖書館出版品預行編目資料

優雅貴族的休假指南。8 / 岬著；簡捷譯. -- 初版. --
臺北市：皇冠, 2021.05　面；　公分. -- (皇冠叢書；
第4941種)(YA！；68)
譯自：穏やか貴族の休暇のすすめ。8
ISBN 978-957-33-3713-3(平裝)

861.57　　　　　　　　　　110004836

皇冠叢書第4941種
YA！068

優雅貴族的休假指南。8

穏やか貴族の休暇のすすめ。8

作　　者—岬
譯　　者—簡捷
發 行 人—平雲
出版發行—皇冠文化出版有限公司
台北市敦化北路120巷50號
電話◎02-27168888
郵撥帳號◎15261516號
皇冠出版社(香港)有限公司
香港銅鑼灣道180號百樂商業中心
19字樓1903室
電話◎2529-1778　傳真◎2527-0904
總 編 輯—許婷婷
責任編輯—謝恩臨
美術設計—嚴昱琳
著作完成日期—2020年
初版一刷日期—2021年5月

法律顧問—王惠光律師

讀者服務傳真專線◎02-27150507
電腦編號◎515068
ISBN◎978-957-33-3713-3
Printed in Taiwan
本書定價◎新台幣320元/港幣107元